유령부

미래인

유령부

1판 1쇄 발행 2015년 12월 15일
1판 7쇄 발행 2024년 10월 10일

지은이 알렉스 쉬어러
옮긴이 이도영
펴낸이 김민지

펴낸곳 미래M&B
등록 1993년 1월 8일(제10-772호)
주소 04030 서울시 마포구 동교로 134 미진빌딩 2층
전화 02-562-1800(대표)
팩스 02-562-1885(대표)
전자우편 mirae@miraemnb.com
홈페이지 www.miraeinbooks.com
블로그 blog.naver.com/miraeibooks
인스타그램 @mirae_inbooks

ISBN 978-89-8394-789-5 (03840)

* 잘못 만들어진 책은 구입처에서 바꾸어 드립니다.
* 미래인은 미래M&B가 만든 청소년, 성인을 위한 브랜드입니다.

혹시라도 유령이란 게 있다면,
이 책은 그들을 위한 책이다.

차례

프롤로그

인생을 살다 보면, 최고의 순간이자 가장 흥미진진한 일은 보통 바로 내 눈앞에서 벌어지곤 한다. 그럼에도 그러한 사실을 인지하지 못하는 건 엉뚱한 일에 정신을 팔고 있기 때문이다.

대부분의 사람들은 쓸데없이 아득히 먼 곳에서 아찔한 모험을 하는 상상으로 시간을 허비하면서도, 정작 바로 눈앞에서 벌어질지도 모르는 가능성은 제쳐두곤 한다. 당신은 당신의 주변을, 따분하게 매일매일 대하는 평범한 곳쯤으로 여길지도 모르겠다. 그다지 신나는 일도 생기지 않을뿐더러, 그저 영원히 평범한 일상이 반복되는 장소쯤으로….

적어도 트러펜스 코들리라는 소녀의 생각은 그러했고, 그녀와 같은 학교에 다니는 친구 팀 레그에게 물어봤더라도, 그의 대답 역시 마찬가지였을 것이다.

흔히 짜릿한 모험이라고 하면, 휴가를 맞아 사막 한가운데를 누비거나 산꼭대기를 정복하고, 정글이나 늪지대를 헤쳐나가는 그림을 떠올릴 것이다. 그 와중에도, 악어와의 조우를 빼놓고 싶진 않겠지만, 집 앞을 가로지르는 거리를 걸어 내려가면 만날 수 있는 모퉁이를 돌아, 칙칙한 건물들이 늘어서 있고 고루하다 못해 옛날 냄새가 팍팍 풍기는 거리에서조차 짜릿하고 아찔한 경험을 할 수 있을 것이라는 생각은 미처 해보지 못했을 것이다.

하지만, 오히려 엄청난 모험은 그런 곳에서 당신을 기다리고 있다. 당신이 설마 하는 생각을 하고 있을 때, 그것은 살며시 당신에게 다가가서 어깨를 툭툭 친다.

“있잖아, 코들리. 여태 널 찾고 있었어.”

“미안하지만, 팀. 너, 혹시 시간 좀 있니?”

그 순간엔 깜짝 놀라 당황스럽기도 하고 예민해질 수도 있겠지만, 은연중에 모험이라는 것을 기대하고 있던 트러펜스 코들리는 이렇게 맞받아칠지도 모르겠다.

“안녕. 네가 바로 그 모험이라는 거니? 만나서 반가워. 안 그래도 내내 기다리고 있던 참이야.”

또 팀 레그는 그 모험이라는 녀석을 꽉 붙잡고, “다른 데로 갈 생각은 하지도 마.”라고 말할지 누가 알겠는가. “여기서 꼼짝 말고 있어. 그리고 다른 사람한텐 얘기하지 말고. 넌 내가 찜했으니까.”

이런 게 바로 모험을 받아들이는 사람의 방식이다. 운이 좋은 몇몇 사람만이 자석이 쇠붙이를 끌어당기듯 모험을 자기 쪽으로 당길 수 있고, 그런 사람들만이 인생 자체를 모험으로 받아들이고 시종일관 모험을 즐길 수 있는 것이다.

혹시 누군가가 당신의 어깨를 툭 쳤을 때, 막상 간은 콩알만 해질지도 모르겠지만, 당신 역시 모험을 마다하지 않을 사람인지 아닌지는 닥치지 않고서는 알 수 없는 법이다.

모험이란 종종 그런 식으로 다가온다.

그 대상이 유령이라면 더더욱.

1장

브리카브락• 거리

유령부(幽靈部)라는 곳은 발견하기도 어렵고 세상에 알려진 것도 없는, 좀처럼 눈에 띄지 않는 장소들 중 한 곳이었는데, 그럼에도 발견했다는 건 순전히 소 뒷걸음치다 쥐 잡은 격이었다.

만약 작정하고 그곳을 찾으려 하거나, 이쪽이다 생각하고 샅샅이 수색한다면, 발견할 가능성은 아예 없다고 보는 것이 좋다. 하지만 엉뚱하게도 애먼 곳을 찾아 헤맨다면, 의외의 결과로 느닷없이 발견할 수도 있는 곳이었다.

그 상황이 되면, 경외감 또는 당혹감 가득한 눈으로 뽀얗게 먼지가 내려앉고 색은 바랠 대로 바랜 현판을 쳐다보다가, 문득 이게 장난인지 속임수인지 모르겠는 느낌이 들어서, 어쩌면 농락당하는 기분마저 들지도 모르겠다.

● 브리카브락(Bric-a-Brac): '골동품, 잡동사니'라는 뜻의 프랑스어로, 공들여 치장한 작은 컵이나 화분, 화려한 치장의 달걀 등 주로 크기가 작은 예술작품 따위를 지칭하는 말.

그러다 창문 쪽으로 시선을 돌리면, 마치 그 누구의 손도 타지 않은 과거를 간직한 진공 상태라도 되는 양, 긴 세월 동안 바람 한 점 불지 않고 먼지떨이 한 번 휘두른 적 없는 것처럼 건물 안 구석구석마다 거미줄이 잔뜩 쳐진 것을 보게 된다.

유령부 건물은 여름엔 낮에도 마치 냉장고처럼 냉기가 뿜어져 나왔다. 그리고 겨울엔 차갑고 혹독한 바람이 부는 거리와 별반 다를 게 없었다. 냉기를 막겠다고 목에 스카프를 두르고 외투 단추를 꼭꼭 채워도 온기를 느끼기 어려운 곳이었다. 그럼에도…

그곳에는 주변을 얼쩡거리며 그 멋스러움을 면밀히 뜯어보게끔 시선을 잡아끄는 뭔가가 있었다. 건물의 외관 때문인지 몰라도, 먼지가 수북이 앉은 차가운 유리창일지라도 개의치 않고 코를 처박고 기어이 안을 들여다보게 만드는 매력이 있었다.

하지만, 정작 유령부라는 건물 안에 보이는 것은 무엇이었을까? 막상 별다른 것은 없었다. 적어도 정면의 유리창을 통해 봤을 땐 그랬다.

그리 안락해 보이지 않는 커다란 방 안에는 희귀해 보이는 책들만 죽 꽂혀 있었다. 만든 지도 오래돼 보이고 정상적으로는 보이지 않는 가죽 장정의 책들이었다. 책장을 펼치기라도 하면 후드득 떨어져 나갈 것만 같은 모양새였다. 개중에는 막 제본이 끝난 새것처럼 한 번도 펼쳐본 적이 없는 것 같은 책들도 있었다.

그 책들 중 일부는 라틴어 및 다른 언어들로 되어 있었다. 대부분이 영어로 쓰여 있긴 했지만, 그마저도 요즘 기준으로는 낯선 고어나 난해한 글자투성이였다.

그나마 알아볼 만한 책들조차 제목이 좀 특이했다. 〈유령, 어떻게 잡을 것인가〉, 〈유령사냥꾼의 행동 수칙—유령사냥 달인 지음〉, 〈폴터가이스트●의 탐지와 퇴치〉, 〈다른 세계에서 온 환영들〉, 〈어떤 여성 심령술사의 회고록〉. 이런 식이었다. 저자 스스로 사뭇 진지하게 공을 잔뜩 들인 나머지, 독자들도 똑같이 진지하게 받아들일 것만 같은 그런 책들.

그렇다. 유령이라는 존재의 이런저런 것들을 파악하기에 유용한 책들은 많이 보였다. 다만, 딱 한 가지 없는 게 있다면, 페이지를 셀 수 없을 만큼 두꺼운 책들 속에서도 과연 유령이 실제로 존재하는지 묻는 질문은 단 한 문장도 없었다는 것이다. 그건 그들에게 너무나 당연한 것이어서, 유령의 존재 여부를 따지는 것은 오직 우둔한 사람들만의 생각 같아 보였다.

그렇게 유령은 필연적으로 존재할 수밖에 없는 것이기 때문에, 유령부의 존재 여부를 따지는 것 역시 의미가 없는 일이었다. 그렇지 않다면, 그곳에서 일하는 사람들은 한순간에 일자리를 잃고 말 테니까. 그런 발상은 그들에게 여간 불편한 생각이 아니었다. 그런 연유로, 증명할 수도 없고 논쟁거리를 부르는 '유령은 실제로 존재한다'는 주장을 끊임없이 믿게끔 하는 온갖 이유와 장려책

● 폴터가이스트((Poltergeist): '시끄러운 유령'이란 뜻의 독일어로, 이유 없이 이상한 소리나 비명이 들리거나 물체가 스스로 움직이거나 파괴되는 현상을 일컫는 말.

들 또한 그들 사이에 존재하고 있었다.

유령이란 존재는 다른 초자연적인 사건들과 마찬가지로 눈에 보이는 사실보다는 그렇게 믿느냐 믿지 않느냐의 여부가 더 중요한 문제다. 논리적 성향의 사람들은 그 존재를 믿지 않는 경향이 있고, 정신적인 믿음의 성향이 더 강한 사람들은 그렇게 믿는 경향이 있다.

어떤 사람들은 유령을 직접 봤고, 가까운 곳에서 유령의 존재가 느껴졌고, 직접 접촉을 당하거나 공포를 느꼈으며, 야심한 밤에 유령이 가구를 집어 던지거나 변기의 물을 계속 내리는 걸 들었다며 맹세하기도 한다. 또 어떤 사람들은 이런 현상을 잠들기 전에 치즈나 피클 샌드위치를 먹은 탓으로, 혹은 자력과 전기력 때문으로, 혹은 상상력이 너무 지나치거나 기분 나쁜 영화를 봤기 때문으로 치부하기도 한다. 사람들은 흔히, 유령은 다락방이나 수도꼭지 위에 산다고 말한다. 하지만, 100건 중에 99건은 단순히 고약한 배관 작업 소리였거나 다람쥐 때문이었던 것으로 밝혀졌다.

그렇다, 사람들은 대부분 자기가 믿고 싶은 것만 보기 마련이다. 믿음 앞엔 이성도 맥을 못 춘다. 때론 논리는 둘째치고, 누가 봐도 명백한 상식으로 설명되지 않는 일도 있다. 지구가 태양을 중심으로 회전한다는 생각이 충격적으로 받아들여졌던 때가 있었듯이 말이다. 그땐 대부분의 사람들이 반대로 믿고 있었지만, 지금은 천문학의 발달로 부정할 수 없는 사실이 되어버렸다.

하지만 정신적 믿음이건 초자연적 믿음이건 공통되게 강력한 장애물이 있었는데, 그건 바로 돈이었다. 정확히 말하자면, 남에게 기대지 않고 스스로 먹고 살 만큼의 돈이 없는 경우였다.

결국 이런 상황들 때문에, 칙칙한 양복을 차려입고 가죽 서류가방을 든 한 남자가 월요일 꼭두새벽부터 발걸음을 유령부로 향할 수밖에 없는 사달이 생겼던 것이다. 그의 손에 지도 한 장과 안내서가 들려 있는 모습으로 봐서, 그는 길을 잃고 헤맬 것처럼 보이진 않았다.

그의 이름은 프랭클린 비스턴으로, 다른 사람들처럼 정부기관에서 일하는 사무직 공무원, 그 이상도 그 이하도 아니었다. 프랭클린 비스턴은 젊은 축도 나이 든 축도 아니었고, 못생겼다거나 잘생겼다고 말할 수도 없었으며, 뚱뚱한 편도 마른 편도 아니었다. 그의 서류가방 안에는 공문(公文) 몇 장이 들어 있었지만, 실질적인 가방의 용도는 점심으로 먹을 샌드위치가 담긴 도시락과 차가 든 유리병을 넣어 가지고 다니는 것이었다. 비스턴 씨는 카푸치노 같은 값비싼 음료를 즐기는 타입이 아니었다. 그는 자신이 직접 만든 샌드위치와 차로, 점심 값으로만 1년에 1천 파운드를 절약할 수 있다고 믿는 사람이었다. 적은 돈은 아니었다. 특히 부양할 가족이 있는 남자에겐. 비스턴 씨는 동전 하나, 지폐 한 장도 허투루 여기는 사람이 아니었다. 그도 그럴 것이, 안정되고 보장된 직업을 갖고 있긴 해도 부를 축적할 만한 직업은 아니고, 정년퇴직을 해서 두둑한 연금을 받을 것도 아니었기 때문이다.

비스턴 씨가 소속된 부서는 '삭감' 부서였다. 공식적인 부서 명칭은 아니지만, 목적으로만 보면 딱 들어맞았다. 그곳의 주 업무는 불필요한 정부의 비용은 물론, 납세자들의 부담과 공공 분야의 비용을 줄이는 것이었다. 정치인들이 수많은 공약을 내세우며 당선되었으니, 이제 그 공약들을 실천하며 그들을 뽑아준 유권자의 신뢰를 얻기 위한 일을 도모해야 할 때였다.

대규모의 비용 삭감이 공약으로 내걸린 후라, 관료적 형식주의 관행들도 자취를 감추고 있었다. 쓸모없는 조직이나 인력은 철퇴를 맞았고, 불필요한 비용은 삭감되었다. 정부의 모든 부서들은 존립 이유를 정당화할 근거가 필요했고, 그렇지 못한 부서는 퇴출되었다. 과잉 인력에 대한 구조조정은 (슬프고 가슴 아픈 일이지만) 공익을 위해 불가피했다. 힘든 시간들이 이어졌고, 그 과정엔 거칠 것이 없었다.

그런 이유로, 비스턴 씨는 혹시라도 있을지 모를 존립 이유의 정당함을 판단하기 위해 유령부로 향하고 있었다. 만약 정당함이 증명되지 않는다면 유령부는 폐쇄의 수순을 피할 수 없을 터였다. 유령부에서 근무하는 모든 직원들은 훨씬 덜 자극적이고 훨씬 덜 난해한 업무 수행을 위해 다른 부서로 재배치될 터였다.

하지만 비스턴 씨는 수년간 유령부에서 일했던 직원일지라도, 다른 보직을 쉽게 찾거나 다른 보직에서 쉽게 적응할 수 있을 것이라곤 생각하지 않았다. 사실, 그들의 과거 경력을 보면 그다지 도움이 될 만한 게 없었다. 왜냐하면, 그는 유령은 존재하지 않는다고 확신했고, 존재할 수도 있지 않을까 하는 생각조차 한 번도 해본 적이 없었으니까.

그는 귀가 열려 있는 사람이라면 누구에게든 이렇게 말했다.

"이 세상에 유령이란 없습니다. 유령이 있었던 적도 없고 앞으로도 절대 있을 수 없습니다. 그건 모두 사람들의 망상에 불과합니다. 유령은 상상으로 만들어진 허구일 뿐입니다."

그에게 유령부는 아무 쓸모 없이 필요 이상으로 오래 존재해온 정부기관 중 하나에 불과했다. 어떻게 해서 계속 유령부가 존속할 수 있었는지, 그리고 재정 압박이란 도끼날을 그토록 오래 피할 수 있었는지, 그는 도무지 이해할 수가 없었다.

아마도 그건 유령부가 구식 건물들이 촘촘히 들어선 좁다랗고 케케묵은 길 아래, 토끼굴처럼 구석진 곳에 잘 숨겨져 있었기 때문일 것이다. 그곳은 시간이 멈춰버린 다른 세상 같았다. 그곳에서는 수백 년의 전통을 자랑이라도 하는 듯한 낡은 간판을 앞세운 작은 상점들마다 이미 오래전에 한물간 구닥다리 물건들을 팔고 있었다. '남성, 여성용 모자 전문, 디글맨 앤 선즈' 같은 상점이 그 예다. '상류층을 위한 검 전문, 슈피글러'라든가 '맞춤양복 전문, 서로후드 앤 파트너스', '최고급 가죽신발 전문점, 워틴브라스 앤 프랭글우드', 그리고 '엄선된 고래뼈를 사용한 여성용 코르셋 전문점, 런시워드 여성복' 등도 마찬가지였다.

그렇다. 바로 이곳, 죽 이어진 좁은 길을 따라 걷는 동안, 비스턴 씨의 머릿속에 떠오른 한 단어는 바로 '옛날'이었다. 믿기 힘들겠지만, 말들이 끄는 마차가 지나가는 광경도 목격할 수 있을 정도였다. 얼핏 봐도 맥주양조업자의 운반용 마차임이 분명했는데, 촌스러운 글씨로 치장된 낯선 상표를 보니 사람들을 현혹시키는 광고 홍보는 예나 지금이나 여전하다는 생각이 들었다.

비스턴 씨는 어쩔 수 없이 말들이 지나가면서 남겼을 배설물에 신경 써야 했다. 그는 엉망진창인 바닥을 조심스레 디디면서, 개를 산책시키는 사람이라면 배설물 봉투를 들고 다니는데 왜 마차 주인은 그러지 않을까 하는 의문이 들었다.

그러던 중, 들고 있던 지도를 다시 한 번 살피며 온 힘을 다해 공간지각능력을 총동원해봤지만, 그는 결국 길을 잃었다는 길 깨달았다. 그는 새롭게 마음을 다잡고 왼쪽으로 몸을 틀어 케이스먼트 거리를 따라 걸으면서, 이 길이 브리카브락 거리로 연결되어 결국 유령부란 곳을 찾게 될 것이며, 그 안의 사무실과 연구실(그런 게 있기나 할는지 모르겠지만)에서 자신의 동료 공무원들(동료인 동시에 낯선 존재일 수 있는)을 만날 수 있을 것이라는 확신이 들었다.

그즈음 말과 마차가 길모퉁이를 돌았고 달그락거리는 말발굽 소리와 덜컹거리는 바퀴 소리가 사라졌다. 마차가 시야에서 사라진 순간, 귀에 들리던 소리도 순식간에 사라졌다. 사라진 마차가 흡사 환각이었거나 누군가의 상상력이 만든 허구, 혹은 환영처럼 느껴졌다. 어쩌면, 무슨 홀로그램이나 착시현상 같은 것일지도 모르지만, 혹시 정말로 유령인지도 알 수 없는 일이었다.

2장

1792년

겉으로 보기엔 딱히 활기가 느껴지지 않지만, 유령부는 꾸준히 기운이 느껴지는 곳이었다. 물론 실제로 어디론가 움직일 리는 없겠지만, 그곳은 마치 꾸준히 칙칙 소리를 내며 공회전하고 있는 엔진 같았다.

그곳은 정부의 각 부처들이 다른 곳으로 옮겨 간 이후에는 비정규 시설과도 같은 곳이었지만, 서류 작업마저 대충 처리한다거나 원래 예정됐던 보고서 제출을 생략하거나 하지는 않았다. 오히려 그 반대였다. 필요한 경우 3개월마다 중간 보고서를 제출하고, 매년 9월에는 연간 보고서를 만들었다.

직원들에 대한 평가는 전반적으로 만족스럽다 못해 한결같아서 가끔은 도가 지나칠 정도였다. 간혹 '모범' 등급을 받기도 했지만 그 결과를 받아들이기란 힘들었다. 왜냐하면 200년도 넘는 세월 동안 그토록 꾸준히 뛰어다녔건만, 유령의 코빼기는 고사하고 유령이 존재한다는 어떤 증거도 찾아내지 못했기 때문이다. 그들이 갖고 있는 것이라곤 그저 유령으로 의심되는 정황들뿐이었다.

"별 거지 같은 일 한답시고 오래도 해먹으셨네!" 비스턴 씨가 말했다.

"그래도 그 사람들, 나름 바쁘게 움직이는 것 같던데요." 그의 조수인 피브 부인이 말했다. "졸음연구소로 소문난 수면연구소 사람들보다는 낫겠죠."

"바빠 보일 뿐이오. 바쁘다는 것도 지들 얘기고. 정작 해놓은 게 뭐가 있소?"

"그게 말예요." 피브 부인이 '설립 정관'이라고 쓰여 있는 낡은 책을 휘휘 넘기며 말했다. "분명 유령부 설립 연도는 1792년인데…."

"1792년!" 비스턴 씨가 탄성을 지르며 말했다. "그렇게나 오래됐는데도 해놓은 건 쥐뿔도 없다니, 놀라 자빠지겠구먼."

"1790년대 사람들이 좀 긍정적이었나 보죠."

"좀 모자라는 건 아니고?"

"탐구정신만큼은 강했는지 모르죠." 피브 부인이 말했다.(그녀는 사후세계에 관해 자신만의 견해를 갖고 있었기 때문에 냉소적인 그의 태도에 굳이 대꾸하고 싶은 마음은 없었다.) "어쨌든, 당시 사람들은 초자연적 현상에 대해 훨씬 긍정적인 성향을 보였단 거죠. 게다가 당시 과학이란 것도 걸음마 상태를…."

"지금은 그때보다 훨씬 발전하지 않았소?"

"그렇게 생각하세요?"

"물론 그렇다고 생각하오. 우리가 가진 것들을 보시오. 컴퓨터, 인터넷, 비행기, 자동차, 우주선, 스마트폰, 전자레인지, 스무디 등등. 내가 그것들을 사는 것도 아니고, 그런 값비싼 음료를 마시는 것도 아니지만 말이오. 난 커피숍이나 음료전문점 따윈 얼씬도 하지 않으면서 돈을 아끼고 있소. 샌드위치도 직접 싸 갖고 다니니까, 1년에 적어도 천 파운드는 절약됩니다."

"대단하시네요."

비스턴 씨는 손을 뻗어 설립 정관을 집어 들고 내용을 훑어 내려갔다. 오래돼 누렇게 바랜 책의 아래쪽 구석에는 봉인용 밀랍으로 고정된 리본이 달려 있었다. 리본 위에는 오래전부터 사용하지 않는(과연 당시엔 사용했는지조차 의심스러운) 요란한 서체로, 도저히 해독이 불가능해 보이는 서명이 남겨져 있었다.

그 책에 의하면 유령부는 의회의 지시에 따라 설립되었는데, 흔히 '유령'이라고 불리는 초자연적 존재를 조사하는 것이 목적이었다. 그들의 임무는 그 초자연적 존재의 실체와 활동에 대해 조사하는 것은 물론, 조사 내용에 대한 정규 보고서 작성, 나아가 궁극적으로는 어떤 형태로든 결론에 도달하는 것이었다.

더 나아가 초자연적 실체가 존재한다는 결정적인 단서를 찾아내야 하고, 그것들이 현실에 나타날 때 어떤 특징을 보이며 의도와 목적이 무엇인지, 그리고 만에 하나 골치 아픈 유령인 경우에 대비해 박멸책을 연구해야 한다는 임무까지도 포함하고 있었다.

"흠." 비스턴 씨가 말했다. "그러니까 유령이 정말로 있는지 없는지 알아내려고 200년 전에 유령부를 세웠다는 말인데, 유령이 정말 있다 치고, 어떻게 없앤다는 거지?"

"꼭 없애야 할 필요가 있을 때에 한해서죠." 피브 부인이 말했다. "그러니까 제 말은, 유령들이 딱히 해가 되지 않는다면 구태여 그렇게까지…" 그녀는 비스턴 씨가 자신을 탐탁지 않은 눈으로 쳐다보는 걸 감지하고 말문을 닫았다. "그러니까…" 그녀는 다시 정신 차리고 말을 이었다. "서로 자기 방식대로 살게 놔두잔 얘기죠."

"그럴 수도 있겠지. 단, 유령이 살아 움직이지 않는다면 말이오. 안 그렇소? 난 유령이란 생명이 없는 존재라고 알고 있소만."

"글쎄요, 유령은 생명이 없는 존재가 맞는 것 같긴 한데요." 피브 부인이 말했다. "어떻게 보면… 살아 있다고도 할 수 있죠."

비스턴 씨는 코웃음을 쳤다.

"내 생각엔 말이오. 여기 유령부 사람들은 꽤나 오랫동안 세상 편하게 지내왔던 것 같소. 직원은 모두 몇 명이오?"

"4명으로 알고 있습니다." 서류를 뒤적거리며 피브 부인이 말했다. "직원 4명에, 고양이가 한 마리 있네요. 이 자료만 봐서는 그렇습니다."

"고양이? 고양이도 등록돼 있단 말이오?"

"어쨌든, 비용은 들 테니까요. 쥐를 잡고 있는 걸로 압니다만."

"고양이한테 월급까지 줘가며 쥐를 잡으라고 시킨단 말이오?"

"그런 건 아니지만, 사료와 잠자리는 제공하고 있죠."

"사료에 잠자리라고!"

"추가로, 동물병원에 갈 일이 있으면 그 비용도 전액 부담하죠."

"놀랄 노 자군. 차라리 쥐덫이 낫지 않겠소? 그게 훨씬 싸게 먹힐 텐데 말이야."

"그럼 덫에 놓을 미끼도 필요하겠죠."

"미끼를 산다 해도 그게 싸지. 고양이를 채용하다니, 사치의 끝판왕이로군. 이 일과 상관이 있든 없든, 고양이는 잘라버려야겠어. 그 돈은 다 국민들이 내는 세금이고 우리에겐 그걸 지켜야 할 의무가 있소. 기껏 낸 세금을 고양이한테 쓴다는 걸 알면, 국민들이 대체 어떻게 생각하겠소?"

"더 형편없는 곳에도 세금이 쓰이는데요 뭘." 피브 부인이 퉁명스럽게 말했다.

"아무튼, 일하는 사람이 누구누구요? 명단은 있겠지? 당연히 있을 거라고 생각하오만."

"어디 보자." 서류를 뒤적거리며 피브 부인이 말했다. "직원 명단엔 17명으로 돼 있는데요."

"17명?" 비스턴 씨가 따지듯이 물었다. "17명이나 되는 사람들이 꼬박꼬박 월급 받으며 유령이 있는지 없는지 찾는 일이나 하고 있다고?"

"고양이 한 마리도 추가해야죠."

"직원 17명에 고양이 한 마리! 낭비와 사치가 끝을 모르는군!"

"하지만 직원 수가 계속 줄었어요. 여기 있네요. 직원 수에 대한 보고서가 있는데, 먼저 1876년에 12명으로 줄었고, 1916년에는 4명으로 줄었…."

"전쟁 비용 대기 바빠서 그랬을 거요."

"그때 이후론 줄곧 현재 인원으로 유지되고 있네요. 직원 4명에 고양이 한 마리."

"설마 지금 고양이가 그때 고양이는 아니겠지?"

"첫 고양이의 대를 이었다고 봐야 맞겠죠. 그후론 직원 수가 수십 년간 같은 수준으로 유지되고 있는데, 고급 공무원 1명에 하급 공무원 2명, 그리고 비서 1명."

"그리고 고양이 한 마리."

"정확하십니다."

"그 오랜 세월 동안 거쳐 간 그 많은 사람들과 고양이들, 그리고 많은 비용을 축내면서 알아낸 건 대체 뭐가 있소?"

"잠시만요." 피브 부인이 서류 더미를 뒤적이며 말했다. "아, 여기 있네요. 중간보고서 말예요."

"그런데?"

"조사가 한창 진행 중이라는 말이 보이긴 하는데…."

"참나!"

"아직까지는 이렇다 할 뚜렷한 결론에 도달하지 못하고 있다."

"이리 주시오!"

비스턴 씨가 서류를 낚아채 자기 쪽으로 돌렸다.

“기록보관소에 내려가시면 상자가 몇 개 있거든요. 직접 살펴보시겠다면 말예요. 일일이 손으로 쓴 글씨들이 보일 거예요. 1790년대에 작성된 것들이죠.”

“고맙지만, 사양하겠소.”

비스턴 씨는 가장 최근의 보고서를 집어 들었다. 최근 것인데도 보고서에 썩은 포도즙 같은 냄새가 잔뜩 배어 있는 것 같았다.

“200년이 넘는 시간 동안 중간보고서는 달랑 4건뿐이라니. 저 밑에 천 개쯤은 더 있어야 말이 되겠군.”

“그렇습니다. 쥐나 벌레들이 갉아 먹었을지도 모르지만요.”

“보나마나 똑같은 말을 되풀이할 게 뻔하지 않소? 조사는 ‘진행 중’에 있고, 증거를 ‘찾는 중’이며, 결론을 내기 위해 ‘다양한 각도로 검토 중’이다. 그리고 ‘결정적 단서는 아직 확보하지 못했지만 부단히 노력 중’이다. 유령부인지 뭔지 하는 곳에서 기껏 한다는 게 뭔지 압니까, 피브 부인?”

“뭔데요, 감독관님?”

“눈 가리고 아웅. 그게 바로 그들이 하고 있는 일이오. 잔머리 굴리고 꼼수나 쓰고 있다는 말입니다. 자기들끼리 편안한 일자리를 만들어놓고는 나중에 은퇴하면 쏠쏠한 연금 받을 요량으로 뜬구름이나 좇으며 일생을 허비하고 있는 거지.”

“그보단 유령을 좇고 있는….”

“유령을 좇는 거나 뜬구름을 좇는 거나, 그게 그거지. 이 희한한 사람들은 납세자들을 기만하고 있으니, 이젠 그만 끝낼 때가 됐소. 200년을 공들여 조사했는데도 유령이 실제로 존재한다는 어떤 증거도 찾지 못했다면, 내릴 수 있는 결론은 딱 한 가지뿐이오."

"그게 뭔가요?"

"가짜라는 거지. 유령은 없다. 유령인지 뭔지는 순전히 사람들의 머릿속에서 나온 것이다."

"하지만 그중엔…."

"알아요, 알아. 유령을 직접 목격했다고 맹세한 사람들 얘기 압니다. 비행접시가 나는 걸 봤네, 외계인한테 납치됐었네 하며 맹세까지 한 사람들이 있다는 것도 알고 있소. 하지만, 이 말만은 분명히 합시다. 무위도식하며 시간 낭비나 하는 이 사람들, 유령부에서 오래 버티지 못할 거요. 내가 최후통첩을 보낸 후 폐쇄시킬 작정이니까."

"하지만 감독관님…."

"아, 물론 적절한 절차를 따를 것이니 그 점은 걱정 마시오. 설립 정관에 따라 처리하겠소. 정관에 써진 대로 토씨 하나 틀림없이 말이오. 난 그들의 부서가 계속 존재해야 하는지 증명할 기회를 줄 생각이오. 물론 난 그들이 증명하지 못할 것이라고 장담하오만, 그걸 증명해내지 못한다면 유령부는 폐쇄될 것이고 좀 더 생산적인 일을 찾아 인력이 재배치될 거요."

"네, 감독관님."

"공무원 4명에, 따뜻하고 조명이 있는 잠자리까지 제공되는 고양이 한 마리라면, 수십만 파운드의 세금을 절약하는 건 일도 아니오, 피브 부인."

"알겠습니다, 감독관님."

"우리 모두 허리띠를 단단히 조여 맵시다."

"저는 허리띠가 있는 옷은 안…."

"다음 주에는 가장 먼저, 이 일을 조사하는 것으로 시작해야겠소."

"알겠습니다, 감독관님."

"당연한 얘기지만, 직접 현장을 둘러보는 게 우선이겠지."

"네, 감독관님. 그럼 방문하신다고 제가 미리 연락이라도…?"

"내가 들른다고 연락한단 말이오? 바쁜 척 준비할 시간을 주겠단 말입니까? 당연히 그건 안 될 말이지. 내 계획은 예고 없이 깜짝 방문하는 거요. 내가 들이닥치면 십중팔구 꾸벅꾸벅 졸고들 있겠지. 그나마도 다들 제자리에 있다면 말이오. 쥐도 새도 모르게 급습하는 것이야말로 우리 근검절약부가 가진 무기요. 다음 주 월요일 아침에 쳐들어가서 어떤 계획들을 가지고 있는지 봐야겠소. 만약 이렇다 할 계획 없이 엉덩이 붙이고 앉아서 차나 홀짝거리고 있다든지 낱말퀴즈나 풀고 있다면, 가만히 있지 않을 작정이오. 내가 장담하리다. 본때를 보여주고 말 테니까! 고양이라고 예외는 없소."

"알겠습니다, 감독관님. 더 지시할 일은 없으신가요?"

"그렇소. 당분간 그 서류들은 잘 보관해주면 고맙겠소."

상사가 시킨 대로 피브 부인은 서류들을 기록보관소로 옮기기 위해 수레에 실었다. 그녀는 상사의 마지막 코웃음 소리를 들으면서 방을 나왔다.

"유령은 개뿔!" 비스턴 씨는 업신여기는 듯한 말투로 말했다. "유령 좋아하시네. 어디서 말도 안 되는 소리를. 살다 살다 별 희한한 소리를 다 듣는군."

피브 부인은 혹시 비스턴 씨의 말이 정말이면 어떡하지 하는 생각을 하면서 사무실에서 멀어져갔다. 어쩌면 유령 같은 건 없을지도 모른다. 영적 세계 따위도 없는지 모른다. 어쩌면 그건, 현재 살아 있는 자들이 자신이 사랑하던 이들을 너무도 보고 싶은 나머지, 아주 잠깐 휙 하고 사라지는 밤의 혼령 같은 것, 혹은 햇살이 눈부신 오후에 희미하게 어른거리는 신기루 같은 것을 보고 느끼는 강박관념에 불과한지도 모를 일이다.

3장

바쁜 척하기 기술

공무원 4명, 그리고 고양이 한 마리.

고양이의 이름은 보딩턴이었다. 고양이는 반평생을 지하실에서 살았고 나머지는 길거리에서 살았다. 자기만 드나들 수 있는 작은 문이 나 있어서 언제든지 들락거릴 수 있기 때문이었다.

보딩턴은 쥐의 번식을 억제하기 위해 채용된 고양이였지만, 쥐 잡는 일에 건성이었으며 결과도 신통치 않았다. 선천적으로 눈의 결함을 안고 태어난 데다 나이까지 든 탓에, 보딩턴이 쥐를 잡거나 쫓는 모습은커녕 쥐를 발견하는 것조차 좀처럼 보기 힘들었다. 간혹 쥐들의 낌새를 알아채는 것 같기는 했으나, 잠을 자다가도 벌떡 일어날 정도로 적극적이지 않았고, 대개의 경우 그대로 널브러져 잠자기 일쑤였다.

직원들의 계급체계를 위로 거슬러 올라가보면, 서열 1위에는 유령부를 효율적으로 운영할 책임을 지는 카퍼스톤 영감이 있었다. 그가 '영감' 소리를 듣는 것은 단지 외모 때문만은 아니었다. 인사부(지금은 인적자원부로 통하는) 내에서 제레미 카퍼스톤은 진즉에 정년퇴직했어야 할 인물, 그리고 인력 채용 상의 중대한 실수라고 사람들 입에 두고두고 회자되는 본보기 같은 존재였다. 그는 나이도 먹을 만큼 먹어 보였을 뿐 아니라 빳빳하게 풀을 먹여 세운 셔츠에 커프스단추를 채우고, 박물관에서나 볼 수 있을 법한 스타일의 양복과 코트를 입고 다녔다. 게다가 중절모를 쓰고 가지런히 접힌 우산을 늘 들고 다니면서도, 정작 비가 쏟아지면 절대 우산을 펴는 법이 없었다. 골동품 냄새가 풍기는 가죽 서류가방에는 'J. J. 카퍼스톤'이라는 글씨가 빛바랜 황금색으로 새겨져 있었다. 서류가방도 카퍼스톤 영감과 마찬가지로 처음엔 상태가 좋았겠지만, 이제는 둘 다 오랜 세월을 겪느라 낡았다는 것을 부인할 수 없었다.

서열 2위는 롤리 양이었다. 버지니아 롤리 양은 비록 한창 젊음이 피어날 시기는 지났지만, 발그스름한 얼굴을 보면 아직 한물간 건 아니라는 느낌을 줬다. 그도 그럴 것이 그녀의 얼굴색은 언제 봐도 수줍음 많은 사람처럼 늘 발그스름하기 때문이었는데, 사실 그녀는 수줍음 따위와는 거리가 먼 사람이었다. 그녀는 가족 중에서 최초로 대학 문을 통과한 사람으로, 강하고 확고한 의지를 가진 남녀평등주의자였다. "우리는 여성의 권리를 쟁취하기 위한 투쟁을 결코 포기해선 안 됩니다. 자유를 얻기 위해서는 항상 깨어 있어야 합니다." 그녀는 종종 이렇게 목소리를 높이곤 했다. 실제로 그녀는 비교적 어린 나이에 자신이 속한 부서의 장(長)으로 승진했다. 그런데 부서 규모가 워낙 작은 데다 부하 직원이라고 해봤자 고작 한 명, 아놀드 기빙스라는 남자뿐이었다.

유령부의 사무장 격인 올리브 스캔트 부인은 긴 복도 끝의 사무실에서 홀로 일했다. 그녀는 문서 타이핑을 끝내거나 미친 듯이 우편물 발송 업무를 마쳤을 때, 혹은 걸려온 전화에 '지금 연결해드리겠습니다' 하는 안내가 필요 없을 만큼 한가해지면, 로맨스 소설을 읽으며 조용히 시간을 보냈다. 그녀가 읽는 소설 속의 여인들은 으레 어느 정도 나이가 들어서야 그동안 꿈꾸던 이상형의 남자를 만나지만, 일단 실연의 상처를 심하게 겪고 나면 나중엔 의외의 남자, 예를 들면 두툼한 콧수염을 기르고 성격마저 비열한 남자들을 만난다는 식이었다.

직책 순으로 정리하면, 카퍼스톤 영감은 유령부의 최고 책임자, 롤리 양은 유령의 탐지 및 제반 업무를 총괄하는 팀장, 기빙스 군은 롤리 양의 조수, 스캔트 부인은 상부 보고를 책임지는 사무장이었다. 보딩턴의 공식적인 지위에 대해서는 한 글자도 기록으로 남은 것이 없어서 정확하게 파악하기 어려웠다. 매달 집행되는 소액의 경비 지출 내역에 녀석은 달랑 '고양이'라고만 되어 있었다.

일상적인 유령부의 하루는 다음과 같았다.

제일 먼저 카퍼스톤 영감이 사무실에 출근했는데, 직급상 가장 높은 사람으로서 출근 시간을 엄수함으로써 스스로 모범이 되고 수준 높은 규범을 만들려는 책임감을 갖고 있었기 때문이다.

그다음엔 롤리 양과 기빙스 군이 출근했다. 두 사람은 잡담이나 날씨에 관한 일상적인 대화를 주고받으며 각자의 자리에 앉아 이미 접수된 서류들을 처리했다. 종종 서류 업무가 필요 없는 날도 있었는데, 그런 날이면 롤리 양은 기빙스 군에게 유령 관련 건들에 대한 추가 조사를 지시했고, 기빙스 군은 오래된 책들과 씨름하거나 유령에 관한 최신 보고서나 따끈따끈한 유령 목격담을 읽는 데 전념했다.

스캔트 부인은 출근 후 30분가량 자기 책상 앞에 앉아 있다가, 쌓여 있는 우편물들을 수취인별로 분류하는 작업에 착수했다. 그러다 한가해지면 자신이 즐겨 읽는 에로틱한 로맨스 소설에 빠져들었다.

한편, 카퍼스톤 영감은 사무실 문손잡이 위에 중요한 회의 중이니 방해하지 말라는 팻말을 붙여두곤 했다. 하지만 부하 직원들은 그 팻말의 뜻이 뭔지 잘 알았다. 영감이 지금 가죽 안락의자에서 잠깐 눈을 붙이며 자기 자신과 회의 중이라는 사실을 말이다.

전반적으로 보면 유령부에서는 바쁜 척하는 것 말고 딱히 할 일이 없었는데, 사실 그것만으로도 꽤나 진을 빼는 일이긴 했다. 할 일이 없는데도 많이 있는 것처럼 보여야 하는 스트레스보다 피곤한 게 또 있을까.

물론 머리를 쥐어짜며 풀어야 하는 십자낱말풀이 같은 게 있긴 했다. 그날그날 신문사에 적절한 내용으로 투고해야 하는 편지도 있었다. 롤리 양은 정기적으로 일간지에 자유로운 여성의 관점으로 쓴 독자 투고를 보냈다. 그녀는 자신의 관점을 항상 솔직하게 표현했고 좀처럼 망설이는 법이 없었다. 하지만 그 편지가 신문사 기자의 손에까지 들어가는 경우는 거의 없었다. 편지는 우선 스캔트 부인에게 전달되었는데….

“스캔트 부인, 시간 나면 이것 좀 타이핑해주시겠어요? 공무가 우선이긴 하지만요….”

하지만 공무가 없는 날조차도 어찌 된 일인지 그 편지는 처리되지 않았다. 편지는 고스란히 스캔트 부인의 서류함으로 들어갔고, 쌓일 만큼 쌓인 서류 더미와 함께 휴지통으로 옮겨 간 뒤, 결국 (전기가 아니라 손잡이를 돌려서 작동하는) 문서파쇄기로 들어갔다.

그럼에도 롤리 양은 왜 자신의 편지가 신문에 실리지 않는지 의아해하지는 않는 것처럼 보였다. 아마 자신의 글이 지나치게 급진적인 성향이라서 신문에 싣기엔 부적절했나 보다고 생각하는지도 몰랐다. 어쨌든, 그 일만큼이나 자신에게 일거리를 만들어주는 것은 없었기에 그녀는 투고를 멈추지 않았다.

매일 오후, 시계가 2시 10분을 가리킬 때면 카퍼스톤 영감은 자신의 집무실로 부하 직원들을 소집했다. 그리고 개별 업무들이 어떻게 진행되고 있는지, 전반적인 진행 상황은 어떤지 보고를 받았다.

“자, 새로운 소식은 없습니까, 롤리 양? 뭔가 확실한 단서는 아직인가요?”

그러면 롤리 양은 조수인 기빙스 군을 가리키며 말했다.

“그 일에 관해서는 기빙스 군에게 지시했습니다, 영감님. 기빙스 군이 현재까지의 저희 업무와 활동에 관한 상세 보고를 드릴 겁니다.”

롤리 양이 잔뜩 기대하는 눈초리로 자신을 쳐다보면, 기빙스 군은 목청을 가다듬고 점점 숱이 줄어가는 자신의 머리를 매만졌다.(그는 아직 젊은 축에 들지만 그렇다고 파릇파릇한 이팔청춘의 나이는 아니었다.) 그런 뒤 스캔트 부인을 가리키며 이렇게 말했다.

“고맙게도 스캔트 부인께서 제가 일전에 불러드린 보고서 내용을 부지런히 문서화하신 걸로 압니다. 스캔트 부인, 괜찮으시면….”

그러면 스캔트 부인은 타이핑한 서류 한 장을 들고 틀에 박힌 내용을 읊기 시작했다.

“환영이나 유령의 징후에 관한 신뢰할 만한 제보들과 영혼의 세계로부터 물질의 세계를 찾은 자들에 대한 조사를 계속 진행하고 있습니다. 하지만, 아직까지는 ‘유령’이라고 칭할 만한 존재에 대한 결정적 단서를 확보하지 못했습니다. 따라서 부지런하고 시기적절한 조사를 계속 진행하여, 조만간 충분하고 가시적인 단서들을 확보하고, 빈틈없고 확실한 보고서가 작성될 수 있기를 기대하고 있습니다. 그러는 동안에도, 이미 모든 단서들과 장소에 대한 조사를 빠뜨리지 않고 있으며, 유령부에서는 높은 수준의 관례와 기준점을 유지하려는 노력을 계속하고 있습니다.”

사실, 스캔트 부인은 보고 내용을 다 외우고 있었기 때문에 굳이 서류를 보고 읽을 필요도 없었다. 그 오랜 세월 동안 매일 똑

같은 말을 되풀이하고 있으니 그럴 법도 했다.

스캔트 부인은 보고가 끝나면 카퍼스톤 영감이 고맙다며 만족한 듯 고개를 끄덕이고는 계속 수고해달라는 말로 회의를 끝낸다는 것도 익히 알고 있었다. 부하 직원들이 해산한 뒤 영감이 '중요한 회의 중이니 방해하지 마시오'라고 쓰인 팻말을 문손잡이 위에 걸면, 이내 깊게 코고는 소리가 건물 내에 울려 퍼졌다.

전반적으로 유령부의 분위기는 그렇게 암갈색의 기운이 돌았고, 복도에 놓인 대형 괘종시계 바늘만이 달칵거리며 천천히 돌아갔다. 달칵, 한참 후에 달칵. 달칵, 한참 후에 또다시 달칵. 그러는 동안 창문 구석에서는 거미가 집을 짓고 지하실에서는 고양이가 가르릉거렸다.

때때로 문틈으로 우편물이 들어오거나 전화벨 소리가 울리기도 했다. 그래도 대부분의 시간에는 기분 좋은 고요함이 깔리기 마련이었는데, 롤리 양이 기빙스 군의 사무실을 찾아와 조언이랍시고 바깥세상에서 벌어진 사건들을 수다 떨듯 늘어놓을 때, 비로소 그 고요함은 깨졌다. 기빙스 군이 이런저런 업무의 절차나 선례 등에 관한 세부 조언이 필요하면 상사인 롤리 양을 찾아갈 때도 마찬가지였다.

스캔트 부인이 불쑥 얼굴을 내밀고 "차 한 잔 드릴까요?" 하고 물을 때도 있었다. 대개는 좋다는 대답을 듣고 돌아가는데, 차를 끓이러 가서는 함흥차사가 되기 일쑤였다. 스캔트 부인은 세상에서 가장 물을 천천히 끓이는 사람임에 틀림없었다.

하루 일과의 대미를 장식하는 것은 위층에서 울리던 코고는 소리가 멈추는 것이었다. 카퍼스톤 영감은 문손잡이에 걸었던 팻말을 치우고 최대한 멀쩡한 얼굴로 정신 차린 뒤 주요 현안들에 관심을 보이기 시작했다. 롤리 양을 호출해서 뭔가를 협의하기도 하고, 스캔트 부인을 불러 중요한 내용을 받아 적으라고도 했다. 혹은 기빙스 군을 오라고 해서 4월 15일 애스컷 경마에서 어떤 경주마가 잘 달릴 것 같은지 따위의 격식 없는 대화를 나누기도 했다.

카퍼스톤 영감은 유독 젊은 사람들을 좋아했는데, 젊은 사람들을 대할 때면 자신이 예전에 젊었을 때가 떠오르기 때문이었다. 그런 이유로, 영감은 기빙스 군을 불러 자리에 앉힌 뒤 한때 고용연금부에서 신명나게 일했던 시절, 농업부에서 의기양양하게 일했던 소싯적 얘기들을 쏟아내곤 했다. 그러면 젊은 기빙스 군은 넋을 잃고 얘기 속에 푹 빠진 나머지, 들으면 들을수록 왠지 자신이 좀 무능력하다는 느낌마저 받으며, 만약 자신이 직접 그렇게 모험심 가득한 스릴을 겪었더라면 어땠을까 하는 생각에 잠기곤 했다.

한참 시간이 흐른 뒤에야, 기빙스 군은 하루 일과를 마무리하기 위해 자신의 사무실로 돌아갔다. 그런 다음, 손꼽아 애타게 기다리던 구닥다리 범선이 마침내 수평선 너머로 느릿느릿 모습을 보이듯, 5시 30분이라는 시간이 눈에 들어왔다.

"안녕히 가세요, 롤리 양!"

"잘 가, 기빙스!"

"스캔트 부인도 안녕히 가세요!"

"기빙스, 롤리 양도!"

"안녕히 가세요!"

그런 뒤 직원들은 계단 꼭대기에서 손을 흔들고 있는, 존경해 마지않는 자신들의 상사에게 작별인사를 보냈다. 침몰의 순간에도 끝까지 배를 지켜야 하는 대형 여객선 선장처럼 마지막까지 남아 있는 카퍼스톤 영감을 향한 예우였다.

그렇게 유령부는 천년만년 유지될 수도 있었다. 머릿속에서 온통 정부 예산을 파격적으로 줄일 방법만을 찾고 있는 뜻밖의 인물이 유령부를 찾아오지만 않았다면 말이다.

그렇다, 프랭클린 비스턴. 흡사 저승사자와도 같은 그는 커다란 낫 대신 달랑 서류가방 하나만 들고, 남아도는 옥수수와 쓸모없는 잡초를 베겠다는 일념으로 유령부로 향하고 있었다.

4장
불청객

비스턴 씨는 운전을 할 줄 알지만, 직접 차를 끌고 가면 추가 비용이 발생할 것 같아서 버스를 타고 가기로 했다.

“감독관님이 방문하신다고 유령부에 전화할까요?” 출발하기 전, 피브 부인이 물었다.

“당연히 안 되지.” 그는 예전에도 한 번 이유를 설명한 적이 있음을 상기시키며 말했다. “내가 방문한다는 걸 미리 알려준다고 생각해보시오. 내가 도착하기 전에 그 사람들이 이것저것 준비하고 바쁘게 움직이는 척할 게 뻔하지 않소? 유령부 존립을 정당화하기 위해 별의별 꼼수를 다 동원할 거요. 아마 장난감 가게에 몰려가서 형광 해골이나 가짜 박쥐 피 같은 걸 사느라 정신없을걸? 아니면 복화술 하는 사람을 대기시켜놓을지도 모르지. 그리고 틀림없이 어딘가에 신음이나 비명 소리가 나면서 요상한 냄새까지 풍기는 비밀 장치를 숨겨놓고 유령처럼 보이게 할 게 뻔하오.”

“요상한 냄새라뇨?”

"영혼의 세계에서 온 자들은 움직일 때 이상한 냄새를 남긴다고들 그럽디다."

"꼭 거기서 온 자들만 그런 건 아닌 것 같은데요."

"아무튼 그런 걸로 속을 내가 아니니, 걱정은 하지 마시오. 지들이 내 눈을 속이려고 애써봐야 소용없지. 척 보면 알 텐데."

"와, 척 보면 아실 수 있겠어요?"

"그런 속임수는 군대에서도 쓰는 방법이오."

"와, 군 복무도 하셨어요?"

"그야 물론이지. 안 그랬다면 그런 속임수를 배울 데가 어디 있겠소?"

"전 군대에서도 속임수를 가르치는 줄은 몰랐네요. 맨날 싸우는 법만 배우는 줄 알았는데."

"얘기가 옆길로 새고 있소, 부인. 중요한 건 유령부 내의 어느 누구도 이번 불시점검 사실을 사전에 알아선 안 된다는 거요."

"알겠습니다, 감독관님. 사실은, 연락하려 해도 할 수 있을지 잘 모르겠네요."

"뭐요?"

"직원 주소록에서 전화번호를 찾아봤는데, 전혀 안 나와 있더라고요."

"그래요?"

"그래서 이메일 주소도 찾아봤지만, 역시 찾을 수 없었습니다. 그래도 다시 한 번 찾아보겠습니다."

"이 사람들이 꽁꽁 숨어서 어떻게든 눈에 안 띄려고 작정했구먼. 그렇게 있는 듯 없는 듯 월급 꼬박꼬박 받으며 평생 시간이나 때울 생각으로 말이오. 그래도 급여대장엔 떡하니 올라가 있겠지, 안 그렇소?"

"그렇겠죠? 한 푼도 안 받고 일하는 공무원은 본 적이 없으니 말예요."

"난 유령부에 가서 이렇게 말할 작정이오. '당신들 부서가 존재해야 할 이유를 말해보시오. 당신들이 쓸모가 있음을 행동으로 보여주고, 지금까지 수많은 시간 동안 한 일이 무엇인지 보여주시오. 그러니까, 유령을 내놓으란 말이야!'"

"유령을 내놓으라뇨? 그게 가능하다고 생각하세요, 감독관님?"

"아니, 불가능하다고 생각하오. 난 그들에게 단도직입적으로 따질 생각이오. 똥인지 된장인지는 찍어 먹어봐야 아는 거고, 유령이 있는지 없는지는 백문이 불여… 뭐더라… 그래, 불여일견이니까, 유령을 직접 봐야겠다고 말이오."

"하지만, 감독관님. 그들이 유령을 찾긴 했지만, 그저 눈에 보이지 않는 것이라면 어떻게 하시겠어요? 그러니까 제 말은, 만약 그들이 발견한 것이 투명인간이라든지, 뭐 그런 거라면 어떻게 하시려고요?"

"그럼 그것 역시 눈으로 확인시켜달라고 해야지! 만약 그들이 확인시켜주지 못한다면 사태가 심각해질 거요. 모가지 여럿 날아갈 각오를 해야겠지."

“그러셔도 될까요, 감독관님? 우선 적절한 절차를 밟는다고 하시지 않았나요?”

비스턴 씨는 내심 못마땅하고 맥이 빠진다는 표정을 지었지만, 그렇다고 피브 부인의 지적을 무시할 수는 없었다.

“안타깝게도 부인 말이 맞소. 하지만, 내가 그 인간들을 자르진 못할지언정, 무슨 수를 써서라도 춥고 바람 잘 날 없는 데로 보내서 평생 후회하며 살게 만들고 말겠소.”

“바하마 같은 곳을 말씀하시는 건가요?”

“천만에. 바하마 정도론 어림도 없지. 하수처리국이라면 모를까.”

비스턴 씨는 외투 단추를 잠그고 점심 도시락이 든 서류가방을 집어 들었다.

“나 대신 자리를 잘 지켜주시오, 피브 부인. 금방 돌아올 수도 있고 늦게까지 오지 못할 수도 있지만, 어쨌든 돌아오긴 할 테니까.”

“여부가 있나요. 행운을 빌겠습니다.”

“행운 따윈 중요하진 않소. 얼마나 열심히, 얼마나 부지런히 움직이느냐에 달려 있지. 행운이란 그저 구경꾼에 불과할 뿐이오.”

“넵, 감독관님.”

비스턴 씨는 피브 부인을 향해 매서운 눈초리를 보냈다. 조만간 적당한 때, 그녀의 말투에 대해 한마디 해야겠다는 생각이 들었다. ‘넵’ 하고 대답하는 것은 공무원 신분으로 적절한 표현이 아니었다. 행여 의회에서 걸려온 전화를 받으면서도 그런다면 항의 전화가 빗발칠 게 뻔했다.

사무실을 나선 비스턴 씨는 버스정류장으로 향했다. 도착한 버스는 2층 버스였다. 그는 2층에 자리 잡고 앉아서 무릎 위에 올린 서류가방에 두 팔을 가지런히 포개고는 멍하니 창밖을 바라봤다. 족히 30분은 넘게 달린 듯했다. 버스는 그가 꼬맹이였을 때 이후로는 본 적도 없고 우연히 지나쳐본 적도 없는 낯선 곳으로 향하고 있었다. 버스가 노선을 따라 이동하는 동안 몇몇 승객이 내리고 새로운 승객들이 올라탔다. 하지만 가히 고대의 유적지라고 해도 될 법한 촌구석까지 깊숙이 들어갔을 때, 마지막까지 남은 승객은 비스턴 씨뿐이었다. 강 건너편의 번쩍거리는 초고층 빌딩들을 뒤로하고 떠나온 지도 벌써 아득했다. 그곳 건물들은 튜더 왕조 시대의 기둥 양식과 조지 왕조 시대의 정면 양식을 하고 있었고, 마구간이 딸린 집들이 빽빽이 들어선 좁은 골목들은 막다른 곳에서 길이 끝나거나 더 좁은 통로들과 연결되어 있었다.

버스가 멈추자 운전사의 목소리가 들렸다.

"종점입니다! 5분간 정차했다가 다시 출발합니다!"

비스턴 씨는 자리에서 일어나 버스 계단으로 향했다.

"손님이 마지막 분이죠?" 운전사가 물었다.

"그렇소. 이 버스가 브리카브락 거리까지 가는 버스 맞소?"

"브리카브락요? 어디 보자… 가시려는 데가 닉낵 거리 아니고요?"

"아니, 아니오."

"그럼 틱택은요?"

"아니오."

"혹시 히컵 거리도 아닌가요?"

"아니오. 여기 주소가 있소. 유령부, 브리카브락 21번지…."

"유령… 뭐요?"

"그렇소, 유령부. 제대로 들으셨소."

"글쎄요. 흠… 갖고 계신 지도엔 안 나옵니까?"

"아니, 있소. 하도 글자가 작아서 잘 보이질 않아 그렇지. 지도 보고 찾아가는 게 더 일이오."

"확실히 장담은 못 하겠지만, 코저 거리를 따라 곧장 내려간 다음 그 길 끝에서 왼쪽으로, 그리고 다시 오른쪽으로 돌면 점블 크레센트가 나오는데, 아마 그 길이 브리카브락 거리로 연결될 겁니다. 거기가 오래된 골동품이나 중고 가구들을 파는 곳이죠. 적어도 예전엔 그랬어요. 거리 이름도 그래서 붙여진 것이고요."

"그렇군요. 아무튼, 고맙소."

"별말씀을요. 버스는 한 시간에 한 대씩 있습니다. 저녁 여덟 시까지, 매시 정각에요."

"그게 막차요?"

"그렇습니다, 손님."

"막차 시간이 너무 이른 것 아니오?"

"손님이 없는걸요. 저녁 시간에 여길 오는 사람이 있어야죠."

“여기 사는 사람들도 있잖소?”

“그래봐야 몇이나 된다고요. 여기 사람들은 대부분 조그만 가게를 운영하거나 가족끼리 모여 일을 해요. 늦은 시간엔 아예 나다닐 생각을 안 하나 봐요. 아니면, 다른 교통수단이 있거나.”

“거참, 희한한 동네로군.”

비스턴 씨가 그렇게 말하는 순간, 자전거를 탄 남자가 쌩하고 지나갔다. 하지만 자전거 동호회 사람들처럼 밝은 노란색 쫄쫄이 티셔츠에 엉뽕 바지를 입고 하얀 헬멧을 쓰고 있진 않았다. 그는 트위드 천으로 짠 옷을 입고 플랫캡을 쓰고 있었는데, 자전거는 앞바퀴가 엄청나게 크고 뒷바퀴는 매우 작았다. 앞바퀴가 워낙 커서 안장에서 내리려면 다칠 위험을 무릅쓰고 뛰어내려야 할 것만 같았다.

“아이구야.” 비스턴 씨가 말했다. “저거, 페니파딩● 아냐!”

“저 양반, 자전거광이에요.” 운전사가 말했다. “전에도 본 적 있는데, 저런 자전거로도 무슨 자살특공대처럼 달리더라니까요.”

“그렇군요. 아무튼, 이젠 내가 알아서 가겠소.”

“길을 못 찾으시겠거든, 그냥 여기 주민들한테 물어보세요.”

하지만 자전거 탄 남자가 사라진 이후로 지역 주민이라곤 코빼기도 찾아볼 수 없었다. 다들 가게나 직장에 틀어박혀 일에만 열중하고 있는 모양이었다.

● 페니파딩(Penny-farthing): 큰 앞바퀴 위에 안장이 달린 초창기의 자전거.

"아무리 그래도 좀 이상하네." 비스턴 씨는 버스 계단을 내려가면서 고개를 갸우뚱거렸다. "저녁 시간엔 아무도 나다니질 않는다니."

"유령이라도 나올까 무서운가 보죠, 안 그래요?" 운전사가 농담을 건넸다.

비스턴 씨는 사뭇 진지하게, 그리고 전문가다운 표정으로 운전사를 째려봤다.

"내가 이런 말을 하면 실망하는 사람들도 있겠지만, 유령 같은 건 없소. 사실 그놈의 유령 때문에 내가 여기에 오긴 했소만, 오히려 유령이 너무 나타나지 않는 바람에 온 거라오. 그런 미신 따위로 호들갑떨다 한순간에 인생을 망칠 수도 있다는 걸 보여주려고 말이오."

"아이고." 운전사가 말했다. "전 늘 유령이라는 건 그저 우스갯소리인 줄로만 알았는데요. 개인적으론 말이죠."

"우스갯소리?" 비스턴 씨가 말했다. "난 공무원이오. 우스갯소리 따윈 모르오."

비스턴 씨는 한 손엔 서류가방을, 다른 한 손엔 지도를 들고 버스를 떠났다. 그는 운전사가 알려준 대로 코저 거리를 따라 내려간 뒤 왼쪽으로 방향을 틀었다. 곧이어 자갈이 깔린 미로 같은 길에 이르렀다. 머리 위로는 오래된 간판들이 산들산들 불어오는 아침 바람에 흔들리고 있었다. 간판들은 너 나 할 것 없이 오랜 전통을 이어오고 있다는 점을 강조하고 있었지만, 지금은 사양길로 접어들었거나 심지어 오래전에 사라져버린 것들뿐이었다.

그는 또 한 번 방향을 잃고 잠시 헤맸지만, 이내 맥주양조업자의 마차가 덜컹거리며 지나갔던 지점을 발견하고 나서는 제대로 길을 찾고 있다는 확신이 생겼다.

그렇게 가다 보니, 저만치 모퉁이에 여태껏 찾아 헤매던 브리카브락 거리를 알리는 팻말이 보였다. 팻말의 표면이 거칠거칠 일어난 데다 글자 역시 많이 벗겨져 나갔지만, 그래도 알아볼 만했다. 거리에 깔린 자갈은 너덜너덜했고 표면은 울퉁불퉁했다. 왕년에 말과 마차들이 그 위를 덜컹거리며 지나가는 소리가 들리는 것만 같았다. 마을에 온 우유 짜는 여인들이 "우유 사세요! 우유 사실 분?" 하고 외치는 듯했고, 옛날 냄새도 나는 듯했다. 시장으로 모여든 싱싱한 꽃과 사과의 향기, 여인네의 침실에 놓을 라벤더나 남정네의 방에 놓을 작은 꽃다발의 향기가 풍기는 것 같았다. 모두 지금은 볼 수 없는 것들이지만, 이곳에서는 여전히 눈앞에 펼쳐진 장면 구석구석에 녹아들어 있었다.

비스턴 씨는 자신이 왠지 모르게 조심스레 발걸음을 옮기고 있다는 것을 느꼈다. 이내 그는 전문가답게 해야 할 일이나 신경 쓸 것이지, 쓸데없이 환상에 빠지지 말자고 스스로를 질타했다.

그때, 무슨 소리가 들리기에 봤더니, 페니파딩을 탄 남자가 다시 나타났다. 남자는 쓰고 있는 모자가 금세라도 벗겨질 듯 요란하게 덜컹거리는 소리를 내며 지나갔다.

"안녕하시오?" 비스턴 씨가 인사를 건넸다.

하지만 그 남자는 비스턴 씨의 소리를 듣지 못한 듯 아무 대답이 없었다.

그 와중에 비스턴 씨가 도착한 곳은 어떤 건물의 외부였다. 그곳엔 변색되어 흐릿해진 황동 현판이 걸려 있었다.(바랠 대로 바랜 현판은 무슨 글자인지 알아보려면 짜증이 날 정도였다. 좀 닦으면 어디가 덧나나?)

유령부. 현판에는 그렇게 쓰여 있었다. 그리고 다소 뜬금없이, 어울리지 않게도, 바로 밑에 몇 글자가 더 쓰여 있었다. '방문 예약자에 한해 출입 가능.'

그곳에 딱히 들을 사람은 없었지만, 비스턴 씨는 누가 제발 좀 들어달라는 듯 큰 소리로 콧방귀를 뀌었다. 뭐, 방문 예약? 유령들이 예약이라도 하고 오나 보지? 번호표를 뽑고 기다리라고 하지 왜? 놀고들 있네. 창피해서 살겠나, 원. 그리고 저 창문 꼴 좀 보라구. 거미줄투성이구먼. 공무원 소리 듣기 창피하지도 않나? 거미줄이라니! 도대체 생각들이 있는 거야, 없는 거야?

'방문 예약자에 한해 출입 가능' 문구 밑에는 안내 문구가 한 줄 더 있었다. '배달 업무 시에는 벨을 누르세요.'

하지만 비스턴 씨는 고작 벨을 눌러 맥없이 띠링띠링 소리를 들려줄 마음이 없었다. 천만의 말씀, 만만의 콩떡이지. 그는 천둥처럼 들이닥쳐, 엄청나고 충격적인 선언을 하고 나서, 번갯불처럼 사라질 작정을 하고 온 사람이었다. 깔짝거리듯 벨을 누를 마음은 꿈에도 없었다.

그는 가방을 들지 않은 손을 쭉 뻗어, 흰곰팡이가 피긴 했지만 여전히 웅장한 모습을 하고 있는 문고리를 잡았다. 그러고는 녹슨 문고리를 세게 내리쳤다. 먼지가 사방에서 피어오르고, 창문이 덜컹덜컹 흔들리고, 도로 위의 자갈들이 두려움에 몸을 떠는 것만 같았다.

문을 두드리는 소리가 마치 폭발음처럼 건물을 관통하며 울려 퍼졌다. 꿀맛 같았던 단잠에서 깨어나면서 카퍼스톤 영감이 몸을 움찔거렸다. 책상 앞에 앉아 있던 스캔트 부인이 고개를 들었다. 여성의 권리에 관한 팸플릿을 읽던 롤리 양도 고개를 들었다. 기빙스 군도 꽤나 오랫동안 끙끙대며 풀고 있던 신문 십자말풀이를 멈추고 고개를 들었다.

사람들은 모두 궁금해했다. 무슨 소리지?

별일 아니겠지, 뭐. 지나가는 자동차 배기음인가? 별일도 아닌데… 맞아, 그냥 내버려두자. 별일도 아닌데 시시콜콜 신경 쓸 게 뭐 있어. 그러다 말겠지.

탕, 탕, 탕!

다시 소리가 들렸다. 방금 전과 똑같이 엄청난 소음이 들리더니, 생각지도 않았던 방문객이 찾아온 건 아닌가 하는, 간담이 서늘케 하는 정적이 다시 한 번 흘렀다. 왠지 모르게 두려운 느낌의 낯선 자가 나타나, 그동안 내내 익숙했던 분위기를 송두리째 바꿔버릴 것만 같은 불길한 징조가 느껴졌다.

탕, 탕, 탕, 탕! 쿵! 탕!

저 쿵 소리는 뭐지? 도대체 어떻게 저런 소리가 나는 거지? 처음 들어본 소리였다. 카퍼스톤 영감은 저런 쿵 소리를 들어본 적이 없었다. 평생을 유령부에 있었지만, 단 한 번도. 아, 하긴, 배달부나 방문객들이 벨을 누르거나 가끔 문고리를 탕탕거리며 두드리곤 하지. 하지만, 저렇게 쿵쿵 소리를 낸 적은 없는데. 뭘 어떻게 했기에 저런 소리가 나는 거지? 도대체 누구지? 탕 소리도 아니고 저렇게 쿵 소리를 내다니.

카퍼스톤 영감은 집무실을 살금살금 빠져나와 계단 쪽으로 갔다. 부하 직원들이 이미 모여 있었지만, 다들 어쩔 줄 모른 채 자신을 올려다보며 눈치를 보고 있었다.

"영감님." 기빙스 군이 말했다. "누가 온 것 같은…." 하지만 그는 채 말을 끝내지 못하고 불안감에 휩싸였다.

"문 밖에요." 롤리 양이 말을 가로챘다. "아무래도…."

"손님이 온 것 같아요." 스캔트 부인이 말했다.

가엾게도 카퍼스톤 영감은, 그간의 리더십 경력은 온데간데없이 사라지고 그 좋던 수완은 발휘한 지 오래돼 녹이라도 슨 것처럼, 도리어 부하 직원들만 보며 어쩔 줄 몰라 했다.

"손님이라고? 우린 몇 년 동안 손님이라곤… 온 적이 없는데. 그나저나… 뭐 때문이지? 대체 누구지?"

탕, 탕, 탕, 탕!

그런 뒤, 또 한 번 그 알 수 없는 공포의 소리가 들렸다.

쿵!

“혹시, 그냥 무시하고 가만있으면….”

탕, 탕, 탕! 와장창!

이젠 와장창 소리까지 들렸다. 뭔가 때려 부수기라도 할 기세였다.

“저 사람들, 그냥 갈 것 같지가 않습니다, 영감님.” 기빙스 군이 말했다.

맞는 말 같았다. 방문객은 오직 자기 눈앞에 있는 건물 안으로 들어갈 생각만 할 뿐, 포기하고 떠날 생각은 눈곱만큼도 하지 않는 분위기였다.

“안에 있는 거 다 압니다!”

“안에 있는 거 다 안다는데.” 카퍼스톤 영감이 속삭이듯 말했다. “어쩌지?”

“제 생각엔, 저 사람을 안으로 들여야 할 것 같습니다, 영감님.” 롤리 양이 말했다.

“본청에서 나왔소!” 방문객이 문 밖에서 소리 질렀다. “근검절약부에서 나왔단 말이오!”

“본청에서 나왔대!” 카퍼스톤 영감이 말했다. ‘이제 우린 죽었다’는 표정과 눈빛이었다.

“그냥 꼼짝 말고 있다가, 제풀에 지쳐 가게 만들죠? 전에도 그런 적 있잖아요.” 스캔트 부인이 말했다. “몇 년 전에, 그런 적 있잖아요? 예전에도 그랬으니 이번에도 그냥 갈 거예요.”

낭, 탕, 딩! 쿵!

와장창!

쨍그랑! 쨍그랑!

"오, 세상에!" 카퍼스톤 영감이 말했다. "이젠 쨍그랑 소리까지 나는군. 우린 여태껏 탕 소리, 쿵 소리, 와장창 소리, 쨍그랑 소리는 들어본 적이 없는데 말이야."

"공무 때문에 왔을까 봐 신경 쓰이네요." 롤리 양이 말했다. "아무래도 저 사람, 안으로 들여야 할 것 같아요. 소리만 들어선, 저러다 문이라도 부수겠어요."

"날 들여보내주지 않으면, 행정부에서 승인받은 허가증으로 문을 부수고라도 들어가겠소. 이로 인해 발생하는 수리비는 당신들이 부담해야 할 거요!"

"우리 부담이라고?" 카퍼스톤 영감이 말했다. "그게 말이 돼? 저 사람이 부순 문을 왜 우리가 부담해야 하지? 저 말이 사실이라면, 국무조정실에 강도 높은 항의서를…."

"제 생각엔, 저 사람을 들어오게 하는 게 좋을 것 같습니다. 안 그렇습니까?"

"기빙스 군, 내키진 않지만 자네 말이 맞는 것 같네. 모두들 같은 생각인가?"

부하 직원들 모두가 고개를 끄덕였다.

"그럼, 다 같이 나가볼까? 죽어도 같이 죽고, 살아도 같이 살아야 할 것 아닌가."

그들은 서로 어깨를 맞대고, 정문으로 나가 빗장을 풀었다.

마치 교향곡이라도 연주하듯, 별의별 끼익 소리들이 한데 뒤섞이면서 정문이 활짝 열렸다.

비스턴 씨가 문턱에 발을 올리자, 카퍼스톤 영감과 롤리 양, 기빙스 군 그리고 스캔트 부인이 그를 맞이했다. 하지만 그에게 따뜻한 말 한 마디 건네는 사람은 아무도 없었다. 형식적인 인사말 따윈 두말하면 잔소리고.

"본청에서 나왔습니다." 비스턴 씨가 말했다. "여기 제 신분증입니다. 확인하셔도 좋습니다. 이곳에 점검할 일이 있어 나왔는데, 여기 직원 명부를 보니 이분이 카퍼스톤 영감님이시겠군요."

"무엇이든 말씀만 하십시오."

카퍼스톤 영감은 가장 대범한 표정을 지으며 가장 정중한 태도로 말했다. 하지만 그의 속내는 전혀 대범하지도, 정중하지도 않았다. 그는 극도의 불안감을 느끼면서 비스턴 씨를 안으로 들였다.

지하실을 지키고 있는 고양이 보딩턴마저 여태 아무 소리도 내지 않는 걸 보면, 뭔가 불길한 기운을 느끼고 몸을 움츠리고 있는 것 같았다.

5장

시한부 통보

"차 한 잔 드릴까요, 선생님?" 스캔트 부인이 물었다. "성함이…."

"비스턴입니다. 프랭클린 비스턴. 고맙지만, 차는 됐습니다. 차나 마시자고 여기 온 건 아니니까요. 제가 여기 온 건 훨씬 더 중요한 문제 때문입니다."

"그럼, 영감님만 드릴까요?"

"고맙소, 스캔트 부인."

하지만 손님용 의자에 마주 보고 앉아 있는 남자의 사뭇 진지하면서도 탐탁잖은 표정을 발견하고 카퍼스톤 영감은 마음을 바꿨다. 이 상황에서 혼자 차를 홀짝거린다는 게 왠지 경솔한 행동처럼 보였기 때문이다.

"아니, 지금은 괜찮소. 차는 나중에 마시겠소."

"알겠습니다, 영감님. 그럼 다른 지시할 일이 있을지 모르니 대기하고 있을까요?"

비스턴 씨의 얼굴은 '아니, 둘이서만 따로 얘기하는 게 좋겠네요.' 하고 말하고 있었다.

"고맙지만, 됐소. 필요한 게 있으면 따로 부르겠소."

"잘 알겠습니다, 영감님."

"그리고 나가면서 문 좀 닫아주시오." 비스턴 씨가 명령이라도 하듯 말했다.

스캔트 부인은 비스턴 씨의 말투가 그러거나 말거나, 마치 자신이 몰래 엿듣거나 훔쳐보기라도 할 것처럼 취급하거나 말거나 개의치 않았다. 그녀는 최대한 품위 있게 문으로 향한 뒤, 문을 닫고 복도를 걷다가 멈춘 후, 뒤꿈치를 들고 조용히 뒷걸음쳐 돌아와, 열쇠구멍에 번갈아가며 귀와 눈을 갖다 댔다.

"자, 저희가 무엇을 도와드리면 될까요, 비스… 비스턴 씨? 도대체 무슨 일로 이렇게 갑작스레 찾아오셔서 저희를 난처하게 만드시는지요?"

"난처하다뇨. 저라면 이 정도 대접도 감지덕지할 것 같은데요, 영감님."

"네…?"

카퍼스톤 영감은 불안해하고 있었다. 나이로 보나 직위로 보나 윗사람인데도, 지금 그는 어린 시절 교장선생님으로부터 영문도 모른 채 갑작스러운 호출을 받았을 때의 그 느낌이 떠올랐다. 그는 직감할 수 있었다. 이런 일은 십중팔구 반가워할 만한 일이 아니라는 사실을.

“사실 말이죠, 카퍼스톤 영감님. 이미 말씀드렸듯이, 저는 근검절약부 소속으로….”

“네, 그렇게 말씀하셨지요. 그렇지만, 전 그런 부서가 있는지도 몰랐군요.”

“있습니다, 영감님. 생긴 지는 몇 년 됐죠. 그리고 부서별로 하나씩 하나씩 회계 감사를 실시하고 있습니다. 그러다가 몇 주 전, 서류함 깊숙한 곳에서 영감님을 알게 됐습니다.”

“저를요? 우리 부서를 말씀하시는 거겠죠? 서류함 속에서라뇨?”

“저희는 영감님 부서에 관한 모든 정보를 파악하고 있습니다. 이게 그 서류입니다. 사실 별것도 없지만 말입니다.”

비스턴 씨는 자신의 서류 가방에서 서류철을 하나 꺼냈다.

“아, 그래요?”

카퍼스톤 영감은 그것에 관심을 보이면서도 대수롭지 않다는 표정으로 말했다.

“다른 사람들은 말할 것도 없고, 저 역시 이런 곳이 존재한다는 사실조차 몰랐습니다. 이런 곳이 있다는 걸 알고 깜짝 놀랐죠. 요즘 같은 세상에, 이런 데가 있어야 하는지 이해는 가지 않습니다만….”

“글쎄요, 저희 딴에는 열심히 한다고 나름 애쓰고 있는….”

“그 문제도 말씀드리죠.”

“아.”

"설립 연도가 1792년이던데, 제가 알고 있는 게 맞습니까?"

"맞을 겁니다."

"사람들 사이에서 흔히 '유령'이라고 불리는 영적 징후의 실존 유무를 증명하기 위해 설립되었다."

"그게 바로 저희가 하는 일이지요. 유령부는 오랜 역사를 자랑하는 기관입니다."

"그렇겠죠. 혹은 쓸모없는 기관일 수도 있고요. 왜냐하면 이곳은 설립된 지 200년이 훌쩍 넘었는데도 여전히 운영되고 있기 때문입니다. 그 말은 어마어마한 세금이 투입되었다는 얘기이기도 합니다. 그런데 말입니다, 카퍼스톤 영감님. 그동안 200년도 넘게 조사를 해오셨는데, 알아낸 것이 있긴 합니까? 유령은 있던가요, 아님 없던가요?"

카퍼스톤 영감이 대답을 못 하고 잠시 뜸을 들이자, 비스턴 씨는 대답을 종용하며 압박을 가했다.

"있습니까, 없습니까?"

하지만 카퍼스톤 영감의 생각으론 단순히 예, 아니오로 답을 할 수 있는 문제가 아니었다. 그러기엔 다소 복잡한 문제였다.

"네?"

"현재까지는 뭐라고 딱 잘라 말할 수 없군요." 카퍼스톤 영감이 말했다. "하지만 계속 조사가 진행 중이니, 조만간 어떤 결론을 내릴 수 있을 거라고 확신하고 있습니다."

비스턴 씨는 서류철을 탁자 위에 내려놓았다.

"아니죠, 영감님. 그럴 수 없을 것 같아 유감입니다. 저는 더 이상 조사를 할 필요가 없다는 말씀을 드리려고 여기에 왔습니다."

"하지 말라고요?"

카퍼스톤 영감의 얼굴에 근심 어린 표정이 맴돌았다. 그는 심장에 충격이라도 받은 듯 가슴 쪽의 주머니를 만졌다.

"이 부서에서 200년이 넘도록 조사했는데 유령이 있는지 없는지도 결론을 내릴 수 없다면, 결론은 한 가지뿐이겠죠. 그렇지 않습니까?"

"유령들이 꼭꼭 숨어 있다?"

"아니죠!" 비스턴 씨가 딱 부러지게 말했다. "당연히 없다죠. 유령 따윈 없단 말입니다. 그런데도 계속 유령을 찾는다는 건, 두말할 필요 없이 시간과 비용을 낭비하는 일이라는 겁니다. 여기서 일하는 사람이 몇 명이나 됩니까? 네 명으로 알고 있는데, 맞습니까?"

"직원은 네 명이고, 고양이도 한 마리 있지요."

"아, 그렇지, 고양이. 그나저나 고양이는 무슨 일을 합니까? 할 일 없이 빈둥거리는 거요?"

"지하실에서 쥐들이 얼씬 못 하게 막고 있을 겁니다."

"혹시 유령까지 얼씬 못 하게 막는 건 아닙니까? 그래서 여태 유령을 하나도 못 잡은 건 아니고요?"

"이런, 미처 그 생각은 못 해봤군요. 그럴 가능성도 있겠죠? 혹시 유령과 고양이가 서로 몹시 싫어하는 건 아닐까요?"

"너무 진지하시군요. 빈정대느라 한 말인데."

"아, 빈정대신 거라고요? 이런."

"중요한 건 말입니다, 카퍼스톤 영감님. 이 부서는 지금 심각한 상황에 처했다는 사실입니다. 단도직입적으로 말씀드리자면, 정부는 영감님 휘하의 유령부를 근거 없는 신화와 미신이 난무하던 암흑시대의 산물이자, 현대에서는 용납될 수 없는 것으로 치부하고 있습니다. 즉, 현 정부는 소위 '유령'이라는 것이 존재한다고 믿지 않는다는 뜻이며, 그렇지 않다는 것을 증명하지 못한다면, 유령부라고 알려진 초자연적 현상 전담 부서는 영구 폐쇄될 겁니다."

"폐쇄라뇨! 세상에, 그동안 우리가 여기서 얼마나 힘들게 일했…."

비스턴 씨는 팔짱을 끼며 의자에 등을 대고 앉았다.

"아, 말씀 잘하셨네요. 그리 힘들게 일하셨다니 말입니다. 그렇다면, 영감님. 그 일에 대해 한마디 해주시죠. 영감님과 직원들은 유령의 존재를 밝히기 위해 정확히 어떤 일을 하셨습니까? 정확히 하루 종일 하시는 일이?"

"하는 일요?"

"네, 하시는 일요."

"그게…."

"밖으로 나가서 유령이 출몰할 만한 지역을 샅샅이 찾아보셨습니까? 작정하고 유령 사냥을 나가보셨는지요? 야간에 묘지를 불쑥 찾아가보신 적은요?"

"그게, 야간에는 아닙니다. 아니, 그러니까, 그건 근무시간 이후라서…."

"그럼 낮에는 가보셨단 말입니까? 그것도 아니면, 뭡니까?"

"그런 게 아니라, 비스턴 씨가 이곳의 업무 특성을 잘못 이해하고 계신 것 같습니다. 여기서 하는 일은 유령을 찾기 위해 외부 활동을 많이 하는 것이 아니고, 영적 세계와의 접촉을 위한 시도에 관한 것입니다. 우리 앞에 유령이 나타나도록 하는 것이지요."

"그럼 어떤 식으로 그 일을 하십니까?"

"밀접하고도 적절한 질문을 던지는 것이지요."

"어떤 식으로 말입니까?"

"말하자면, 이런 식으로 말하지요. '거기 누구 있습니까?'"

"거기 누구 있습니까?"

"혹은, '거기 누구요?'"

"거기 누구냐고요?"

"아니면, '신호를 보내시오!'"

"신호요?"

"혹은 가끔씩 교령회● 회합을 갖고 위자보드●●로 유령들에게 주문을 걸기도 합니다."

● 교령회(交靈會) : 산 사람들이 죽은 이의 혼령과의 교류를 시도하는 모임.

●● 위자보드(Ouija Board) : 죽은 자들의 영혼을 부를 때 사용하는 점괘판.

"그 위자보드로 영적 세계와 접촉을 한 적이 있긴 합니까?"

"그런 걸 접촉이라고 한다면, 꼭 그렇진 않습니다. 하지만, 우린 계속 시도하고 있습니다. 매주 화요일에요."

"영감님!"

"네?"

두 사람은 워낙 성격이 달라서 서로 별종이나 다름없었다. 한 사람은 구파(舊派), 한 사람은 신파(新派). 품위 있게 이니셜이 새겨진 커프스단추를 채운 셔츠를 입고 수제 구두를 신은 카퍼스톤 영감은 머리부터 발끝까지 구시대적 요소를 떠올리게 하는 사람이었다. 그는 책을 엄청나게 많이 읽은 덕분에 이 세상의 어떤 화제든 대화가 가능했다. 또한 학창시절 얘깃거리와 인도에서 근무하던 시절의 경험담은 말할 것도 없고, 소시지를 두고 어릴 적 친구 처비 스미터톤과 경쟁을 벌였던 에피소드 등 마음만 먹으면 얼마든지 이야기보따리를 풀 수 있는 사람이었다.

하지만 카퍼스톤 영감의 그런 일화들 따위는 '시간'과 '효율' 그리고 '비용의 가치'만을 따지는 비스턴 씨에게 시간 낭비에 불과할 뿐이었다.

"그러니까 말입니다, 카퍼스톤 영감님. 영감님과 직원들이 하루 종일 무슨 일을 하시냐고요? 일반적인 하루 일과를 설명해주세요. 말씀해보시죠."

"그러니까, 어디 보자…."

세아무리 겉모습은 품위를 지키고 있을지라도, 허둥대는 모습만큼은 숨길 수 없었다. 하루 종일 무엇을 하느냐는 질문에, 카퍼스톤 영감은 바로 대답을 하지 못하고 어쩔 줄 몰라 했다. 자신이 십자말풀이를 하고 쪽잠을 잔다는 사실을 말할 수는 없는 노릇이니까. 그는 다른 직원들은 자신보다 더하면 더했지 덜하진 않을 거라고 확신했다. 그게 그렇게 과한 것도 아니잖아, 안 그래? 그래봐야 하루에 두 번 잠깐 눈을 붙이는 건데 말이야. 마음만 먹으면 하루 종일 잘 수도 있는데.

"글쎄요, 우린, 난… 뭐랄까… 출근해서 우편함을 열고 무슨 정보라도 있는지 확인을…."

"뭐라도 있던가요?"

"피자집 전단지만 잔뜩…."

"그래봤자 기껏해야 5분 정도면 충분할 것 같군요. 그런 다음엔 뭘 하십니까?"

"그런 다음, 사무장인 스캔트 부인이 차를 마실 건지…."

"그놈의 차!"

"그 이후론 고된 업무를 시작하지요."

"제가 알고 싶은 게 바로 그 부분입니다. 좀 더 얘기해보시죠."

"그 시간이 바로 우리가 가진 모든 수단을 동원해서 영적 세계와 접촉하기 위해 심혈을 기울일 때죠."

"위자보드 같은 걸 말씀하시는 겁니까?"

"그렇습니다."

"그리고 '거기 누구 있습니까?'라고 외치고요?"

"그렇지요. 하지만, 멈추지 말고 계속 외쳐야 합니다. 겨우 한 번 외치고 나서 바로 반응이 있길 기대해선 안 됩니다."

"그 밖에 또 무슨 일을 하십니까?" 비스턴 씨가 따지듯 물었다.

"그러니까, 우린… 창문에 작은 메모를 붙이기도 하지요."

"뭐라고 씁니까?"

"음, 그러니까, 예를 들면 '유령을 찾습니다. 초보 가능.' 혹은 '유령을 찾습니다. 소정의 사례금 있음.' 혹은…."

"그렇다 치고, 그렇게 공을 들여서 얻은 결과가 뭡니까?"

"그게, 말씀드렸듯이, 아직 결론을 낼 수 있는 건 아닙니다. 하지만, 비스턴 씨. 우리가 그 어느 때보다 촉각을 곤두세우고 있다는 것만은 확실히 말씀드릴 수 있습니다. 조만간 유령이 실제로 존재하는지, 아니면 그렇지 않은지 공식적으로 발표할 수 있을 것으로 기대하고 있습니다. 그때가 바로 우리가 가장 보람을 느끼는 순간이 되겠지요."

비스턴 씨는 이제 한계가 왔음을 느꼈다. 그는 탁자 위에 놓여 있던 서류철을 낚아채듯 집어서 서류가방 속 물병과 도시락 옆에 쑤셔 넣었다.

"카퍼스톤 영감님, 제 생각을 말씀드릴까요?"

"그럼요. 편하게 말씀하세요. 전 항상 다른 사람의 의견을 들을 준비가 되어 있습니다."

"제가 근검절약부에서 일한 지는 좀 됐습니다. 그 이전에는 사회보장부에서 허위 보상청구 건을 조사하는 일도 했고요. 그 덕에

쥐새끼 냄새 맡는 일이라면 제가 한가락 한답니다."

"쥐들이 냄새가 고약하긴 해요." 카퍼스톤 영감이 맞장구치며 말했다. "특히 죽은 쥐는 더 심하고요. 다행스럽게도, 저희에겐 고양이가 있습니다."

"제가 여태껏 수많은 조사들을 진행해봤지만, 이번 건처럼 조사할 가치도 없고, 소용도 없을뿐더러, 시간과 비용만 낭비하는 경우는 처음입니다."

카퍼스톤 영감은 무슨 영문인지 모른 채 눈만 껌벅였다. 뭔가 오해가 있겠지, 아무렴. 이 양반, 되게 까칠하네그려.

"카퍼스톤 영감님, 유령부가 계속 존재할 필요가 있다는 걸 증명할 시간을 정확히 3개월 드리겠습니다. 소위 유령이라는 걸 찾아낼 시간을 오늘부터 딱 3개월 드리겠다는 얘깁니다. 만약 그때까지 유령의 '유'자도 찾아내지 못한다면, 이곳은 폐쇄되어야 한다는 의견을 장관님께 제출할 겁니다."

"폐… 폐쇄라뇨?"

"기한이 끝나는 순간, 즉시 말입니다."

"유령부를 폐… 폐쇄시킨단 말입니까? 하, 하지만, 이곳이 설립된 지가…."

"저도 압니다!"

"1792년부터인데."

"설립된 지 얼마나 오래되었는지 따윈 중요하지 않습니다. 현재 쓸모가 없어 보이는 게 문제죠. 과거에도 얼마나 쓸모가 있었는지 모르겠지만, 필요 이상으로 오래 버텨왔다고 생각합니다. 마차부가 현시대에 존재하는 것과 별반 다를 바 없어 보입니다.”

“그런 곳이 있었던가요?”

“마법부도 같은 경우죠.”

“난 그런 게 있는 줄도 몰랐….”

“파이어스틱부도요.”

“정말 그런 데가 있긴….”

“아뇨, 당연히 없죠. 영감님 부서가 얼마나 시대에 뒤떨어졌는지 비유하려고 해본 말입니다. 3개월 드리겠습니다, 영감님. 그 안에 유령을 찾아내십시오. 장난감 가게에서 파는 가짜 유령 따윈 생각도 하지 마시고요. 진짜 살아 있는, 아니, 사실 죽은 것이지만, 그런 유령 말입니다. 200년 넘도록 유령을 찾아다녔는데도 찾지 못한다면 유령은 존재하지 않는다는 결론을 내릴 수밖에 없습니다. 그러면 영감님 부서는 더 이상 필요가 없는 부서가 되겠죠.”

“그럼 우린 어떻게 되는 겁니까?” 잔뜩 겁먹은 카퍼스톤 영감이 물었다. “저와 직원들이 여태 그토록 충실히 근무했….”

“아마 다른 곳으로 발령이 나겠죠. 하수처리국에 몇 명 충원이 필요하다고 들었습니다만.”

“하수처리국요? 하수구 업무를 하라고요? 저희 직원들이?”

“영감님 경우는 좀 다른데, 언짢게 해드릴 마음은 없습니다만, 은퇴를 하실 수도 있겠죠.”

카퍼스톤 영감은 충격을 받아 망연자실한 표정이었다.

"은퇴라고요? 내가? 은퇴? 하지만…."

"말씀드리기 송구스럽지만, 영감님도 이젠 연세가 많이 드셨잖습니까."

"그렇긴 합니다만, 그럼 하루 종일 뭘 하며 지내란 말입니까?"

"지금처럼 하시면 되죠, 영감님. 보아하니, 별로 하시는 일도 없어 보이는데!"

"아니, 이것 보세요…."

카퍼스톤 영감이 자리에서 벌떡 일어났다. 그는 성격이 느긋한 편이었지만, 이번 말은 정도가 심해 보였다.

"영감님이야말로 제 말 잘 들으세요." 비스턴 씨가 말했다. "3개월입니다. 오늘부터요. 사무실에 복귀하는 대로 문서를 작성해 영감님께 보내드리겠습니다. 이메일로도 보내드릴 겁니다."

카퍼스톤 영감은 멍한 표정을 지었다.

"이메일요?"

비스턴 씨는 방을 빙 둘러 살폈다.

"컴퓨터는 어디에 있습니까?"

"컴퓨터라뇨? 배비지●, 그 사람 말입니까? 그 양반, 그거 만들겠다고 연구하는 중 아니었습니까?"

"와, 미치겠네! 이놈의 동네는 도대체 얼마나 시대를 등지고 있

● 찰스 배비지(Charles Babbage): 19세기 영국의 수학자로, 컴퓨터의 기초 원리에 대한 기본 개념을 창시하여 '컴퓨터의 아버지'로 불린다.

는 겁니까? 현대문명하곤 담쌓고 사실 겁니까?"

"그럴 리가요. 전화기도 있는데."

카퍼스톤 영감은 자신의 책상 위에 놓인, 차라리 골동품에 가까운 물건을 가리켰다.

"됐습니다. 전화번호나 주세요. 저희 자료엔 없더군요. 아무튼 애플이든 PC든 한 대 놓으시는 게 좋을 겁니다."

"애플요? 전 사과 안 먹습니다. 이가…."

"먹는 사과 말고 애플 컴퓨터 말입니다! 아니면, PC라도!"

"먹는 컴퓨터도 있습니까? 피씨는 또 누굽니까?"

"관두죠. 세상에, 그동안 이 안에서 뭘 하신 겁니까? 문밖에서 일어나는 일도 좀 거들떠보시지 그래요?"

"꼭 밖으로 돌아다녀야 영적 세계를 찾을 수 있는 건 아닙니다. 이 세상에 영적 세계가 있다면, 우리 주변에 있을 게 분명하기 때문이죠. 이 세상을 구석구석 찾아다니는 게 중요한 게 아니라, 어떻게 통하는지, 어떻게 문을 열고 들어가는지 열쇠를 찾는 일이 더 중요합니다."

"글쎄요, 여기 유령부는 200년이 넘도록 그걸 찾는다고 했지만 열쇠를 찾지 못했습니다. 그러니 그 열쇠는 없다고 봐야겠죠. 아니면, 문이 없든가 말입니다. 제 생각에 이곳은 총체적으로 무의미한 곳입니다."

"무의미하다뇨! 이렇게 유서 깊은 유령부가요?"

"영감님 생각이 그렇게 확고하시다면, 3개월 안에 제가 틀렸다는 걸 증명하시면 되겠죠. 정확히 3개월 후에 다시 오겠습니다. 그동안 너무나도 쉽게 그토록 긴 시간을 허비하셨습니다. 국민들이 더 이상 기다려주지 않을 거라는 사실을 잊지 마십시오!"

"국민들은 우리의 존재 자체를 알지도…."

"제가 말하면 알게 되겠죠. 그럼 격분하겠죠. 격분할 거란 말입니다! 저는 신경 쓰지 마십시오. 제가 알아서 갈 테니까요. 안녕히 계십시오, 영감님."

"그래도 배웅은 해야…."

예절이 몸에 배어 있는 카퍼스톤 영감으로서는 왠지 방문객이 밖으로 나갈 때까지 지켜봐야 할 것만 같았다.

한편 복도에서 엿듣고 있던 스캔트 부인은 두 사람의 인기척이 들리자, 문이 열리기 전에 후다닥 뒷걸음쳐서 자신의 염탐 행위를 은폐했다. 그녀는 후다닥 사무실로 들어가 아무렇지도 않은 듯 타자기 앞에 앉았지만 얼굴이 몹시 창백했다.

잠시 후, 그녀는 비스턴 씨가 떠나는 소리와 카퍼스톤 영감이 작별인사를 건네는 소리를 들었다.

"3개월이란 걸 명심하세요. 오늘부텁니다."

끼익 하며 문이 닫히는 소리가 들렸고, 자갈길 위를 걷는 비스턴 씨의 발소리가 점점 희미해졌다.

정적.

그런 뒤, 카퍼스톤 영감의 목소리가 들려왔다.

"스캔트 부인, 기빙스 군, 롤리 양, 잠시 내 방으로 모여주시겠소? 다소 심각하고 중요한 소식이 있소."

다시 집무실로 들어온 카퍼스톤 영감의 마음은 무거웠고, 눈에는 근심이 가득했다. 지금까지 살아온 세월이 고스란히 뼛속까지 사무치는 것만 같았고, 그동안 아등바등했던 모든 일들이 한순간에 물거품이 돼버릴까 봐 전전긍긍했다. 결국 이런 거였나? 평생 몸담고 일했는데, 떠밀리듯 쫓겨날 수밖에 없는 것인가? 쓰레기 더미에 내팽개쳐지듯? 어느새 훌쩍 커버린 아이가 무심히 던져버린 장난감처럼?

스스로 비참함을 이겨내기란 쉽지 않은 일이었지만, 그렇다고 자기연민에 빠지는 것은 카퍼스톤 영감의 본모습이 아니었다. 그에겐 챙겨야 할 부하 직원들이 있었다. 우선 부하 직원들을 챙겨야 했다. 그래서 그는 기운을 되찾고 어떻게 하면 그들에게 이 나쁜 소식을, 3개월 안에 유령을 보여주지 못하면 유령부는 영구 폐쇄되고 말 것이라는 사실을 전할 수 있을지 고민에 빠졌다.

하지만 스캔트 부인이 이미 그 소식을 다른 사람들에게 알린 뒤였다. 직원들 모두 끔찍한 소식을 알고 있었다. 그럼에도 그들은 내색하지 않고 영감의 집무실로 모였다. 카퍼스톤 영감을 존중하는 의미에서, 그들은 영감이 직접 말을 꺼내도록 배려하기로 했다. 처음 듣는 소식인 것처럼 보이기 위해, 각자 무진 애를 썼다.

6장

유령을 잡는 법

비스턴 씨의 발소리는 그가 떠난 뒤에도 한참 동안이나 메아리처럼 들려왔다.

카퍼스톤 영감은 마호가니 책상을 등지고 앉아서, 실의에 빠진 모습을 다양한 표정으로 보여주며 앞에 모인 부하 직원들을 바라봤다.

"아까 그… 사람은," 카퍼스톤 영감이 드디어 입을 뗐다. "방금 전에 떠난 그… 분은 근검절약부에서 나오신 분입니다. 썩은 가지를 잘라내기 위해 왔다고 하더군요."

"썩은 가지요?" 롤리 양이 끼어들었다. "설마 우리가 그렇다는 건 아니겠죠?"

"롤리 양, 말하기 좀 그렇지만, 그분은 우릴 그렇게 봤소. 우리 유령부가 케케묵고 쓸모없는 부서라는 것이 그분의 생각이오. 이 말을 또 해야 한다는 게 참으로 고통입니다만, 그는 우리가 여기서 하는 일이 의미도 없고 필요도 없는 것으로 생각하는 모양이오. 그는 유령은 존재하지 않는다고 믿고 있소."

"존재하지 않는다고요? 유령이?" 기빙스 군이 못 믿겠다는 듯 말했다. "그럼 여태 우리가 여기서 한 일은 뭐죠? 그리고 우리 이전에 다른 사람들이 했던 일은요?"

"내 말이 바로 그 말이오." 카퍼스톤 영감이 말했다. "지난 200여 년간 유령부가 유령에 대해 아무것도 밝혀낸 것이 없다는 이유만으로, 유령이 존재하지 않는다고 말할 수는 없다는 거요. 그 말은, 유령이 교묘하게 모습을 숨기거나 변장하고 있을 수도 있단 말이지요."

"유령은 어디든지 있을 수 있어요!" 스캔트 부인이 거들었다. "지금 이 순간에도 이 방에 수십 마리가 있을 수 있어요."

"수백 마리인지도 모르죠!" 롤리 양이 말했다.

"백만 마리일지도 몰라요!" 기빙스 군이 말했다.

"단순히 우리 눈에 보이지 않는다고 해서 유령이 존재하지 않는 건 아니죠. 말이야 바른 말이지, 전기는 사람 눈에 보이나요?" 롤리 양이 말했다. "자력은 어떻고요? 하지만 그런 것들도 눈에 보이든 안 보이든, 존재한다는 걸 우린 알고 있잖아요."

카퍼스톤 영감이 손을 들어 진정하라는 손짓을 보냈다.

"다 맞는 말이긴 한데," 카퍼스톤 영감이 말했다. "그런 말로 방금 다녀간 사람을 설득할 순 없는 노릇이오. 문제의 핵심은, 우린 오늘부터 3개월 내에 유령을 찾아내야 한다는 사실이오. 그것도 확실하고 절대 부정할 수 없는 유령을, 누가 봐도 유령처럼 보이고, 들리고, 느껴지고, 냄새나는 존재 말이오. 그것들이 냄새를 풍기는지는 모르겠지만 말입니다."

"스로그모튼이란 사람이 쓴 〈유령백서〉에 의하면 페퍼민트 냄새가 난다고 합니다, 영감님."

"고맙네, 기빙스 군. 나도 다 읽었지."

"그러시겠죠. 저는 단지…."

"만약 저희가 기한 내에 유령을 찾지 못해서 그 양반 마음에 들지 않으면 어떻게 되는 건가요?" 롤리 양이 물었다.

"그렇게 되면 유령부는 폐쇄될 거요. 그리고 아직 젊은 사람들은 하수처리국으로 발령이 날 겁니다."

"하수처리국이라뇨!" 롤리 양이 소리 지르듯 말했다. "말만 들어도 끔찍하네요."

"냄새는 어떻고요." 스캔트 부인이 말했다.

"나처럼 나이가 든 사람은 은퇴를 해야 할 거요. 보따리 싸서 집으로 가는 거지요, 영원히."

"그래도 그렇지, 영감님은 유령부에서… 거의… 평생을 일하셨잖아요."

"난 내 일생을 이곳에 바쳤소, 스캔트 부인. 떠나야 한다는 생각을 하니 나도 슬픕니다. 내 역할을 아무에게도 물려주지 못하고 떠날지도 모른다는 생각을 하면 더욱 슬프오. 내 평생을 바친 일이… 물거품이 될지도 모릅니다."

한참 동안 경건한 침묵이 흘렀다.

잠시 후, 한 가닥 희망을 갖고 롤리 양이 침묵을 깼다.

"물론 우리가 유령을 찾지 못할 경우에 한해서죠, 영감님."

"말로는 무슨 말을 못 하겠소, 롤리 양." 카퍼스톤 영감은 한숨을 내쉬었다. "유령부는 지금까지 200년이 넘도록 그놈의 유령이란 걸 찾아다녔소. 우리 전임자들도 모두 이 일에 헌신적이었지. 하지만 그분들이 그토록 열심히 찾았건만, 찾은 것은 아무것도 없소. 그분들은 이 세상을 떠났으니 유령으로 환생할 법도 하고, 그렇게 환생해서 저승세계의 실상을 우리에게 전해줄 수 있을 법도 한데, 결과는 그렇지 않았소. 침묵 그 자체였지. 그 어떤 새의 짹 소리는커녕, 그 새의 유령 한 번 볼 수도 없었소."

"저희가 그동안 정작 제대로 된 곳은 찾아보지 않은 건지도 모르잖습니까?" 기빙스 군이 말했다.

"기빙스 군, 보고서들을 자세히 읽어봤다면 유령부가 찾아보지 않은 곳은 없다는 사실을 알게 될 것이네." 카퍼스톤 영감이 말했다. "그동안 우린 이 세상 구석구석에 수색대를 파견해왔네. 남극으로 파견한 스콧에겐 유령이 나타나는지 감시를 늦추지 말라고 했고, 인도로 보낸 클라이브에게도 마찬가지였네. 에베레스트 산으로 파견한 말로리에게도 눈을 크게 뜨고 잠시도 긴장을 늦추지 말라고 주문했었지. 그런데도 아무 소용이 없었네. 의심스러운 소리와 이상한 현상들이 있다는 보고는 많이 있었지만, 진짜 살아 있는 유령에 대한 소식은…."

"진짜 죽은 유령이겠죠, 영감님." 롤리 양이 말했다.

"뭐? 아, 그래. 그렇군. 어쨌든 내가 알기론, 우리가 찾아보지 않은 곳은 없다네."

"영감님." 롤리 양이 말했다. "저는 우리 유령부가 한 번도 시도하지 않은 방법이 있다고 확신합니다."

카퍼스톤 영감은 반달 모양 안경 너머로 그녀를 힐끗 쳐다봤다. 롤리 양 말이 사실일까?

"그게 뭔가?"

"그라임스와 내털리의 〈유령사냥 지침서〉에 대해 진작 말씀드렸어야 했는데."

"유령 사냥의 바이블이라는 책 말인가? 우린 이미 그 책에 대해 알 만큼 알고 있지 않은가. 우리와 같은 직업을 가진 사람들에겐 입문서와도 같은 책인데. 나침반과 별자리와도 같은 책이지. 그래, 그게 어떻단 말인가, 롤리 양?"

"흔히 육감을 가진 사람들에게만 유령이 나타난다고 하지 않습니까?"

"그렇지. 그런데?"

"혹은 특유의 순진함과 순수함을 가진 동물들한테 나타난다고 하죠. 예를 들면, 개들이 사람들보다 훨씬 빨리 유령의 기척을 느낄 수 있는 것처럼 말입니다."

"우리도 유령부 초창기 시절에, 개를 한 마리 키운 적이 있었네. 아주 희귀한 종이었어. 유령 냄새를 맡는 종이었지. 하지만 그 녀석은 결국 한 번도 유령 냄새를 맡은 적이 없었던 걸로 난 기억하네. 유일하게 잘했던 건, 직원들의 햄 샌드위치 냄새 하나는 귀신같이 잘 맡았다는 거지."

"그런데 문제는 개만 그런 게 아니라는 겁니다, 영감님. 그라임스와 내털리의 말에 따르면, 유령에게 가까이 갈 수 있는 또 다른 생명체가 있다고 합니다."

"그게 뭔지 생각이 안 나는군. 그렇게 유별난 생명체가 뭔지 다시 한 번 알려주겠나?"

"바로, 아이들입니다!" 롤리 양이 말했다. "그라임스와 내털리의 주장에 의하면, 아이들은 어른들에겐 없는 예민한 감각이 있다고 합니다. 점점 나이가 들어가면서 그 감각을 잃게 되는 거죠. 하지만 아직 어린 아이들은 유령을 볼 수 있는 건 물론이고, 심지어 유령의 관심을 끌고 현혹시킬 수도 있다고 합니다. 유령을 사람들 가까이 오게 만들 수 있다는 겁니다. 아이들이 일종의… 미끼가 되는 거죠."

카퍼스톤 영감의 얼굴에는 근심이 가득했다. 그는 안경을 벗더니 먼지 한 점 없는 깨끗한 손수건을 꺼내 안경을 닦았다.

"이 얘기는 토씨 하나 틀리지 않는 사실이네, 롤리 양. 난 이미 알고 있는 얘기지. 하지만 유령부는 오래전부터, 유령을 유인하기 위해 아이들을 이용하는 건 아이들을 트라우마와 위험에 노출시킬 수도 있기 때문에 매우 비윤리적인 행위라고 규정한 바가 있네."

"맞습니다, 영감님." 롤리 양이 말했다. "하지만, 제 경험상 아이들은 워낙 활기가 넘쳐서 아이들을 위협할 수 있는 유령은 별로 없다고 생각합니다. 오히려 그 반대죠. 어쩌면 오히려 아이들이 유령을 겁먹게 할지도 모릅니다."

"저 같은 경우는 아이들이 무섭더라고요." 기빙스 군이 말했다. "며칠 전 아침, 거리에서 아이들이 무리지어 있는 걸 봤는데, 정말 무서웠습니다. 그럴 땐 호신술을 배워놓길 잘했다는 생각이 들더군요."

"아무튼, 우리가 선택할 수 있는 방법은 훨씬 더 제한적이네요, 영감님." 한참 동안 아무 말도 않던 스캔트 부인이 끼어들었다. "게다가 시간도 많지 않고요. 어쨌든, 찬 밥 더운 밥 가릴 때는 아닌 것 같아요."

"무슨 뜻이오, 스캔트 부인?"

"그러니까 어떻게든 유령을 찾아낸다면 유령부도 살리고 우리도 일자리를 잃지 않을 수 있으니, 아이들을 써야 할지도 모른다는 거죠."

"흠…" 카퍼스톤 영감은 곰곰이 생각에 빠졌다. "난 아직도 윤리적인 측면이 마음에 걸립니다. 혹시라도 피해가…."

"밑져야 본전 아닌가요, 영감님? 어린애들이라 겁도 없을 거예요. 금방 적응하겠죠. 게다가 공짜로 쓰잔 얘기도 아니잖아요. 이번 달에 쓸 수 있는 소액 현금이 제법 있거든요."

"흠… 그럽시다… 시도해볼 만한 가치가 있는 생각인 것 같소, 롤리 양. 다만, 우리 중에 그 일을 맡아줄 만한 자녀를 가진 사람이 있소? 우리 아이들은… 뭐랄까… 나만큼이나 나이가 먹어서 말이지. 모두들 나이를 먹을 만큼 먹은 데다, 여기저기 외국에 나가 있어서. 이런 식으로 표현해도 괜찮을지 모르겠소만, 미끼로 쓸 만한 아이들이 없잖소."

"구할 수 있습니다, 영감님. 세상은 엄청나게 넓은걸요."

"부모들이 허락을 해줄지 모르겠소."

"부모들이 처음부터 알 필요까진… 없지 않을까요?"

"그렇다 치고, 어디서 적당한 아이들을 구한단 말이오? 안 그래요, 롤리 양?"

"광고를 내면 됩니다, 영감님. 우선은, 창문에 공고문을 붙이는 걸로 시작하고요. 신문 가판대 등에 전단지를 붙일 수도 있습니다."

"만약 그것도 효과가 없으면, 열기구에 광고판을 붙이시죠!" 기빙스 군이 끼어들었다.

"유령부 예산으로 그건 힘들 것 같네, 기빙스 군. 게다가 그런 광고는 유령부 규정을 위반할 게 분명하고."

"제 생각엔 밑져야 본전입니다, 영감님." 롤리 양이 말했다. "개인적으로 유령은 분명히 존재한다고 생각합니다. 바로 제 등 뒤에서 그것들이 느껴졌던 경험이 수없이 많거든요. 저를 스쳐 지나간 적도 있고, 제가 방에 들어가자마자 빠져나가는 걸 느낀 적도 있어요. 반대로 제가 나가면 들어오기도 하고요."

"지도 미찬가집니다." 기빙스 군이 흥분하며 말했다. "저도 똑같이 느낀 적 있어요. 항상 바로 옆에 있는 것 같은데 손에 잡히진 않죠. 어쨌든, 뭔가를 잡으려면 우선 미끼를 달아 덫을 놓아야 합니다. 그라임스와 내털리의 〈유령사냥 지침서〉에 모두 나오는 내용이죠."

"그럼, 그 사람들은 유령을 잡았대요?" 스캔트 부인이 물었다. "내털리와 그라임스라는 사람 말예요."

"두 사람은," 카퍼스톤 영감이 말했다. "자신들의 이론과 계획을 실행에 옮기지도 못한 채 의문점만 남기고 사망했소."

"아… 의문사요?" 스캔트 부인이 말했다. "들은 적 있어요."

카퍼스톤 영감은 이제 결정을 내려야 했다.

"잘 알겠소. 롤리 양의 제안이 우리에겐 유일한 선택이자 희망인 것 같소. 한번 시도해봅시다. 유령부가 문을 닫게 놔둘 순 없으니. 200년이 넘는 우리의 역사가 이런 식으로 끝장나는 걸 두고 볼 수만은 없소. 유령부는 중요한 조직입니다. 모두들 같은 생각입니까?"

당연히 모두가 같은 생각이었다.

"잘 알겠소. 롤리 양과 기빙스 군, 두 사람은 머리를 맞대고 심사숙고해서 최대한 신속하게 적합한 광고안을 만들어주겠소? 그러면 내 결재를 받는 즉시 창문에 광고를 붙이도록 하겠소."

"그럼 전 뭘 하면 될까요, 영감님?"

"아, 스캔트 부인. 우리 모두에게 근사한 차 한 잔씩 부탁해도 되겠소?"

"물론이죠, 영감님. 별말씀을요. 당장 준비할게요."

스캔트 부인은 주전자에 물을 끓이기 위해 자리를 떠났다. 하지만 늘 그렇듯이, 그녀가 차를 내오기까지는 한없이 오랜 시간이 걸릴 터였다. 과연 차가 도착하긴 할는지도 미지수였다.

"그리고, 가는 길에 고양이도 한번 살펴주시면 좋겠소, 스캔트 부인. 언젠가는 그 녀석한테도 상황이 어떻게 돌아가는지 설명할 수 있었으면 좋겠소. 물론, 그렇다고 알아들을 거란 얘기는 아니지만. 어쨌든, 녀석도 우리와 한 팀 아니오."

"보게 되면 그렇게 전하죠, 영감님."

"모두들 고맙소. 한번 밀어붙여봅시다. 우리에겐 아직 유령부를 살릴 기회가 남아 있소. 그렇게 되길 바라오. 아무렴, 그래야지."

그렇게 회의가 끝나자 모두 각자의 자리로 돌아갔고, 다른 사람들에게 업무를 지시하는 일 말고는 딱히 맡은 일이 없는 카퍼스톤 영감만이 홀로 남겨졌다. 그는 책상을 등지고 앉아 차가 나오기를 기다리며, 유령을 찾아다녔던 예전의 황홀한 날들을 회상하기 시작했다. 그러다 차츰 그의 눈꺼풀이 무거워지더니 하나씩 하나씩 두 눈이 감겼다.

금세 기이한 소리가 들렸다. 하지만 그 소리는 누군가가 코를 고는 소리였다.

7장

아르바이트 남학생 구함

광고 문구를 짜내는 일은 한 살이라도 덜 먹은 기빙스 군의 몫이었다. 그는 광고 문구를 작성하느라 아침 시간의 대부분을 소비했다.

그가 중점적으로 고려한 것은, 사소한 성과에도 과도하다 싶을 만큼의 사례비를 지급하는 것처럼 보이는 것이었다.

'아르바이트 남학생 구함.' 그의 초안은 그렇게 시작됐다. 그다음, 그는 문구를 좀 더 구체화하기로 마음먹었다. '토요일 근무 가능한 아르바이트 남학생 구함.' 그는 문구를 다시 고쳤다. '토요일 근무 가능한 아르바이트 남학생 구함. 주로 토요일 근무. 간단한 일. 후한 보수. 짧은 근무시간.'

그는 자기 앞에 놓인 전단지를 찬찬히 살폈다. 토요일 근무라는 말이 괜찮을까? 대신 금요일로 바꿀까? 아니면, 화요일은? 일요일은 어떨까? 아냐. 그건 아닌 것 같아. 아이들은 월요일부터 금요일까지 학교를 다니고, 축구 시합이나 가족 나들이, 숙제 같은 일들 때문에 아무래도 일요일엔 외출하기 힘들지도 몰라. 원래대로 가는 게 낫겠어.

'토요일 근무 가능한 아르바이트 남학생 구함. 주로 토요일 근무.' 음, 제법 그럴싸하군. 따로 할 일이 있더라도 어느 정도 구실이 생기잖아. 토요일에만 일하면 되는데 뭐.

간단한 일? 이 정도로만 써도 될까? 아니면, 좀 더 구체적으로 표시할까? 유령을 찾는 일이라고 사실대로 써야 하나? 그러면 소심한 지원자들은 떨어져 나가려나? 에이, 이건 그냥 놔두자. 지원자들이 지레 포기하게 만들 필요는 없잖아. 일단 신청부터 받자.

후한 보수라. 가능하겠지? 기빙스 군은 그럴 거라고 생각했다. 고작 토요일에만 일하는 아르바이트 남학생 한 명인데. 현금 2파운드에 초콜릿 바 몇 개, 그리고 레모네이드 한 병. 아이들은 그 정도만 해도 행복해할걸. 아무튼, 보수는 서로 협상하면 되지 뭐.

'토요일 근무 가능한 아르바이트 남학생 구함. 주로 토요일 근무. 간단한 일. 후한 보수—협의 가능. 짧은 근무시간.'

짧은 근무시간? 글쎄, 그건 상황에 따라 다르겠지. 유령을 유인하는 일이 생각보다 까다로울 수도 있으니까 말이야. 장담하긴 어렵겠네. 그래도 인내심만 있다면 어렵진 않을 텐데. 하긴, 아르바이트 학생한테 장시간 일하는 걸 기대하기도 어렵고, 규정에 어긋나는 것도 무시할 순 없겠다. 더 이상 아이들을 탄광으로 보내 일을 시키거나 굴뚝 청소를 시킬 수 없는 것과 마찬가지지.

말이 나왔으니 말이지, 유령부가 설립됐던 1792년으로 수백 년을 거슬러 올라가면, 그 당시 아이들에게 굴뚝 청소를 시키는 건 흔한 일이었다. 거리를 걷다 보면, 굴뚝을 깨끗이 청소하느라 지저분한 먼지를 뒤집어쓰고 고생하는 아이들을 심심찮게 볼 수 있었다. 아동노동법은 그후 200년이란 세월이 지난 뒤에야 만들어졌다.

짧은 근무시간이라. 괜찮네. 간단한 일, 그리고 짧은 근무시간이라니. 보수까지 후하고. 아, 그런데 지원 신청은 어디서 받을까? 음, 물론 안으로 들어오라고 해야겠지. 벨을 누르거나 문고리를 두드리면 간단한 일이니까. 벨을 누를 수 있을 만큼 키가 큰지, 문고리를 두드릴 정도의 힘은 있는지도 미리 알 수 있잖아.

그는 문구를 살짝 수정해서 최종 문구를 작성했다.

'토요일 근무 가능한 아르바이트 남학생 구함. 토요일만 근무함. 간단한 일. 후한 보수—협의 가능. 짧은 근무시간. 신청은 건물 안으로.'

그런데, 유니폼은 어쩌지? 유니폼이 필요하긴 하려나? 아니다. 유니폼은 무슨. 그래도 혹시 모르니 보호 장비가 필요할지도 몰라.

'필요한 경우, 보호 장비 지급함.'

그래, 이거야. 이제 잘 붙는 테이프만 있으면 되겠네. 스캔트 부인한테 테이프가 있을 거야.

스캔트 부인은 자리를 비우고 없었다. 틀림없이 차를 끓이고 있거나 고양이와 노닥거리고 있을 터였다. 그래서 기빙스 군은 직접 테이프를 챙겨 브리카브락 거리와 마주하고 있는 1층 창문으로 갔다. 그는 먼지가 잔뜩 쌓인 유리면을 깨끗이 닦은 뒤, 공고문을 붙였다.

토요일 근무 가능한 아르바이트 남학생 구함. 토요일만 근무함.
간단한 일, 후한 보수—협의 가능.
짧은 근무시간. 신청은 건물 안으로.
필요한 경우, 보호 장비 지급함.

그렇게 구인공고문을 붙인 다음, 기빙스 군은 사무실로 돌아가 다른 일에 전념하기로 했다. 하지만 유령부가 문을 닫을지도 모른다는 생각과 하수처리국으로 발령이 날 수도 있다는 생각 때문에 집중하기가 어려웠다. 하수처리국이란 단어는 떠올리기도 싫었다. 차라리 유령 소굴로 들어가고 말지. 적어도 유령은 냄새가 나지 않을 것 아냐. 설령 냄새가 난다 해도, 하수구만 하겠어.

그렇게 잠잠히 오전이 지나고 오후가 찾아왔다.

카퍼스톤 영감은 꿀잠에서 깨어났고, 스캔트 부인은 또다시 차를 주문받으러 나타났다. 롤리 양은 〈유령과 심령체에 관한 지침서〉를 읽으며 알아낸 정보를 바탕으로, 심령론자 연합이나 천리안 협회 같은 이런저런 단체에 유령의 존재와 관련해 현재까지 과학적으로 증명 가능한 결정적 단서가 있는지 문의하는 문서를 작성했다.

기빙스 군은 확고한 여권신장론자인 롤리 양을 대할 때 여전히 껄끄러운 면이 없잖아 있었지만, 잠시 동안 그녀가 얼마나 멋지고 능력 있는 공무원인지, 본보기가 될 만한 자질을 많이 갖고 있는지 깨달았다. 구인공고문을 붙이기 전에 롤리 양에게 물어볼걸 그랬다는 생각이 들었다. 그녀라면 그 자리에서 자신이 놓친 부분을 지적해줬을 것이다. 스스로는 자신이 어떤 실수를 했는지 알 길이 없었다.

얼마 지나지 않아, 그는 자신이 어떤 실수를 했는지 알게 되었다.

8장

여학생

한때 브리카브락 거리가 속해 있었던 인근 지역은 비록 세월이 흐른 흔적과 독특한 기운이 진하게 남아 있었지만, 그곳 사람들은 여느 지역 못지않게 긴박하고도 중요한 삶을 계속 이어가고 있었다.

사실 인생을 하나의 바퀴라고 비유할 때, 그곳은 중심축이 아니었다. 바퀴살에서도 가장자리에 가까웠다. 하지만 제아무리 바퀴의 가장자리일지라도, 중심에서처럼 화려하지 않고 천천히 돌지언정, 그 삶은 끊임없이 계속되고 있었다.

브리카브락 거리의 인근 지역은 생소한 직업을 가졌거나 사양업종에 종사하는 사람들만을 위한 보금자리는 아니었다. 코저 거리에 있는 오래된 빈민구호소도 그저 노인들만을 수용하지는 않았다. 어떤 방은 널찍하고, 어떤 방은 비좁고, 위아래 층에 각각 방이 2개씩 딸려 있기도 한, 연립주택 형식의 집들이 줄지어 있는 그곳에는 가속 난위도 실고 있는 사람들도 있었다

재치 있게 이름을 붙인 스쿨 거리의 끝에는 학교도 하나 있었다. 학교 이름은 부모로부터 버려진 아이들이나 고아들을 위한 보금자리 건립을 위해 유산을 기부한 유스터스 스쿨 씨의 이름을 따서 지어졌다. 유스터스 초등학교의 규모는 크지 않았다. 사실 그곳은 학생 수가 줄어들면서 머지않아 문을 닫게 될 학교들 중 하나였다. 학교가 문을 닫으면 꽤나 불편해질 터였다. 지금은 학생들 대부분이 집에서 걸어 다니지만, 다음으로 가까운 학교는 버스를 타야 할 만큼 거리가 멀었다.

브리카브락 거리에는 아침부터 저녁까지 하루 종일 제법 많은 아이들이 지나다녔다. 아이들은 등교를 하거나 학교를 마치고 집에 돌아갈 때도 웬만하면 서두르는 법 없이 느긋하게 발을 질질 끌며 다녔다. 상당수의 아이들은 집으로 가는 길에, 더스트 거리에 있는 할레 부인의 '인증받은 맛있는 사탕가게'로 향하곤 했다. 인증을 받았다고 하는데, 어디에서 받은 것인지는 표시되어 있지 않았다.

할레 부인의 사탕가게는 달콤하고 끈적거리는 것들이 가득 찬 동굴 같은 곳이었다. 오전 8시 30분과 오후 3시 45분경이면 항상 아이들로 북새통을 이뤘다. 그 외의 시간에는 잠잠했지만, 피크타임에 벌어들이는 수입만으로도 가게 운영에는 문제가 없었다. 물론 학교가 문을 닫으면 가게도 문을 닫게 될 것이므로, 할레 부인은 학교가 문을 닫는 일이 제발 발생하지 않기만을 바라고 있었다.

유령부 앞을 지나다니는 아이들이 하루에도 족히 열댓 명은 될 터였다. 그것도 이미 수 년… 수십 년… 수백 년 동안이나.

그럼에도 그 자리에 유령부가 있다는 사실을 아는 사람은 아무도 없었다.

특이하다 못해 기이한 일이었다. 아이들은 으레 유령 따위에 호기심도 많고 좀처럼 싫증도 내지 않기 때문이다. 유령이란 존재는 아이들을 현혹시키고 넋을 빼앗기에 딱 좋은 대상이다. 물론 유령이란 단어를 떠올리기만 해도 겁먹는 아이들도 있지만, 기회만 있다면 기꺼이 유령과 맞서는 경험을 마다하지 않을 아이들도 있는 법이다. 그런 아이들은 두 눈으로 직접 유령을 목격했다는 둥, 죽을 뻔했는데 살아남았다는 둥, 밤새 머리카락이 하얗게 새거나 돌로 변하지 않고 멀쩡하다는 둥, 온갖 무용담을 늘어놓을 수 있는 아이들이다.

그런데도 그동안 유령부 앞을 지나쳤던 그 많은 아이들 중에서, 자기가 어떤 곳을 지나고 있는지 알았던 아이는 단 한 명도 없었다. 건물 정면에 부착된 '유령부'라고 새겨진 황동 현판이, 비록 퍼렇게 녹슬고 변색되긴 했어도, 어른들의 키 높이, 즉 아이들의 머리 바로 위에 위치해 있는데도 말이다. 하지만 반대로 생각하면, 아이들이 발견하지 못할 법도 했다. 설령 발견했다 한들, 곰팡이가 피어 있고 칙칙하고 재미없게 생긴 모양 탓에 관심이나 끌 수 있었을까.

그 많은 아이들은 자기만의 생각이나 고민거리에 빠져, 혹은 친구와 수다를 떨면서, 혹은 할레 부인의 사탕가게에서 뭘 살지 고민하면서 그냥 유령부 앞을 스쳐 지나갔을 것이다. 마찬가지로 오후에는 토피 사탕을 우물거리거나 레몬 셔벗을 빨아 먹으면서 집으로 돌아갔을 것이다.

유일하게 우편배달부 한 명만이 유령부 건물의 위치를 명확히 인지하고 있었지만, 그 역시도 마음속으로는 의심쩍어하고 있었다. 배달되는 우편물을 어지간해선 찾아볼 수 없는 데다, 혹여 우편물이 있더라도 아무래도 주소가 잘못 적힌 거라고 믿기 십상이었다.(봉투에 유령부라고 적혀 있긴 했지만, 왠지 '유전부(油田部)'를 잘못 쓴 건 아닌가 해서.)

꼭 그렇진 않더라도, 누군가 새로운 우편배달부가 온다면, 유령부라는 이름은 가장무도회에서 입을 만한 옷이나 진기한 것들을 판매하는 회사 이름으로 오해하기 딱 좋았다. 어느 누구에게도 그곳이 실제로 유령의 존재를 확인하기 위한 정부기관이라는 생각은 들게 하지 않았다. 말이야 바른 말이지, 요즘 같은 세상에 누가 그런 걸 믿기나 하겠는가?

브리카브락 거리를 벗어나면 프레스터 거리라는 자갈길이 나타났다. 이 길을 따라 도움이 될 만한 상점과 회사가 몇 군데 있었다. 신문 가판대 한 곳과 작은 슈퍼마켓이 있었고, 샬롯이란 이름의 청과물상점, 블러썸이란 꽃집, 빈스라는 커피숍, 찹스라는 정육점, 그리고 길 끝에는 굿코들리스라는 생선가게가 있었다. 모퉁이를 돌아 블리스터 거리로 들어서면 노스트럼 특허법률사무소와 레그웍스라는 목공소가 있었다.

레그웍스는 대략 유령부와 같은 시기에 생겼다. 그곳은 원래 워털루 전투에서 부상당한 퇴역군인들을 위해 나무 의족을 만들던 곳이었다. 레그웍스에서는 수십 년 동안 고급 의족을 만들어왔지만, 더 가볍고 질 좋은 소재가 등장하고 기술이 발전함에 따라 결국 나무 의족 시장은 붕괴되고 말았다. 레그웍스는 난간과 의자용 다리, 나중에는 크리켓 방망이 제작업체로 전락하고 말았는데, 질 좋은 크리켓 방망이를 만드는 기술은 고급 의족을 만드는 기술과 별반 다르지 않았다.

사장인 레그 씨에겐 두 명의 자녀가 있었는데, 한 명은 한창 걸음마를 배우고 있는 메이였고 또 한 명은 유스터스 초등학교를 다니는 팀이었다.

팀도 브리카브락 거리를 매일 지나다녔다. 그렇지만 한 번도 유령부라고 새겨진 현판을 본 적은 없었다. 여느 때처럼 학교를 마치고 집으로 향하던 어느 날 오후(구인공고문이 유령부 창문에 붙던 그날), 그는 할레 부인의 사탕가게에서 산 사탕을 빨아먹는 데 온통 정신을 빼앗기는 바람에, 공고문을 보지 못하고 지나쳤다. 만약 공고문을 봤다면 눈길이 갈 법도 했다. 왜냐하면 그는 모험심도 있고, 푼돈이라도 벌 수 있다면 일을 마다하지 않는 아이였기 때문이다. 마침 곧 다가올 자기 생일선물을 마련하기 위해 용돈도 필요한 참이었다. 자기 자신한테 주는 생일선물이 만족스럽지 못하다면, 다른 사람에게 주는 선물 역시 만족스러울 리가 없다는 원칙에 입각해, 그는 항상 자기 생일선물은 스스로 해결하는 것을 좋아했다.

그렇게 머리를 숙인 채 사탕을 빨아 먹으면서, 팀은 천천히 유령부 앞을 지나가고 있었다. '토요일 근무 가능한 아르바이트 남학생 구함.' 구인공고문에는 그렇게 적혀 있었다. '토요일만 근무함. 후한 보수.'

나이가 어린 팀의 입장에서는 짧은 근무시간이란 조건도 괜찮고, 보수 문제도 만족스러워 보일 만했다. 구인공고문을 봤더라면, 그의 손은 당장 문고리를 움켜쥐고 문을 탕탕 두드릴 게 뻔했다.

그러나 그는 그 기회를 놓쳐버렸다. 적어도 한동안은 말이다.

그러던 어느 날 오후, 유령부에 벨소리가 울려 퍼졌다. 연달아 문고리를 두드리는 소리마저 들렸다.

처음 그 소리를 들은 사람은 스캔트 부인이었고, 가장 나중에 들은 사람은 카퍼스톤 영감이었다. 그가 벨소리 때문에 꿀잠에서 깬 건 생전 처음이었다.

"아니, 도대체 누가…?"

기빙스 군은 창문 쪽으로 가서 소리를 내는 장본인이 누구인지 보려고 거리 쪽을 자세히 내다봤다. 웬 골치 아픈 사람이겠거니 싶었다. 무슨 앙갚음이라도 할 게 있다고 저리도 난리일까. 그는 과연 저런 사람에게 문을 열어줘도 되는지 확신이 서질 않았다. 쇳조각 하나로도 저렇게 난리인데, 괜히 문을 열어줬다가 무슨 일을 당할지 알고?

하지만 놀랍게도, 기빙스 군의 눈에 들어온 것은 거대한 앞발이 달려 있더라도 전혀 이상할 것 같지 않은 고릴라만 한 덩치의 사람이 아니었다.

그의 눈앞에서 문을 두드리고 있는 사람은 거대한 몸집의 악당도 아니었고, 구인공고를 보고 찾아왔을지 모를 남학생도 아니었다. 바로 여학생이었다. 그녀는 문고리에 손이 닿기나 할까 싶을 정도로 체구가 작았다. 사실, 그녀는 문고리를 쥐고 문을 두드린다기보다는, 까치발로 자기 몸의 반동을 이용해 문을 두드리고 있었다. 게다가 딱 보아하니, 두드리는 소리를 견디다 못해 문을 열어줄 때까지, 결국 자기 뜻을 이루기 전까지는 좀처럼 떠날 것 같지 않은 분위기였다.

"뭐야, 기빙스 군? 세상에, 누가 들으면 세상에 종말이라도 온 줄 알겠네."

롤리 양이 창문 옆, 기빙스 군의 곁으로 다가왔다.

"여학생 같은데요." 기빙스 군이 말했다. "문짝이랑 무슨 원수라도 졌나. 뭣 때문에 저러는지 모르겠어요."

"나가서 물어보는 게 낫지 않을까?" 롤리 양이 말했다. "그냥 있다간 다들 귀먹겠어."

"혹시 저 아이가 유령은 아니겠죠?" 기빙스 군이 혹시나 하는 마음으로 물었다.

"너무 멀쩡하게 생겼는데." 롤리 양이 말했다. "쟤가 유령이면, 난 박하사탕이나."

기빙스 군은 롤리 양이 박하사탕과 손톱만큼이라도 비슷한 데가 있다고는 생각하지 않았다. 그래도 가끔 그녀에게 달콤한 구석이 있다는 생각은 들었다.

부하 직원들이 모여들어 문을 여는 동안, 카퍼스톤 영감은 집무실 밖 계단에서 아래를 내려다보고 있었다.

"조심들 해!" 영감이 소리쳤다. "위험할지도 모르니까."

스캔트 부인은 지하층으로 연결된 계단 가까이로 물러섰다. 그녀는 무거운 주전자를 무기처럼 들고 여차하면 도망칠 태세를 갖췄다. 그녀의 발치에는 고양이 보딩턴이 등에 털을 잔뜩 곤두세운 채 기다리고 있었다. 그 모습은 마치 커다란 도마뱀, 혹은 귀여운 털북숭이 공룡을 연상케 했다.

9장

여성의 권리를 위하여

여학생이 입고 있는 윗옷에는 여자 이름이라고 보기엔 좀 이상한, '유스터스'라는 이름이 적혀 있었다. 소녀는 한쪽 어깨에 배낭을 걸치고 있었는데, 불룩한 형태를 봐선 그 안에 책 몇 권과 작은 우쿨렐레가 들어 있는 것 같았다.

기빙스 군이 막 문을 열려는 찰나, 반대편에 있던 소녀도 마침 문고리를 다시 한 번 두드리려던 참이었다. 갑자기 문이 열리자 소녀는 문고리를 놓치며 휘청거렸고, 눈앞에 한 노친네(카퍼스톤 영감)와 패션 테러리스트 아줌마(스캔트 부인), 좀 세 보이는 언니(롤리 양), 약골 샌님(기빙스 군)이 우르르 나타나자 여차하면 맞짱이라도 뜰 기세로 그들을 쳐다봤다.

"안녕, 꼬마 아가씨?" 노친네가 말했다. "우리가 도울 일이라도 있니? 네가 워낙 끔찍한 소리를 내서 말이지."

"여기 구인공고문에 대해 할 말이 있어서요." 소녀가 말했다.

"구인공고문이라니?" 카퍼스톤 영감이 물었다.

"여기, 이거요."

소녀는 창문에 붙은 구인공고문을 가리켰다.

"그게 뭐가 어때서?"

"저건 잘못됐어요. 한 마디 덧붙이면, 불법이기도 하고요. 저도 제 권리는 안다고요."

"아무래도 잠깐 들어와서 얘기하는 게 낫겠구나. 듣자하니 이렇게 문간에서 따질 얘기는 아닌 것 같은데."

"제가 다시 나올 수 있다고 약속하시기 전엔 안 들어가겠어요. 다들 이상한 분들 같아서 말예요."

"이상하다니! 이것 봐, 꼬마 아가씨. 우린 공무원이라고."

"아, 그러셨구나. 이제 이해가 되네요. 그럼, 들어가긴 하는데, 조금이라도 수상쩍으면…."

"그런 걱정은 붙들어 매려무나."

"저희 집은 저 길 끝 모퉁이만 돌면 있어요."

"그래?"

"그러니 제가 집에 들어오지 않으면, 부모님이 절 찾으러 오실 거예요."

"부모님이 제정신이라면, 당연히 그러시겠지."

"굿코들리스 주인이 아빠거든요."

"정말?"

"굿코들리스요. 생선가게."

"생선?"

"하지만 저희가 생선가게를 한다고 해서 무조건 비린내가 날 거란 생각은 버리세요."

"그야 물론이지."

"실은, 산뜻한 딸기 냄새가 날 거예요."

"그래, 그러고 보니 그렇구나. 스캔트 부인, 안 그렇소? 기분 좋은 냄새가 솔솔 풍기는 것 같지 않소?"

"제가 쓰는 비누 냄새예요." 소녀가 말했다.

"냄새가 아주 좋구나." 스캔트 부인이 말했다. "과일향이 달콤한 게…."

"딸기향이에요."

"네가 말했잖니."

"그러니까 저한테 비린내가 나네 마네 얘긴 하지 마세요."

"걱정 붙들어 매라니까."

"그럼, 들어갈게요."

소녀가 안으로 들어가자, 등 뒤에서 문이 닫혔다.

"회의실로 가는 게 좋을 것 같군요." 카퍼스톤 영감이 말했다. "이 꼬마 아가씨가 무슨 말을 하는지 들어봅시다."

"저기요, 제 생각엔 저 구인공고문도 떼서 갖고 가시는 게 좋을 것 같은데요." 소녀가 말했다. "제가 따지고 싶은 게 바로 저것이거든요."

"정말이냐?"

카퍼스톤 영감은 소녀의 적극성이 보통이 아니란 생각에 한편으론 놀랍고 한편으론 깊은 인상을 받았다.

"그렇다면야, 그렇게 하자꾸나. 기빙스 군, 미안하지만…."

기빙스 군은 구인공고문을 떼러 갔고, 카퍼스톤 영감은 앞장서서 회의실로 향했다.

겉모습으로만 보면 소녀는 호리호리한 체격에 비해 훨씬 탄탄한 느낌이었지만, 그렇다고 또래들보다 몸집이 더 크진 않았다. 다부지다고 해야 할까. 키가 작은 편은 아니었지만, 그렇다고 큰 키라고 보기도 어려웠다. 딱히 예쁜 얼굴도 아니었지만, 소박한 얼굴도 아니었다. 어쩌면 조명이나 소녀의 기분에 따라 달라 보일지도 몰랐다.

"자, 앉으렴."

소녀는 시키는 대로 의자에 앉았다. 하지만 다리가 바닥에 닿지 않아 허공에서 두 다리가 대롱거렸다.

"자, 이렇게 영광스러운 자리에 내가 지금 어떤 분과 마주하고 있는지 물어봐도 될까, 꼬마 아가씨?" 카퍼스톤 영감이 물었다.

"네?" 소녀가 말했다. "무슨 얘길 하시는 거예요?"

카퍼스톤 영감의 얼굴이 빨갛게 달아올랐다. 그러자 롤리 양이 한 발짝 다가와서 말했다.

"네 이름 말이야. 영감님은 네 이름이 뭐냐고 묻고 계신 거야. 네 윗옷에 쓰여 있는 것처럼, 설마 이름이 유스터스는 아니겠지?"

"당연히 아니죠. 이건 제가 다니는 학교 이름이에요. 누가 여자애 이름을 유스터스라고 짓겠어요? 제정신이 아니고서야."

그 말에 못마땅하다는 듯, 긴 침묵이 흘렀다. 공무원 입장에서는 그런 말에 맞장구를 칠 수도, 잘했다고 부추길 수도 없는 노릇이었다.

"그건 그렇고," 싸늘한 반응에도 아랑곳 않고, 소녀는 넉살 좋게 말을 이어갔다. "제 이름은 트러펜스예요. 굳이 아셔야겠다면요. 성은 코들리고요. 중간이름은 원래 없는데, 나중에 혹시 모르니 하나 만들어야 할까 봐요. 아직 결정한 건 아니지만, 마비스가 어떨까 생각 중이랍니다."

"나라면 마비스는 안 쓸 것 같구나." 스캔트 부인이 충고하듯 말했다. "뭐랄까… 네가 쓰기엔 너무 노티가 난달까."

"그래요?" 코들리가 말했다. "그럼 보헤미아는 어때요?"

카퍼스톤 영감이 헛기침을 했고, 마침 기빙스 군이 창문에서 뗀 구인공고문을 가지고 들어왔다.

"아무래도 우리 얘기가 옆길로 새는 것 같구나." 카퍼스톤 영감이 말했다. "본론으로 바로 들어갈까?"

"무슨 말씀이세요?" 코들리가 물었다. 그러고는 그들 중에서 가장 말이 통할 것 같아 보이는 롤리 양을 향해 몸을 돌렸다. "지금 뭐라고 하시는 거예요?"

"구인공고문 말이야." 롤리 양이 말했다. "할 얘기가 있다고 하지 않았니?"

"아, 맞다." 코들리가 말했다. "그 구인공고문은 법에 어긋나고 차별 행위까지 하고 있어요."

"뭘 하고 있다고?" 기빙스 군이 물었다.

"구인공고문을 저렇게 토요일에 근무 가능한 남학생들을 구한다고 써 붙이시면 안 되죠."

"내가 언제?" 기빙스 군이 말했다. "난 남학생이라고만 썼지, 남학생들이라곤 안 했는데."

"중요한 건 그게 아니에요. 여학생들은 안 되냐는 거예요, 안 그래요?"

"글쎄, 여학생들은 안 되냐고?"

"여학생들한텐 기회가 없잖아요, 안 그래요? 구인공고를 내시려면, 저렇게 남학생들을 구한다거나 여학생들을 구한다고 하시면 안 되죠. 그냥 사람들이라고만 쓰시든가 해야지."

"그냥 사람들?" 기빙스 군이 물었다. "그게 뭐야? 난 그런 건 생전 처음 듣네!"

"솔직히, 나도 처음 듣는 소리이긴 하다만." 카퍼스톤 영감이 말했다. "나도 요즘엔 세상이 어떻게 돌아가는지 몰라서 말이다."

"당연히 그냥 사람 구함이라고 쓰시든가, 남녀학생 구함이라고 쓰셔야죠."

"그래? 누가 그러디?" 기빙스 군이 물었다.

"법이 그러죠. 저도 제 권리 정도는 안다니까요."

"맞는 말인 것 같군그래." 카퍼스톤 영감이 말했다. 그러고는 길고 힘없는 한숨을 내쉬었다.

스캔트 부인은 상황이 어떻게 돌아가고 있는지 그다지 관심이 없는 눈치였다. 그녀는 고양이를 쓰다듬느라 여념이 없었다. 그러나 롤리 양은 바짝 신경이 곤두선 데다, 소녀의 문제 제기에 오히려 동조하는 분위기였다.

"내가 봐도 이 꼬마 아가씨의 주장이 모두 맞는 것 같아, 기빙스." 롤리 양이 말했다. "공고문을 붙이기 전에 나한테 확인받았다면, 나도 똑같은 문제를 제기하고 잘못된 걸 고치라고 지적했을 거야. 남자든 여자든, 남학생이든 여학생이든, 모두 평등하게 대접을 받아야지. 어떤 사람에게 기회를 준다면, 다른 사람에게도 역시 기회를 주는 게 맞아. 무슨 말이 더 필요하겠어?"

"그렇지만요." 기빙스 군이 말했다. "업무 특성이란 게 있잖아요. 솔직히 말해서, 이 일이 위험할 수도 있…."

코들리의 두 눈이 크리스마스트리 불빛처럼 반짝거렸다.

"위험하다고 하셨어요?" 코들리가 말했다. "전 위험한 일도 좋아요. 무슨 일인데요? 위험한 일이 제 전문인데요 뭐. 제가 칼로 생선 배를 가르는 걸 보셨어야 하는데. 아니면 핀으로 소라고둥 껍질 벗기는 거나. 한 번도 베인 적 없고 병원에 실려간 적도 없어요. 제가 위험한 일엔 도가 텄거든요."

카퍼스톤 영감은 반달 모양 안경 너머로 소녀를 빤히 바라봤다.

"넌 인형놀이 같은 건 안 하니?"

"특별히 거부감이 있진 않아요. 하지만 날카로운 칼로 하는 일이 훨씬 짜릿하긴 하죠. 그건 그렇고, 혹시 소라고둥이나 장어젤리 같은 게 필요하시면 말씀하세요. 우리 아빠한테 사시면 싸고

맛도 무지 좋거든요."

"글쎄다, 지금 당장은…." 카퍼스톤 영감이 말했다.

"제 생각엔 말이죠." 롤리 양이 말했다. "이 꼬마 아가씨가 말한 대로 당장 구인공고문을 고쳐야 할 것 같습니다."

"기빙스 군, 자네 생각은 어떤가?"

카퍼스톤 영감의 한쪽 눈썹이 물음표처럼 치켜 올라갔다.

"이의는 없습니다, 영감님." 기빙스 군이 말했다. "의도적으로 그랬던 건 아니니까요. 전 단순히 여학생들도 할 수 있을 거란 생각을 미처 못 했을 뿐입니다. 여학생들한테 반감이 있거나 한 건 아닙니다. 절대로요."

"잘 알겠네. 자, 꼬마 아가씨, 구인공고문을 수정해서 다시 창문에 붙여놓겠다고 약속하마. 우리가 빠뜨린 걸 알려주려고 들러줘서 고맙구나. 떠나기 전에 우리가 도울 일이 또 있을까?"

"네." 코들리가 말했다. "이 일… 제가 지원하고 싶어요."

이번에는 아주 긴 침묵이 흘렀고, 네 명의 어른들은 서로를 쳐다보다가 코들리를 보고, 다시 서로를 쳐다봤다.

"그게…." 카퍼스톤 영감이 말했다.

"아르바이트라면 자신 있어요." 코들리가 말했다.

"그동안 무슨 일을 했는데?"

"생선 배 가르고 소라고둥 껍질 벗기는 일요. 추천서도 받을 수 있어요."

"누구한테서?"

"우리 아빠요."

"친인척이 써준 추천서는 그다지…."

"그럼, 저희 선생님요. 아마 써주실 거예요. 한번은 모래놀이터에서 모래를 체로 치는 일을 부탁하신 적이 있는데, 다 끝냈더니 저더러 일을 끝내주게 잘한다고 하셨거든요."

"글쎄, 그건 추천서가 될 것 같긴 하구나. 다만…."

"다만 뭐요?"

"우선 어떤 일인지 궁금하지도 않니?"

"아, 그렇죠. 어떤 일인데요?"

"비위가 약한 사람들은 못 할 거야." 기빙스 군이 말했다.

"아저씨야말로 비위가 약해서 생선 배도 못 가르실걸요."

"그게 어떤 일이냐 하면 말이다…" 카퍼스톤 영감이 말했다. "유령과 관련 있는 일이란다."

"유령요?"

순간 아까보다 더 조용해졌다. 어른들은 소녀가 겁을 먹었는지 어떤지 반응을 살피느라 소녀의 얼굴을 지켜봤다. 하지만 소녀는 아무렇지도 않았다.

"저, 유령 좋아해요." 코들리가 말했다. "저한테 딱인데요."

"그럼, 유령이란 걸 실제로 본 적이 있니?" 카퍼스톤 영감이 흥분해서 물었다. "혹시 집에 있으면 유리병에 넣어 가지고 올 수 있겠니?"

"아뇨. 실제로 본 적은 없어요. 그냥 주워들은 것뿐이에요."

"하긴, 그 얘기라면 우리도 숱하게 겪었단다." 스캔트 부인이 진절머리 난다는 듯 말했다. "모두들 '그랬다더라'거든. 하지만, 전해들은 것과 직접 목격한 건 다르지, 안 그러니?"

"맞아." 롤리 양이 말했다. "혹시라도 네가 유령을 목격했다면, 엄청나게 골치 아프고 성가신 우리 일을 덜어줄 수 있을 것 같아 그렇단다. 우리 모가지가 너한테 달렸는지도 모르지."

"모가지라뇨?" 코들리가 말했다. "그게 무슨 말이에요?"

"지금 여기가 어딘지 아니, 꼬마 아가씨?"

"브리카브락 거리죠."

"그게 아니고, 지금 어떤 건물 안에 들어와 있는지 아냐고."

"어… 관공서… 아닌가요?"

"여기가 바로," 카퍼스톤 영감이 말했다. "유령부란다."

코들리는 영감을 쳐다보더니, 이내 킥킥거리며 웃기 시작했다.

"말도 안 돼요. 뻥 좀 그만 치세요."

그후로 10여 분 동안이나 카퍼스톤 영감과 스캔트 부인, 롤리 양 그리고 기빙스 군은 최대한 간결하게, 그리고 최대한 얘기가 옆길로 새는 것을 자제하면서, 유령부의 역사와 목적은 물론, 옴짝달싹할 수 없는 현재 자신들의 처지에 대해 설명해야만 했다. 급기야 그들은 그라임스와 내털리의 〈유령사냥 지침서〉에 나오는 이론까지 들먹거리며, 유령이 나타나면 아이들과 동물들이 어떻게 민감하게 반응하는지에 대해서도 상세히 설명했다. 어른들은 보지 못하는 것을 보고 감지하는 능력에 대해.

설명이 모두 끝나자, 트러펜스 코들리는 여태 들은 이야기를 곰곰이 되새기면서, 잠시 동안 잠자코 앉아 있었다.

"그러니까, 결론은, 유령을 잡아올 사람이 필요하다는 거죠?"

"바로 그거란다. 그런데 우리에겐 석 달이란 시간밖에 없단다."

"누군가 유령을… 유인할 사람이 필요하다는 얘기죠?"

"그렇지."

"아니면, 다른 곳에서 유령을 찾아 여기로 끌고 오든가요."

"그렇다면 더할 나위 없겠지."

"흠… 보수가 어떻게 된다고요?"

"협의하기 나름이지." 기빙스 군이 말했다.

"그럼 협의하시죠. 단, 시간당 10파운드 이상이 아니면 꿈도 꾸지 마세요."

"10파운드라고! 한 시간에 10파운드씩이나!"

아연실색한 카퍼스톤 영감이 가슴 쪽 주머니를 움켜잡았다.

"뭐, 약간은 깎아드릴 수도 있어요. 조건에 따라서 말예요."

"조건이라면?"

"상황에 따라 다르죠." 소녀는 두루뭉술하게 대답했다.

"아무튼, 정식으로 지원할 필요가 있겠다." 기빙스 군이 말했다.

"방금 했잖아요."

"그래도 격식은 차려야지."

"전 격식 치리는 일은 딱 질색이에요. 지원서에 빈 칸 채우고 뭐 그러는 거요. 고작 아르바이트 일거리 찾자고 그러긴 싫거든요."

"그게 말이다." 카퍼스톤 영감이 말했다. "우린 무슨 일이든 간에 사람을 채용하려면, 적어도 48시간 이상 공고문을 게재해야 한단다. 그게 규정이란다. 혹시 다른 지원자가 있을 경우에 대비해 수정된 공고문도 부착해야 하고, 결정은 그 이후에 내리도록 하자꾸나. 자, 그럼, 이름이라도 주고 가면…."

"저도 필요한데요?"

"뭐라고?"

"이름 말예요. 저한테도 이름이 있어야죠. 그런데 이름을 드리면 전 어떻게 하라고요. 이름도 없이 집엔 어떻게 가라고, 그렇지 않아요? 아무도 절 뭐라고 부를지 모를 거 아녜요? 그냥 '거시기'라고 부를지도 모르잖아요. 내가 누군지 알 리가 없는데."

"아니, 난 그런 뜻으로 말한 게 아닌데. 내 말은… 네가 이름을 남기고 가면, 하루 이틀 더 공고문을 부착했다가… 너한테 연락을 할 수도 있다는 얘기란다."

소녀는 그들이 자기를 속이는 건 아닌가 해서 미심쩍다는 표정을 지었지만, 딱히 그게 뭔지는 말할 수 없었다.

"음, 그렇다면 좋아요. 이름 적어놓고 갈게요."

어른들은 소녀에게 펜과 종이를 줬다.

"여기요." 소녀는 다 적은 다음 말했다. "트러펜스 코들리. 굿코들리스 생선가게가 집인데, 이곳에서 모퉁이만 돌면 나와요. 그리고 제 핸드폰 번호랑 집 전화번호를 적었으니, 전화하시면 돼요."

"핸드폰 번호라고?" 카퍼스톤 영감이 물었다. "어떻게 그럴 수 있지?"

코들리는 마치 '저 할아버지, 진심으로 하는 말이에요?'라는 표정으로 나머지 세 사람을 쳐다봤다. 세 사람은 카퍼스톤 영감이 너무 나이가 들어 최첨단 기술은 잘 모른다는 사실을 인정한다는 듯, 소녀에게 딱하다는 표정을 지어 보였다.

"자, 그럼," 코들리가 말했다. "제 신상정보를 남겼으니, 필요하면 연락하세요. 하지만 혹시라도 유령을 찾을 수 있는 사람이 있다면, 그건 바로 저일 거예요. 전 겁도 별로 없는 편이고, 혹시 겁을 먹더라도 얼마든지 처리할 수 있어요. 그러니 너무 걱정하실 필요 없어요. 전 유령을 찾기 위해 교회 종탑을 올라가도 좋고, 공동묘지든 화장터든 어디든 상관없어요. 참, 명심하세요. 혹시 차 한 잔 하면서 소라고둥이 생각나시면, 가까운 곳에 저희 아빠 가게가 있다는 사실도요. 그리고 혹시라도 누가 저한테서 비린내가 난다고 하면 그건 거짓말이에요. 왜냐하면, 저는 딸기 냄새만 나고 제 친구들도 죄다 그렇다고 말하니까요."

그렇게 말을 끝낸 코들리는 자리에서 휙 일어나 가방을 집어 들더니, 소라고둥 작업 할당량이 많아서 이만 가보겠다고 말했다.

"정문까지 데려다줄게." 롤리 양이 말했다.

"그러실 필요 없어요. 저도 길은 알아요."

그래도 롤리 양은 소녀를 정문까지 배웅했다.

"코들리…."

“네?”

“너, 배짱 한번 두둑하구나. 우리 여자들은 함께 뭉쳐서 남녀평등을 위해 싸워야 해. 멈추지 말고 계속 앞으로 나아가야지. 여성의 권리를 위하여!”

그때까지 계속 무뚝뚝하고 무례하기까지 했던 코들리는 그제야 놀라울 정도로 환한 미소를 지었다. 마치 하루 종일 구름에 가렸던 태양이 얼굴을 내미는 것 같았다.

“제가 너무 버릇없게 굴었던 건 아니죠?”

“아니, 전혀. 넌 맞는 말만 한걸.”

서로의 존재를 모르고 있다가 불현듯 같은 일을 꾸미고 있는 공모자임을 알고 놀라 기쁘다는 듯, 롤리 양도 마찬가지로 태양 같은 미소를 지었다.

“내가 한 가지 귀띔해줄게. 혹시 다른 지원자가 있더라도, 난 너를 뽑을 거야.”

“고맙습니다. 가봐야겠어요. 숙제 할 게 있거든요.”

“그럼, 잘 가.”

“안녕히 계세요.”

코들리가 떠나고 롤리 양이 문을 닫자, 현관에 은은한 딸기향이 맴돌았다. 하지만 그 냄새는 어떻게 보면 단순한 딸기향이 아니라, 신선한 공기와도 같았다.

10장

또 다른 지원자

유령부 정문의 문고리는 오랜 세월 사용할 일이 없어 잠들어 있던 탓에, 문짝 역시 굳건히 버티고 있었다. 유령부를 찾아오는 손님은 눈을 씻고 봐도 찾기 힘들었고, 수십 년 동안이나, 그 앞을 지나가다 길을 묻는 사람조차 만나기 힘들었다.

그런데 고작 이틀밖에 지나지 않았는데, 벨과 문고리를 사용한 사람이 벌써 두 명이나 나타나서 이목을 끌더니, 급기야 셋째 날에는 또 다른 방문객이 유령부를 찾아왔다.

날씨마저 화창하던 그날 아침, 유령부의 일과가 막 시작되던 때, 관심을 끌고 싶어 하는 자가 또 나타났다.

또야? 자신만의 성지를 향해 점점 크게 들려오는 소리를 듣고, 카퍼스톤 영감은 생각했다. 또 있어? 오늘도 정신없겠는걸. 첫날엔 생각만으로도 짜증나는 비스턴이란 양반, 다음 날엔 위풍도 당당한 코들리란 여자애가 왔는데, 아직도 올 사람이 남았나 보네그려. 이러다 유명해지는 건 아닌가 몰라, 나 원 참. 다들 짰나,

왜 이 시간에 몰려오고들 그러는지.

하지만 이런 생각들을 하면서도 카퍼스톤 영감은 문 밖의 상황에 특별한 반응을 보이지 않았다. 혹시 방문객이 맞다 해도, 문을 열어주는 것은 자신의 일이 아니기 때문이었다. 그는 그런 면에서는 매우 엄격했다. 누가 뭐래도 그는 그곳에서 가장 높은 사람이고, 문을 여는 일 따윈 부하 직원들이 할 일이었다.

"제가 갈게요." 기빙스 군이 큰 소리로 외쳤다.

기빙스 군이 복도로 향했을 때, 롤리 양과 스캔트 부인도 이미 나와 있었다. 사실, 그들 역시 한껏 고무되어 있었다. 그토록 오랫동안 주목받지 못하고 주변을 겉돌았던 탓에, 뭐랄까, 지루하기 짝이 없었는데, 문득 어떤 사건의 중심에 선 듯 자신들이 특별해진 기분이 들었기 때문이다.

"요즘 들어 난리도 아니네요. 안 그래요, 롤리 양?" 기빙스 군이 말했다. "갑자기 유명해진 것 같아요. 요즘 같아선 정말 일할 맛이 난다니까요."

"그러게, 기빙스." 롤리 양도 한껏 어깨에 힘을 주며 말했다.

애완견처럼 신나 하는 기빙스 군의 모습을 보면서 그녀는 속으로 생각했다. 철이 들려면 아직 멀었어. 근엄함이 생명인 관료주의에 적응하려면 아직 배울 게 많아.

그들이 정문 앞에 도착해 보니 스캔트 부인이 이미 손잡이 쪽으로 손을 뻗고 있었다. 끼익 하는 쇳소리가 평소보다 다소 약하게 나면서 정문이 뒤로 활짝 열렸고, 어떤 소년이 모습을 드러냈다.

소년은 주근깨가 좀 있긴 했지만 심한 정도는 아니었고, 깔끔해 보이지만 한편으론 막 침대에서 일어난 것 같은 부스스한 느낌도 있었다. 딱히 위생관념에 문제가 있거나 비누를 쓰지 않아 그렇다기보다는 원래 성격이 털털한 것 같았다.

"안녕하세요." 소년이 말했다.

"남자애네." 롤리 양이 기빙스 군에게 소곤거렸다. "키도 작아."

"네, 저맘때는 다 그렇죠 뭐." 기빙스 군이 말했다.

소년은 전날 왔던 트러펜스 코들리처럼, 앞쪽에 '유스터스'라고 써진 스웻셔츠를 입고 있었다.

"무슨 일 때문에 왔을까?" 스캔트 부인이 말했다. "혹시 굴뚝 청소하겠다고 왔을까 봐 걱정이네. 이제 우린 석탄은 안 쓰니 어쩌지. 가스로 바꿨거든. 그래도 뭐라도 하겠다면, 옛날에 쓰던 석탄통을 닦는 일은 어떨지 모르겠네."

스캔트 부인을 쳐다보는 소년의 얼굴 표정은 분명했다. 첫째, 뭐 이딴 아줌마가 다 있어. 둘째, 도대체 무슨 소리를 하는 거야.

"구인공고 보고 왔는데요." 소년이 말했다. "창문에 붙어 있는 거요."

"이런, 지원자가 또 있었네!" 스캔트 부인이 말했다. "이틀 동안 벌써 두 명째야."

"토요일에 근무 가능한 남녀학생 구함, 하고 써져 있던데요. 저도 지원하고 싶어서요."

"거기, 아르바이트 지원자가 또 왔소?"

카퍼스톤 영감의 카랑카랑한 소리가 계단을 타고 내려왔고, 뒤이어 그의 몸이 보였다.

"그렇습니다, 영감님." 롤리 양이 대답했다.

"그렇다면 어떤 친군지 얼굴이나 한번 봅시다." 카퍼스톤 영감이 말했다. "이번엔 남학생이네? 이름이 뭔지 물어봐도 될까, 꼬마 친구?"

"팀요." 소년이 말했다. "팀 레그예요. 저기 모퉁이를 돌면 저희 집이에요. 그게, 정확히는 모퉁이를 두 개 돌아야 있어요. 그리고 길을 따라 내려가면 저희 가게가 있어요. 레그웍스라는 가게요. 원래 나무로 의족을 만들었지만, 지금은 방망이를 만들어요. 크리켓 국제경기에서도 저희가 만든 방망이를 써요."

"오, 크리켓!" 카퍼스톤 영감이 말했다. "나도 어렸을 적에 크리켓 시합을 많이 봤단다. 뭐니 뭐니 해도 크리켓이 최고지. 퍼질러 앉아서 하루 종일 잘 수도 있거든."

"전 지금 학교에 가던 중인데, 이러다 지각할지도 모르니까 후다닥 지원하고 미친 듯이 뛰어가야겠어요. 특히 후한 보수라는 점이 맘에 드네요. 생일선물 살 돈이 필요하거든요."

"어쩜 이렇게 기특할꼬." 롤리 양이 말했다. "선물할 사람이 누구니? 형? 동생? 사랑하는 엄마?"

"아뇨." 팀이 말했다. "저요."

"너라고?"

"저한텐 전통 같은 거예요. 매년 제 생일이 다가올 때쯤 되면,

제가 직접 제 선물을 사거든요. 자축하는 의미로요. 이제 두어 달 밖에 남지 않았어요. 그래서 빨리 돈을 모아야 해요. 어쨌든, 몇 시간이나 일하고, 언제부터 시작하죠?"

"자, 잠깐만, 꼬마 친구." 기빙스 군이 말했다. "그게 그렇게 뚝딱 처리할 일이 아니란다."

"그래. 우선 어떤 일인지 궁금하지도 않니?" 카퍼스톤 영감이 말했다. "지원서를 쓰기 전에 그게 먼저 아닐까?"

"추천서를 받아야 할지도 모르는데 말이야." 롤리 양이 말했다.

"차도 한 잔 해야지." 스캔트 부인이 끼어들었다.

"먼저 신청한 지원자가 있어서 심사 중이라는 것도 알아두렴." 롤리 양이 말했다. "상당히 느낌이 좋은 여학생인데, 채용 가능성이 꽤 높단다. 사실, 현재까지는 1순위라고 봐야지."

"지원자가 아직 그 애 하나밖에 없긴 하지만 말이야." 기빙스 군이 말했다.

"그야 그렇지만…." 롤리 양이 말했다.

"알겠어요. 어떤 일인데요?" 팀이 말했다. "대충이라도 얘길 해주셔야 지원하든가 말든가 하죠."

"유령과 관련 있는 일이란다." 이번에는 기빙스 군이 매우 근엄하고 진지하게 말했다.

"정확히는, 유령을 잡는 일이지." 롤리 양이 말했다. "겁이 많거나 허약한 사람, 마마보이 같은 애들이 할 만한 일은 아니란다."

그러자 팀이 못마땅하다는 표정을 지었다.

“누가 저더러 마마보이래요? 누군지 데려오세요. 그냥 면상을 날려버릴 테니까.”

“어이구, 그럴 것까지야.” 카퍼스톤 영감이 말했다. “설령 그렇더라도, 그럴 필요까지야….”

“전 절대로 마마보이가 아니란 말을 하는 것뿐이에요.” 팀이 말했다. “유령 몇 마리쯤은 무섭지 않다고요. 아침 메뉴로 유령이나 먹을까 보다.”

“그럼 너, 여태 아침도 안 먹은 거니?” 스캔트 부인이 말했다. “차라도 한 잔 마실래?”

“이 아이는 지금 은유적인 표현을 쓴 것 같소, 스캔트 부인.” 카퍼스톤 영감이 말했다.

“오, 그런 거예요?” 스캔트 부인이 놀란 표정으로 말했다. “멋진데. 이런 말 하는 애는 네가 처음이다, 얘.”

“아무튼, 유령은 어디에 있어요?” 팀이 따지듯 물었다. “어디에 있는지만 말씀하세요. 그럼 제가 알아서 처리할게요. 보는 즉시 가방에 쓸어 담아서 쓰레기통에 내던져버릴게요.”

“아니, 아니다.” 카퍼스톤 영감이 말했다. “네가 뭘 잘못 이해하고 있나 보구나. 우리가 찾고 있는 아르바이트 남학생은….”

“또는 여학생요.” 롤리 양이 끼어들었다.

“그래, 맞아. 우리가 찾는 사람은 우릴 대신해 유령을 찾을 아르바이트 남학생 또는 여학생이란다. 혹시 네가 현판을 봤는지 모르겠지만, 이곳이 바로 유령부이기 때문이지. 안타깝게도, 우리도 그렇고 이전의 선임자들도 마찬가지지만, 지난 200여 년 동안 아무도 유령을 찾지 못했단다. 만약, 유령을 찾지 못하면 이곳은 문을 닫게 될 처지란다."

"그다음엔 하수처리국으로 발령이 날 예정이지." 기빙스 군이 말했다.

"그건 잘리지 않는 사람들 얘기요." 카퍼스톤 영감이 말했다.

모두들 한 마디씩 말을 꺼냈다.

"게다가, 시간이 3개월밖에 남지 않았단다."

"그라임스와 내털리의 〈유령사냥 지침서〉를 보면…."

"너도 들어는 봤을 거야."

"학교에서도 배운다는 얘기가 있던데…."

"어린애들은 어른들보다 유령의 존재를 인지하는 데 훨씬 예민하고…."

"유령을 유인할 수도 있고…."

"말하자면, 일종의 미끼 역할을 한다는 거지."

"그러니 네가 우리한테 유령을 잡아다 주기만 하면, 넌 얼마든지 네 생일선물을 살 수 있고…."

"우리가 생일 축하 카드도 보내줄게."

"자, 어때?"

네 사람은 모두 입을 닫고 소년의 반응을 기다렸다.

"얼마나 주실 건데요?"

"나라에서 정한 최저임금은 보장하지." 스캔트 부인이 말했다.

"그것보다 적으면 안 할 거예요. 절대로요."

"그렇게 일할 사람이 누가 있겠니." 스캔트 부인이 맞장구를 쳤다. "절대 더 적게 받을 일은 없을 거야. 당연히 그래야지."

"생각 좀 해볼게요."

"그럼, 우리도 생각 좀 해봐야겠구나." 롤리 양이 말했다.

"이제 어떤 일인지는 알았는데, 제가 하고 싶은 일인지는 확실하지 않아서요."

"우리가 널 뽑지 않을 수도 있잖니." 롤리 양이 지적했다. "이미 너 말고 다른 지원자가 한 명 있는 데다, 추가 지원자가 또 있을 수 있으니 말이야."

"아직 초반이잖니." 스캔트 부인이 말했다.

"초반 중에서도 초반이죠." 기빙스 군이 거들었다. "구인공고 낸 지도 얼마 안 됐고 오늘 하루도 한참이나 남았는데. 혹시 아니? 너희 학교 학생들이 죄다 몰려와서 지원할지?"

"어쨌든, 제가 가장 먼저 왔잖아요."

"엄밀히 따지면, 두 번째지." 롤리 양이 말했다.

"좋아요. 그럼 저도 지원하겠어요."

"그렇다면 우리한테 네 명함 한 장 주고 가렴." 카퍼스톤 영감이 말했다.

"명함 같은 거 없는데요."

"이런. 거참, 불편하네."

"그럼, 그냥 이름만 남기고 가." 기빙스 군이 말했다.

"이름을 남기라고요? 그럼 제가 필요할 땐 어떻게 하라고요? 아무도 제가 누군지 모를 거 아녜요!"

"이런, 세상에." 카퍼스톤 영감이 말했다. "도대체 학교에서 뭘 가르치는 거야? 이름을 남기란 말이 정말로 이름을 두고 가라는 게 아니라, 이름 하나 적어놓으란 말인 것도 모르고 말이야. 그 여자애도 똑같은 소릴 하더니."

"그게 누군데요?"

"코들리라고 하더라."

"트러펜스 코들리요?"

"맞아."

"비린내는 절대로 안 난다는 애요?"

"딸기향만 난다나 뭐라나." 기빙스 군이 말했다.

"걔, 저랑 같은 반이에요."

"너랑 걔랑 같은 반인지 아닌지 어떻게 아니?" 롤리 양이 물었다.

"그렇다고 무슨 차이가 있나요."

"아 다르고 어 다른 거 아니니?" 롤리 양이 말했다. "차이가 있는지 없는지 어떻게 아니?"

"지금 너무 사소한 일로 왈가왈부하고 있는 거 아니오?" 카퍼스톤 영감이 말했다.

"아무튼, 걔는 믿지 마세요." 팀이 퉁명스럽게 말했다. "코들리는 절대로 유령을 찾을 수 있는 애가 아니에요. 목공소에 가서도 나무 반빼기 하나 못 찾을 애라니까요."

"어째서?" 롤리 양이 물었다.

"그냥 못 찾으니까 못 찾는 거죠. 그냥 그게 이유예요. 아마 뭐부터 시작해야 할지도 모를걸요? 여자애들이 무슨 유령을 찾겠어요. 유령 찾는 건 남자애들 일이죠. 그중에서도 특히 팀이란 이름을 가진 애요. 아무한테나 물어보세요."

"난 몰랐는데." 스캔트 부인이 말했다.

"그래서 지금 얘기하잖아요." 애써 태연한 척 팀이 말했다. "말이야 바른 말이지, 하루가 멀다 하고 매일매일 새로운 사실을 알게 되는걸요. 어쨌든, 시간은 쉬지 않고…."

"듣고 보니 그렇구나." 카퍼스톤 영감이 말했다. "이렇게 나이를 먹도록… 그 사실을 모르고 살았구나. 지금까지 시간은 쉬지 않고 늘 흘렀고, 앞으로도 흘러갈 텐데 말이다. 결국…."

"그러니까 이제 전 학교로 출발해야겠어요. 안 그럼 지각할 텐데, 그랬다간 골치가 아파져요. 그렇다고 저한테 무슨 문제라도 생길까 봐 그러는 건 아니에요."

"그래도 모든 일은 적당한 게 좋지." 스캔트 부인이 말했다.

"그러게요. 골치 아픈 일이 너무 많아지면, 다른 일을 할 시간이 부족해지거든요. 말씀하신 대로 제 이름을 남기고 갈 테니까 혹시라도 필요할 땐 언제든지 후딱 돌려주셔야 해요. 그리고 혹시 제가 이름을 까먹으면, 나중에 저한테 이름이 뭐였는지 알려주시고요."

카퍼스톤 영감은 한숨을 내쉬었다.

"기빙스 군, 이 꼬마 친구의 주소, 전화번호를 받아주겠나?"

"물론입니다, 영감님."

정문 앞에서 즉석으로 진행된 면접은 기빙스 군이 소년의 연락처를 받는 것으로 끝이 났다.

"근데요, 나중에 저한테 연락 주실 거죠, 님들?" 팀이 말했다.

네 사람은 경악을 금치 못하겠다는 표정으로 소년을 바라봤다. 님들? 방금 이 녀석이 고명하신 카퍼스톤 영감과 카리스마 작렬하는 롤리 양, 그리고 청년 기빙스 군과 매사에 의욕만큼은 철철 넘치는 스캔트 부인을 님들이라고 부른 거 맞아? 님들이라니! 세상 참 좋아졌네! 님들이라니, 어이가 없군. 이런 듣도 보도 못한 경우가 다 있나.

"그, 그래. 알았다. 그, 그러마." 간신히 말을 더듬으며 카퍼스톤 영감이 대답했다.

"좋아요. 이젠 가야겠어요. 나중에 또 봐요, 님들. 다들 이제 느긋하게 쉬세요. 그리고 명심하세요. 유령을 원하신다면, 제가 딱이라는 거. 그리고 혹시라도 신상 크리켓 방망이가 필요하시면, 우리 아빠한테 오시면 싸게 살 수 있답니다. 자, 하이파이브 한번 하시죠, 님들!"

네 사람은 영문을 몰라 그저 어리둥절한 표정으로 입을 벌리고 소년을 바라봤다.

"싫어요? 알았어요. 좋을 대로 하세요. 나중에 봐요, 그럼. 헤어질 시간이네요!"

그 말을 남기고, 머리카락은 하늘 높은 줄 모르고 솟은 데다 하는 짓도 종잡을 수 없는 소년은 휘파람을 불며 학교로 향했다.

카퍼스톤 영감은 부하 직원들을 쳐다봤다.

"님들? 하이파이브?" 그는 비통한 표정으로 고개를 흔들었다. "우리 때 같진 않군그래. 우리도 뭐라도 해야 하지 않겠소?"

"차 한 잔 하시는 건 어떤가요, 영감님?" 스캔트 부인이 말했다.

"듣던 중 반가운 소리요, 스캔트 부인. 자, 그럼 내 방으로 가서 향후 계획에 대해 논의하는 게 좋겠군요."

곧 네 사람은 진짜 회의를 시작했다. 그렇지만, 늘 그렇듯, 준비한다던 차는 나올 기미가 없었다. 누구도 차 얘기를 꺼내려 하지 않았다. 스캔트 부인과 그녀의 차는 분명 희대의 미스터리였다. 그녀는 항상 차를 권하고 준비했으며, 종종 차를 내왔다고 생각하는 것 같았다. 하지만 찻주전자는 끓었던 적이 없고, 찻잔이 쟁반 위에 올라간 적도 없었으며, 차 역시 한 번도 나온 적이 없었다.

모두들 가끔씩 궁금하긴 했다. 정말 궁금했다. 그냥, 어떤 일이 벌어지기에 그러는지 말이다.

11장

누구를 뽑을까

주말이 되자, 유령부는 텅 비어 활기를 잃고 썰렁하게 버려진 건물 같았다.

토요일과 공휴일은 물론, 기나긴 일요일 오후에도 유령부는 그 영향을 받아 창문에는 더 많은 먼지가 쌓이고, 건물 안은 더욱 어둠침침해지고, 오래된 황동 현판은 더더욱 변색이 진행되는 것만 같았다.

금요일 저녁부터 월요일 아침까지는 브리카브락 거리를 오가는 인적이 드물었다. 학교들이 문을 닫으면 주변의 상점들도 덩달아 문을 닫기 때문에, 유흥과 쇼핑을 즐기려는 사람들은 어지간해선 브리카브락 거리로 나오려 하지 않았다. 다른 지역과 연결되는 간선도로들이 꽤 많이 있는 데다, 다른 지역으로 가면 현란한 간판이 번쩍이는 상점들과 영화관들이 많이 있었다.

브리카브락 거리에는 정적만이 흘렀다. 카퍼스톤 영감의 모습은 보이지 않았고 롤리 양의 목소리도 들을 수 없었다. 기빙스 군은 코빼기도 비치지 않는 데다, 스캔트 부인의 말 한 마디 역시 들리지 않았다. 물론 그들 역시 돌아가야 할 그들만의 집이 있고, 그들만의 먹을거리와 취미 그리고 만나야 할 친구들과 친척들, 책장을 옮기거나 드릴로 벽에 구멍을 뚫을 일이 있을 터였다.

그렇다고 해도, 워낙에 유령부의 칙칙한 기운에 익숙한 터라, 그들 입장에서 그곳을 떠날 생각을 하는 것도 쉽지는 않은 일이었다. 유령부와 그곳에서 일하는 사람들의 관계를 보면, 어떤 면에서는 서로 별개인 것 같으면서도 결국 장소와 사람들이 한 덩어리로 결합된 것처럼 보였다.

째깍, 째깍. 현관 복도에서는 괘종시계 소리가 시간이 흐르고 있음을 알렸다. 시계는 일분일초, 흐르는 시간과 함께하다가 매시간 정각을 알리는 지친 종소리로 이미 흘러간 시간들을 슬퍼했다. 여전히 허공을 떠도는 먼지 티끌들은 햇살을 받으며 천천히 가라앉았다. 저 많은 먼지들은 다 어디서 왔을까? 마지막으로 진공청소기로 싹 빨아들인 지가 언제인지.

째깍, 째깍. 조금씩, 조금씩, 일분일초씩 야금야금, 길고도 긴 주말은 그렇게 줄어들고 있었다. 저 멀리, 브리카브락 거리와 상관없는 곳에서는 수많은 사람들의 왁자지껄한 웃음소리, 부산스러운 움직임과 넘치는 활력 그리고 삶의 맥박이 느껴졌다. 하지만, 이곳에는 그저 그늘과 그림자, 도저히 햇살이 비집고 들어갈 수 없을 것 같은 건물 안 깊숙한 곳의 방들, 그리고 이따금씩 들려오는 고양이 보딩턴의 야옹 소리가 전부였다.

그렇다면, 유령을 찾는답시고 유령부까지 설립된 마당에, 정작 그 유령들은 어디에 있는 것일까? 유령이란 그저, 믿기도 잘 믿고 속기도 잘 속는 사람들의 마음이 만들어낸 환영에 지나지 않는 것일까? 유령이란, 불꽃이 이글거리며 타들어가고 어둑해진 주위 탓에 스멀스멀 무서운 느낌이 들어 등골이 오싹해지는, 야영장의 모닥불 앞에서나 주고받는 이야기에 불과한 것일까? 마치 입담 좋은 이야기꾼이 한 올 한 올 지어낸, 불가능하고 있을 법하지도 않은, 형형색색 휘황찬란한 마법의 옷감처럼 말이다.

유령. 어쩌면 존재할지도 모르지만, 어쨌든 단 한 번도 확인된 적은 없었다. 그동안 별의별 방법을 동원해서 찾아다녔고, 있을 것으로 믿었고, 두려움을 느끼기도 했으며, 끊임없이 사후의 세상에 대해 탐구해봤음에도, 이 모든 노력들은 아무런 소용이 없었다.

사실, 어쩌면 사후의 세상이란 평화롭고, 조용하다 못해 고요하며, 긴 그림자가 드리워진 공간에 먼지만 폴폴 날리고 있을지도 모를 일이었다. 마치 지루하다 못해 도무지 끝이 나지 않을 것 같은 길고 긴 주말 동안, 바로 유령부 안의 모습처럼 말이다.

건물이 기지개를 켜자 다시 월요일 아침이 찾아왔다. 어디로 가버렸는지는 알 바 아니나, 어쨌든 주말은 그렇게 지나갔다. 청소트럭이 도착해서 주말의 잔재들을 모아 쓰레기처리장으로 실어 날랐다. 주말은 지나갔지만, 그렇게 모인 쓰레기들은 언젠가 재활용되어 새로운 세상을 만나게 될 터였다

"카퍼스톤 영감님."

"스캔트 부인, 좋은 아침이오."

"벌써 출근하셨어요?"

"꼭대기에 있는 사람 팔자가 그렇지 뭐. 가장 늦게 퇴근하고 가장 먼저 출근하는 것도 모자라, 배가 가라앉더라도 끝까지 남아 있어야 하는 게 내 팔자라오. 우리 배가 아직 침몰 중인 건 아니길 바라지만 말이오."

"당연히 저도 그렇지 않길 바랍니다, 영감님. 주말은 잘 보내셨나요?"

"조용히 보내긴 했지만, 썩 괜찮았소. 부인은 어떻게 보내셨소?"

"저도 조용히 잘 쉬었답니다."

"바로 그거지. 원기충전, 안 그렇소?"

"맞는 말씀입니다, 영감님."

"그런데, 무슨 소리 안 들려요?"

"소리가 딱 롤리 양과 기빙스 군이네요. 두 사람은 종종 같이 출근하거든요."

"좋아요, 좋아. 그럼 아무도 지각한 사람이 없으니, 또 고된 하루를 시작할 준비가 됐군요."

스캔트 부인은 뭔가 의심스럽다는 표정을 지었다. 마지막으로 고된 하루를 보낸 게 몇 년 전인지 기억도 가물가물한 마당에, 무슨 고된 하루 운운이냐고 묻고 싶었다. 하지만 눈치코치 없는 짓인 것 같아서 그만두기로 하고 그저 이렇게 물었다.

"차 한 잔 준비할까요, 영감님?"

"그래준다면야 얼마든지. 그래주면 정말 고맙겠소."

스캔트 부인은 찻주전자를 올리러 가는 길에 기빙스 군, 롤리 양과 마주쳤다.

"물 끓이러 가는 길인데, 차 한 잔 드릴까요?"

"좋아요." 기빙스 군이 말했다.

"고맙습니다." 롤리 양이 말했다. "친절하기도 하시지."

하지만 그녀는 자신의 사무실로 가서, 정말로 차를 끓이는 소리가 들리는지 귀를 쫑긋 세웠다.

오전 11시쯤 되었을까, 카퍼스톤 영감은 계획했던 대로 '전 직원'을 소집하여 아르바이트 남학생, 또는 여학생을 뽑는 문제를 논의하기로 했다.

"내 생각엔 말입니다." 카퍼스톤 영감이 말을 꺼냈다. "누구를 뽑을지 서둘러 결정을 내려야 할 것 같소. 누가 최적임자라고 생각하시오? 우선 후보자를 압축하는 게 좋을 것 같소만."

"이미 후보자들은 압축되어 있는걸요." 롤리 양이 지적했다. "고작 두 명뿐인데요 뭐. 거기서 더 압축한다면, 한 명만 남겠죠. 그리고 더 압축하면 남는 사람이 아무도 없겠죠?"

카퍼스톤 영감은 그 말을 듣고 곰곰이 생각하더니, 천천히 고개를 끄덕였다.

"좋은 지적이오, 롤리 양. 우편으로 도착한 지원서는 없소?"

"없습니다, 영감님. 더구나 우리에겐 그렇게 기다릴 만한 시간도 없다고 생각합니다. 3개월 안에 유령을 찾아야 하니까요. 비스턴 씨가 다녀간 게 벌써 지난주 일입니다."

"그렇지, 그렇군."

"시간은…." 롤리 양이 말했다.

"돈이다!" 기빙스 군이 장단을 맞췄다. 그의 얼굴이 발그레 물들었다.

"자, 그럼, 여러분의 의견을 모아봅시다." 카퍼스톤 영감이 말했다. "이 일에 남학생을 추천하는 사람은 누굽니까? 아니면, 여학생이 좋다는 사람은요?"

"두 사람 다, 각각 장점이 있는 것 같아요." 스캔트 부인이 말했다. "여학생은 꽤 능력이 있어 보이고 기분 좋은 딸기향도 나죠. 남학생 역시 상당히 영리하고 자기가 뭘 해야 할지 잘 알고 있는 것 같아요."

"전 여학생에게 기회를 줘야 한다고 생각합니다." 롤리 양이 말했다. "이젠 여자들이 나서서 뭔가 이뤄내야 할 때고…."

"저도 전적으로 동의합니다만," 스캔트 부인이 말했다. "두 사람 모두에게 기회를 주면 어떨까요?"

"두 사람 다요?" 카퍼스톤 영감이 깜짝 놀라서 물었다.

"백지장도," 스캔트 부인이 고개를 끄덕이며 말했다. "맞들면 낫다고 하잖아요."

"사공이 많으면," 롤리 양이 말했다. "배가 산으로 갈 수도 있어요."

"호미로 막을 걸 가래로 막는 것보단 낫잖아요." 자신의 말이 무시당하지 않길 바라면서 기빙스 군이 말했다.

"그거야 당연히…." 카퍼스톤 영감이 말했다.

"그럼요. 두 사람을 모두 뽑는 게 가장 이상적이라고 생각합니다." 스캔트 부인이 끼어들었다. "우리에겐 일거양득이 될 수 있어요. 무슨 말이냐면, 어떤 유령들은 여자애 앞에서만 모습을 보이고 남자애 앞엔 나타나지 않거든요. 반대로, 남자애 앞에서만 나타나고 여자애 앞엔 나타나지 않는 유령들도 있어요. 그러니까, 두 사람에게 일을 시키면 확률이 두 배가 되는 거죠."

"그렇긴 합니다만, 두 명의 유령사냥꾼을 채용할 예산이 있겠소? 자금 상황은 어떻소, 롤리 양?"

"그럭저럭 맞출 수 있을 것 같습니다, 영감님. 소액 현금이… 그러니까… 한동안 소액 현금을 따로 쓴 데가 없어서 자금이 넘쳐날 지경이죠."

"자금이 넘쳐난다고요? 어쨌든, 넘쳐난다는 건 좋은 일이오. 특히 돈이라면 더더욱 그렇지."

"나중에 두 사람 실적에 따라 보너스를 지급할 수도 있을 정도입니다."

"그 말은…?"

"네, 영감님. 만약 두 사람이 유령을 잡아오기만 한다면, 추가로 보너스를 지급할 수도 있습니다.”

“성과급 같은 것이로군요. 잘 알겠소. 난 스캔트 부인의 의견에 찬성이오. 어떻게들 생각하시오?”

“자금 여력이 있다면야….” 기빙스 군이 말했다.

“밑져야 본전 아니겠습니까?” 롤리 양도 동의했다.

“잘 알겠소. 두 사람 다 유령사냥꾼으로 채용하도록 하지요. 언제부터 시작하라고 하는 게 좋겠소?”

“토요일 어떻습니까?” 기빙스 군이 의견을 냈다.

“그래요, 그럴 수도 있겠지만… 이제 월요일인데, 음… 주말까지 기다려야 한다는 뜻이잖소. 아까 롤리 양이 말한 대로라면 시간은….”

“돈이다!” 기빙스 군이 말했다.

“내 말이 그거요. 한시라도 빨리 시작할 필요가 있소. 두 사람에게 오늘부터라도 일을 시작할 수 있겠냐고 물어보면 어떨까 하는데.”

“지금 학교에서 수업 중일 텐데요.” 롤리 양이 말했다.

“그렇지… 음… 그렇지만, 수업이 끝난 다음엔 가능할 것도 같은데. 저녁에, 일단 숙제는 끝내놓고 말이오. 누가 뭐래도 숙제는 최우선이니까. 두 사람이 뭐라고 할지 들어나 봅시다. 그럼, 롤리 양과 기빙스 군은 당장이라도 일을 할 수 있냐고 두 사람한테 연락을 취해주겠소?”

“물론입니다, 영감님. 전화번호도 갖고 있잖습니까. 수업 끝내고 집으로 돌아가는 길에 들러달라고 메시지를 남겨놓겠습니다."

하지만 메시지를 남길 필요도 없었다. 트러펜스 코들리와 팀 레그는 진즉부터 각자 따로, 방과 후 집으로 가는 길에 합격 여부를 확인하기 위해 유령부에 들를 작정을 하고 있었다.

'유스터스'라고 써진 스웻셔츠를 입고 한쪽 어깨엔 배낭을 걸친 차림으로 유령부 정문 앞에 서 있는 사람은 다름 아닌 트러펜스 코들리였다. 그녀가 막 무시무시한 주먹질을 시작하려는 찰나, 길을 따라 걸어오는 팀 레그의 모습이 보였다.

코들리를 발견한 팀이 걸음을 멈췄다.

"안녕." 소년이 말했다. "너, 여기서 뭐 해?"

"아무것도 아니야." 소녀가 말했다. "그러는 넌?"

"별거 아냐." 소년이 말했다. "그냥 경치를 감상 중이야."

"나도 그래."

두 사람은 대단한 구경거리라도 있는 듯, 눈앞에 펼쳐진 거리를 이리저리 쳐다봤다.

그런 뒤 함께 정문 턱에 앉아서, 서로 그만 사라져주기만을 바랐다.

"와, 저것 좀 봐." 팀이 창문 쪽을 보며 말했다. "토요일 아르바이트 남녀학생 구함. 무슨 일인지 궁금하다."

"흠." 코들리가 말했다. "나도 궁금한걸." 그러다 결국 참지 못하고 말을 꺼냈다. "야, 팀. 사실, 나 저기 지원했거든. 그래서 합격했는지 알아보려고 왔으니까, 넌 집으로 꺼져줄래? 내 할 일 좀 하게."

팀은 분하다는 표정으로 코들리를 봤다.

"네가? 네가 저 일에 지원했다고?"

"맞아."

"너, 여기가 어딘지 알고나 있냐?"

"당연히 알지."

"여기가 바로 유령부야."

"네가 말 안 해줘도 이미 알고 있거든?"

"저 사람들은 유령사냥꾼을 구하는 중이라구. 유령을 유인할 사람, 유령을 꾀어내서 잡을 사람 말이야."

"그래서?"

"나 참, 이건 여자애들이 할 수 있는 일이 아니라구. 남자들이 할 일이지."

"누가 그딴 소리를 해? 할 수 있으면 아무나 하는 거지. 나도 할 수 있거든!"

"아닌 것 같은데. 여자들은 유령을 보면 도망이나 치고, 비명이나 지르기 바쁘지. 그거 말고 별다른 방법이 있냐?"

"남자들이야말로 유령을 보면 바지에 실례나 하지 말라고 하세요."

"난 안 그렇거든! 눈도 깜짝 안 하거든요!"

"누가 할 소리!"

그들 등 뒤에 있는 문은 도무지 열릴 기미가 보이지 않았다. 그래서 두 사람은 그렇게, 그저 서로 알아서 꺼져주기만을 바라며 마냥 죽치고 앉아 있었다. 그런데 두 사람이 무심코 고개를 돌린 순간, 스캔트 부인이 미소 지으며 그들을 내려다보고 있었다.

"무슨 소리가 나는 것 같아서 와봤는데, 너희들이구나. 우리의 알바녀와 알바남. 둘 다 들어올래? 카퍼스톤 영감님이 기다리고 계신단다."

코들리와 팀은 함께 안으로 들어갔다. '너 먼저 들어가' 따위의 배려는 전혀 없었다. 두 사람은 팔꿈치로 서로 몸을 밀치며 안으로 비집고 들어갔다. 커다란 정문이 등 뒤에서 닫혔고, 스캔트 부인이 앞장서서 계단 쪽으로 두 사람을 안내했다. 그녀를 따라 카퍼스톤 영감만의 성지에 도착하니, 그곳에는 롤리 양과 기빙스 군이 이미 와 있었다. 모두들 잘 왔다는 표정으로 미소 지으며 반갑게 그들을 맞이했다.

12장

팀과 코들리

“대접할 케이크가 없어서 어쩌지? 대신 비스킷 정도는 내올 수 있는데.” 스캔트 부인이 말했다.

“고맙지만 됐소, 스캔트 부인.” 카퍼스톤 영감이 말했다. “바로 본론으로 들어가야 할 것 같소.”

두 아이가 실망하는 기색에도 아랑곳 않고, 그는 그렇게 두 아이를 대신해 사양의 뜻을 비쳤다.

코들리와 팀은 마치 학교 교장실에 불려온 것만 같은 기분이 들었다. 둘 다 큰 잘못을 해서 교장실에 불려간 적은 없었다. 하지만 느낌이 딱 그랬다. 윙 칼라 셔츠를 입고 코트 단추를 꼭꼭 채운, 호랑이 담배 피우던 시절에나 볼 수 있었을 법한 공무원들의 모습이 그려진 음울한 색조의 그림도 그렇고, 가죽으로 된 의자나 벽에 댄 나무 패널도 그렇고, 두 사람을 이리저리 살피는 카퍼스톤 영감과 롤리 양, 스캔트 부인, 기빙스 군의 눈빛도 그랬다. 면접보다는 오히려 취조를 받는 분위기에 더 가까웠다.

카퍼스톤 영감이 헛기침을 하며 목청을 가다듬었다. 보아하니 중요한 말을 꺼내기 전에 으레 하는 습관인 것 같았다.

"에헴. 사실은 말이다, 얘들아… 그렇게 불러도 괜찮겠지?"

안 될 이유도 딱히 없다는 생각에, 두 사람은 고개를 끄덕였다.

"사실은 말이다. 이번 구인공고를 보고 많은 남학생이 대거 지원하는 바람에…."

"여학생들도요." 롤리 양이 지적했다.

"그렇잖아도 그 말도 하려고 했소, 롤리 양. 너무 걱정 마시오. 그래, 지원자가 두 명이나 몰려왔지."

"그 정도로 대거 지원이란 말을 쓰는 건 좀 아닌 것 같은데요." 팀이 말했다. "누가 들으면 물밀듯이 몰려온 줄 알겠어요."

"달랑 두 명 가지고, 대거 지원은 무슨. 체면치레라면 모를까." 코들리가 거들었다.

"그럴 수도," 카퍼스톤 영감이 말했다. "그렇지 않을 수도 있지. 어쨌든 우린 너희 둘 다에게 기회를 주기로 결정했단다. 너희 둘은 각자 능력도 있고 서로 부족한 것을 채울 수 있는 자질도 갖고 있는 것 같더구나. 어떻게 생각하니?"

두 아이는 오래 고민할 필요가 없었다.

"네, 할게요." 팀이 말했다. "그런데, 설마 보수를 우리 둘이 나누는 건 아니겠죠?"

"그럼, 그럼. 두 사람한테 각각 똑같이 지급할 거란다."

"그럼, 이제 유령 두 마리를 잡는 일만 남았네요?"

"하나만 잡아도 괜찮아." 기빙스 군이 말했다.

"가능하다면 반 마리도 괜찮아." 스캔트 부인이 말했다.

"그래도 이왕이면 제대로 한 마리 잡아오는 게 좋지." 롤리 양이 말했다.

"흠." 팀이 주저하는 기색을 보였다.

"흠." 코들리도 마찬가지였다.

"그럼, 저희가 정확히 어떻게 하면 유령을 잡을 수 있는 거죠?"

"글쎄, 너희가 어떻게 하느냐에 달렸지." 카퍼스톤 영감이 말했다. "유령사냥과 도구 사용법에 관한 각종 서적들과 문서보관소의 모든 서류를 훑어봐야 하겠지만 말이다."

"문서보관소라뇨?" 팀이 말했다.

"그게… 기록보관소 같은 거란다." 카퍼스톤 영감이 설명했다.

"기록보관소는 또 뭐예요?" 팀이 또 물었다.

"그러니까… 문서보관소라고 할 수 있지."

"그러니까, 문서보관소가 뭐…?"

"아무래도 다람쥐가 쳇바퀴 도는 것 같네요." 롤리 양이 말했다.

"쳇바퀴는 또 뭐예요?"

팀은 그녀가 우스갯소리로 하는 말인 줄도 모르고, 본전도 못 건질 말장난을 쳤다.

"문서보관소는 그동안 우리가 만든 온갖 서류와 기록을 모아 놓은 곳이란다. 그곳에 가면 아주 도움이 될 만한 자료들을 찾을 수 있을 거야." 롤리 양이 설명했다. "그동안 온갖 방법들을 써봤는데도 소용없더구나. 하지만 우린 어린애가 아니잖니. 만약, 그라임스와 내털리의 말이 사실이라면….”

“어떻게 그분들 말을 믿지 않을 수가 있죠?” 기빙스 군이 말했다. “그분들이 쓴 〈유령사냥 지침서〉야말로 이쪽 분야에선 성경과도 같지 않습니까!”

“정말 그럴까?” 롤리 양이 말했다. “어쨌든, 만약 그라임스와 내털리의 말이 사실이라면….”

“당연히 전 그분들이….”

“알았어. 우리 역시 그분들 말을 믿으니까 그만해, 기빙스.”

“죄송합니다.”

“그분들 말대로, 아이들이라면 어른들에겐 굳게 닫혀 있는 영적 세계의 문을 열 수 있을지도 몰라. 어른들에겐 이미 그런 능력들이 사라지고 없거든. 내가 너무 시적인 감상에 빠지는 건 아닌지 모르겠지만, 마치 잃어버린 순수함이랄까, 들판에서 자취를 감춘 겨울의 순백색 눈 같은 거지.”

“가슴이 먹먹해지는 표현이로군요.” 카퍼스톤 영감이 말했다. “나도 모르게 눈물이 나려 하는구려.”

“과찬이십니다, 영감님.”

“천만에요.”

“그러니까,” 롤리 양이 말했다. “너희는 우리가 갖고 있는 모든 자료를 최대한 활용하면 돼. 도움이 필요하다면 어떻게 해서든 너희를 도와줄 것이고, 필요한 장비가 있다면 새로 구입해서라도 지원해줄게. 유령 사냥에 필요한 웬만한 장비는 이미 지하 다용도실에 보관되어 있지만 말이야."

"저희가 봐도 돼요?" 코들리가 물었다.

롤리 양은 카퍼스톤 영감을 힐끗 쳐다봤다.

"물론이지." 영감이 말했다. "이럴 때 쓰려고 준비해놓은 거니까. 자, 모두 같이 내려갑시다. 롤리 양은 안내를 부탁하오."

그들은 모두 자리에서 일어나 지하 다용도실로 이끄는 롤리 양을 따라 터벅터벅 계단을 내려갔다. 가는 길에 보딩턴의 모습이 힐끗 눈에 띄었지만, 녀석은 이내 휙 하고 시야에서 사라졌다.

"여기야." 롤리 양이 거칠게 문을 열면서 말했다.

경첩에 녹이 많이 슬고 빽빽해서인지 문이 잘 열리지 않았다. 하지만 살살 달래듯 미니 문틀과 분리되며 문이 열렸다.

"와우!" 팀이 말했다. "알라딘의 동굴 같네요."

"없는 게 없네!" 코들리가 말했다. "다 어디에 쓰는 거예요?"

"유령 잡을 때 쓰는 거지." 기빙스 군이 말했다. "이론상으론 그런데, 아직 실제론…."

온갖 도구들이 여기저기에 자리를 차지하고 있었다. 온갖 병들과 보관용기들, 그리고 상자들과 옷가지들. 종과 책, 양초들도 있었다. 플라이낚시에 쓰는 가짜 미끼와 그물도 보였다.

"유령 잡는 데 그물도 필요해요?" 코들리가 말했다. "잡혀도 스르륵 빠져나가지 않을까요?"

하지만 그물은 아무것도 아니었다. 각종 튜브와 고글, 방호복과 방염장갑이 갖춰져 있었고, 방독면과 산소호흡기, 산소탱크까지 눈에 띄었다. 심지어 총도 한 자루 보였다.

"저 총은 공포탄만 쏠 수 있단다." 카퍼스톤 영감이 설명했다. "골치 아픈 유령이 나타나면 쫓아내기 위한 거지. 유령들은 폭발음 같은 큰 소리를 싫어하거든."

한쪽 구석에는 해골과 뼈가 교차된 그림이 그려진 나무상자에 '다이너마이트'라는 라벨이 붙어 있었다.

다이너마이트 상자 옆에는 강력해 보이는 진공청소기가 있었는데, 흡입관이 강철 재질의 통에 연결되어 있었다.

"유령들을 빨아들이는 장치란다." 카퍼스톤 영감이 설명했다. "그런 다음, 도망 못 가게 가둬두는 거지."

천장의 고리에는 마늘 덩어리가 달려 있었다.

"혹시 모를 뱀파이어에 대한 대비책이란다. 뭐, 아직까지 뱀파이어 때문에 문제가 생긴 적은 없지만 말이야."

"혹시나 해서 하는 말인데요. 만약 유령을 쫓다가 대신 뱀파이어를 만나면 어떡하죠?" 팀이 물었다.

"아, 그건…."

카퍼스톤 영감은 부하 직원들을 쳐다보며 대답을 기다렸다.

"그냥 놔둬도 될 것 같습니다, 영감님." 기빙스 군이 말했다.

"제 생각에도 그래요." 스캔트 부인이 말했다.

"어쨌든 우린 유령부잖아요. 뱀파이어부라면 몰라도." 롤리 양도 고개를 끄덕였다.

"뱀파이어부도 있었던가?" 카퍼스톤 영감이 말했다.

"당연히 있어야죠." 스캔트 부인이 말했다. "늑대인간부도요. 야밤이면 달을 향해 울부짖으며 사람들 간담을 서늘게 하는 털북숭이 괴물 말예요."

"어쨌든 뱀파이어는 신경 쓸 것 없고," 카퍼스톤 영감이 말했다. "유령들만 신경 쓰렴."

"그나저나 여긴 정말 없는 게 없네요." 팀이 한쪽 구석에 세워진 관 뚜껑을 열면서 말했다. "이건 뭐예요?"

"오갈 데 없는 유령이 혹시나 관심을 보일까 해서 놓은 건데," 기빙스 군이 말했다. "안에 파이 한 조각을 넣고 뚜껑을 살짝 열어놓고 기다려봤는데, 효과는 없더라구."

"파이는 어디로 갔어요?" 코들리가 물었다.

"고양이가 먹어버렸나 보지 뭐." 기빙스 군이 말했다.

"자, 그럼, 이제 다 봤으면," 카퍼스톤 영감이 말했다. "다시 올라가서 계약 조건에 대해 얘기를 나눠볼까?"

"계약요?" 팀이 물었다.

"보수를 정해야지."

"아, 그 얘기요? 좋아요."

트러펜스 코들리와 팀 레그는 만만치 않은 상대였다. 두 사람은 쥐꼬리만큼 받고서는 일을 하지 않겠다는 입장을 분명히 밝혔다. 하지만 서로 조금씩 양보한 덕에 이내 합의점에 도달했다. 두 사람은 어른들이 적용받는 시간당 최저임금과 필요한 경비는 물론, 최대 5마리까지 유령을 잡을 때마다 상당한 금액의 보너스를 추가로 받기로 했다. 5마리가 넘도록 유령을 잡을 필요는 없지만 만약 그 이상 잡았을 경우 아이들이 원한다면 집으로 가져갈 수 있다고 했다. 추가로 생포한 유령은 자기 침실로 데려가든, 학교로 데려가 친구들한테 보여주든 간에 공짜로 데려가도 좋다고.

"자, 이제 합의된 거지?" 카퍼스톤 영감이 물었다.

모두들 이견이 없는 눈치였다.

"언제부터 시작하나요?" 팀이 물었다.

"너희만 괜찮다면, 당장이라도."

"하지만, 오늘은 월요일인데요." 팀이 말했다. "토요일 아르바이트잖아요. 그런데 월요일에 하라고요?"

"맞는 말이긴 하다만, 시간은…."

"돈이다." 기빙스 군이 말했다.

"사실, 그렇단다." 카퍼스톤 영감이 맞장구쳤다. "너희 중 한 명이든 둘 다이든 학교 수업이 끝나고 한두 시간만이라도 일을 해준다면, 기꺼이 추가로 보수를 지급할 생각이 있단다. 우리 입장에서만 보면, 너희가 한시라도 빨리 시작할수록 좋지. 정문 열쇠를 나눠줄 테니까 필요하면 언제든지 편히 들르렴."

팀과 코들리는 서로의 얼굴을 쳐다봤다. 그러고는 둘 다 고개를 끄덕였다.

"좋아요." 코들리가 말했다. "그럴게요."

"몇 시간이나 일했는지 기록만 하렴. 나중에 계산해줄 테니까."

"좋아요. 그럼 된 거예요." 팀이 말했다.

"그럼, 언제부터 시작할 수 있겠니?" 카퍼스톤 영감이 말했다. "오늘은… 좀 어렵겠지?"

팀은 고개를 저었다.

"죄송해요. 숙제가 너무 많아서요."

"많아도 너무 많아요." 코들리도 맞장구쳤다.

"그럼, 내일은 어떨까?" 팀이 제안했다.

"내일?"

"내일은 시간이 날 것 같긴 해요."

"그럼, 내일부터다." 카퍼스톤 영감이 기뻐하며 말했다. "드디어 내일이구나. 혹시 아니? 이러다 다음 주쯤엔 유령을 잡을 수 있을지. 그럼, 그럼. 보란 듯이 살아서 펄떡대는 놈으로다가 비스턴 씨에게 보여줄 수 있을 게다."

"과연 얼마만큼이나 살아서 펄떡댈지는 잘 모르겠네요, 영감님." 스캔트 부인이 말했다.

"죽어서 펄떡대면 또 어떻소. 굳이 펄떡대야 할 필요도 없소. 그저 유령이면 되오. 그래, 더도 말고 작은 유령 하나면 끝이지. 우리한테 필요한 건 딱 그뿐이니까. 내일부터 일할 수 있겠지?"

"걱정 마세요." 팀이 말했다.

"다른 사람들은 어떨지 모르겠지만, 저희가 할 수 있어요." 코들리가 말했다. "아무튼, 저는 할 수 있어요."

"저도 할 수 있어요." 팀이 말했다.

"저희만 믿으세요." 코들리가 말했다. "그러니까, 저만 믿으시면 돼요. 실망 안 하실 거예요. 얘는 어떨지 모르겠지만요."

"누가 할 소리를." 팀이 단호하게 쏘아붙였다. "그나저나, 계약서를 써야 하나요?"

"우리가 한 약속이 너희한테 충분하다면, 우리도 너희 약속으로 충분하단다."

"저도 같은 생각이에요." 팀이 말했다.

"저도요." 코들리가 말했다.

"내일이 정말로 기다려지는구나. 잘 해보자꾸나."

"그런데 말예요." 코들리가 말했다. "내일부터 유령 잡는 일을 시작하기 전에 먼저 해야 할 일이 있어요."

"무슨 일인데?"

"밖에 걸린 현판에 광 좀 내려고요. 망신스러워서요. 여태껏 손도 까딱 안 하셨나 봐요."

"그러게. 우리가 너무 신경을 안 썼구나. 전엔 관리하는 사람이 있었는데, 그 사람이 그만두고는 충원이 안 되는 바람에."

"어휴." 코들리가 말했다. "그렇게 현판이 보이지도 않는데, 누가 여길 알고 찾아오겠어요? 유령이 나타나지 않는 게 놀랄 일도 아니네요. 유령들도 어딘지 몰라 오질 못하나 보죠. 제가 쓰는 걸레와 광택제를 가지고 와야겠어요. 대신 수고비는 주실 거죠?"

"그럼, 그럼."

곧바로 코들리와 팀은 유령부를 떠났다. 두 사람은 유령부 건물 앞에서 각자의 집 쪽으로 향했다.

“낡은 집에 신선한 공기가 불어오는 것 같구먼.” 두 사람의 모습이 보이지 않자, 카퍼스톤 영감이 입을 열었다. “저 아이들이 오는 것만으로도 케케묵은 거미줄이 싹 없어질 것 같구려.”

“그동안 왜 이런 생각을 못 했는지 모르겠어요.” 스캔트 부인이 말했다.

“그러게요. 왜 못 했을까요?”

“글쎄요.”

“아무튼, 퇴근시간 전까지는 각자 자리로 돌아가 일을 해야겠군요. 얼마 남지 않았지만 말이오. 혹시 차 한 잔 주실 수 있겠소, 스캔트 부인?”

“여부가 있겠습니까, 영감님. 얼른 가서 물 올려놓을게요.”

그녀는 차를 끓이러 갔다.

하지만 늘 그렇듯, 정신이 또 산만해졌는지, 차는 나오지 않았다.

13장
유령사냥 지침서

다음 날 아침, 트러펜스 코들리가 학교로 가던 중에 현판을 반짝반짝 닦은 모양이었다. 햇살이 현판 위에서 눈부시게 반짝이고 있었다. 예전의 현판은 둔탁하고 얼룩덜룩할 뿐 아니라 변색된 얼굴로 소심하게 중얼거리듯 자신의 존재를 떳떳이 밝히지 못했던 반면, 새롭게 태어난 유령부 현판은 이제 자신이 누구인지 당당히 선포하고 있었다.

확 바뀐 유령부 현판을 처음으로 본 사람은 카퍼스톤 영감이었다.

아니, 이게 웬일이야. 그는 속으로 생각했다. 광이 번쩍번쩍 나네그려. 이젠 유령부에서 일한다고 어깨에 힘 좀 줘도 되겠는걸. 정말 그래도 되겠어. 와, 이렇게 보니, 예전에 한창 잘나가던 때가 생각나는군. 그땐 정말 눈코 뜰 새 없이 바쁜 데다, 세간의 관심이란 관심은 다 받았는데 말이야. 들락날락하는 사람이 셀 수 없이 많았고 전화벨도 쉴 새 없이 울려댔었지. 전보(電報)를 배달하던 꼬마는 문 앞을 떠날 틈도 없었지, 아마? 유령을 목격했다는 전보들이 계속 들어오고, 유명 영화배우들까지 방문하고 싶다는 전보를 보냈었는데 말이야.

실제로, 유령부는 한때 활기 넘치고 정신없이 바쁜 곳이었다. 새로운 소식이 있을 때마다 온갖 신문에 보도가 나갔다. 매일은 아니더라도, 적어도 일주일에 한 번은 그랬다.

유령 발견 초읽기에 들어간 유령부!

유령의 존재에 관한 새로운 단서 포착! 조만간 사진도 공개될 듯! 유령부 장관과의 일문일답—단독 입수!

'조만간 집집마다 유령을 소유할 수 있을 것.'—유령부 장관의 호언장담.

근로자들을 위한 유령 소유권이 보장되지 않을 경우, 노동조합 차원의 파업 예고. '우리가 원하는 것은 차별 없는 권리일 뿐.'—노조 대변인

여성인권단체들도 여성들을 위한 유령을 요구하며 트라팔가 광장에서의 시위를 예고.

어떤 살인 용의자의 주장: '살인은 내가 아니라 유령의 짓이다!'

하지만, 유령은 발견되지 않았고 결정적인 단서들이 나타나지 않자, 관심은 시들해졌다. 언론에서는 다른 기삿거리들을 찾기 시작했고, 세상은 이전과 다름없이 돌아갔다. 유령 소동은 고작 9일 동안 벌어진 깜짝쇼이자, 일시적으로 반짝한 유행에 지나지 않았다. 유령부는 그렇게 조롱의 대상으로 몰락했다.

망령부는 유령을 찾을 수 있을까? 꿈도 야무진 유령부!

유령부? 혹시 밑 빠진 독은 아닌지?

'시간탕진'부. 그 안에서 공무원들이 하루 종일 하는 일은? 영혼 찾기? 위스키 공장에서 알코올도 찾지 못할 사람들.

그후로는 조롱과 무관심만이 남았다. 그렇게 유령부는 세상 사람들의 관심을 독차지하다가 난파선처럼 바다 속으로 침몰하여 깊고 어두운 해저로 가라앉았다.

그러나 이제, 부활의 조짐이 보이고 있었다. 아롱아롱 반짝이는 현판에서.

그날 아침 11시경, 그동안 유령부에서 볼 수 없었던 이례적인 사건이 발생했다. 전화벨이 울린 것이다. 이번엔 판촉 영업 따위나 잘못 걸려온 전화가 아닌, 진짜 용무가 있는 사람의 전화였다.

카퍼스톤 영감은 전화기를 뚫어져라 쳐다보고만 있었다. 신속하게 전화를 받는 건 자신이 할 일이 아니기 때문이었다. 전화를 받는 건 부하 직원들이 하는 일이고, 필요한 경우 자신에게 전화를 돌려주기 때문이었다. 그렇더라도, 전화를 건 사람이 누구일지 궁금한 건 사실이었다.

나한테 온 전화인가?

아래층 스캔트 부인의 책상 옆 작은 전화교환기에서 전화벨이 일제히 울리고 있었다.

바로 옆 사무실에서는 기빙스 군과 롤리 양이 하던 일을 멈추고 고개를 들었다. 두 사람은 자리에서 일어나 복도 쪽을 향해 고개를 내밀었다.

"전화 왔어요?" 롤리 양이 말했다.

"벨소리예요?" 기빙스 군이 말했다. "이 시간에?"

"어떡하지?" 스캔트 부인이 말했다.

"받아야죠!" 롤리 양이 단호하게 말했다.

"내가 받으라고?"

"당연하죠!"

"대신에, 신경 써서 받으세요." 기빙스 군이 충고하듯 말했다. "너무 딱딱하게는 말고요."

스캔트 부인은 서둘러 자신의 방으로 되돌아갔다.

"여보세요."

그녀가 전화를 받는 목소리가 들렸다.

"유령부입니다. 무엇을 도와드릴까요?"

그녀의 목소리는 살짝 떨리고 있었다.

"네, 안녕하세요, 비스턴 씨. 네, 자리에 계십니다. 전화 돌려드릴게요."

그녀는 곧바로 카퍼스톤 영감에게 전화를 연결했다.

"전화 받으세요, 영감님. 끔찍하지만, 비스턴 씨 전화입니다."

카퍼스톤 영감은 마음 같아선 전화를 받고 싶지 않았지만, 어쩔 도리가 없었다.

"고맙소, 스캔트 부인. 연결해주시오."

몇 번 딸깍거리는 소리가 난 다음, 비스턴 씨의 목소리가 카퍼스톤 영감의 책상 위에서 스피커폰으로 울려 퍼졌다.

"카퍼붐 영감님?"

"카퍼스톤이오, 비스턴 씨. 접니다."

"안녕하셨습니까, 카플붐…."

"스톤이오!"

"아, 스톤붐 영감님. 혹시 무슨 진전이 있는지 궁금해서 이렇게 전화드렸습니다. 유령 말입니다. 혹시 그동안 한 마리라도 잡으셨는지요?"

"아니오, 아직은 아닙니다. 다녀가신 지 불과 한 주밖에 안 지났고, 아직 3개월이나 남았으니…."

"2개월하고 3주 남았습니다, 이젠."

"네, 그렇군요. 아무튼 최선을 다하고 있으니…."

"생각이 있으시면, 무슨 수라도 내셔야죠."

"실은, 저희가 유령사냥꾼 두 명을 채용했습니다만…."

"경험은 있는 사람들입니까?"

"그럼요, 엄청나죠."

"비용은 어떻게 하시려고요?"

"필요한 예산은 충분히 있습니다."

"글쎄요, 추가 예산은 받지 못하실 겁니다. 기대도 하지 마세요."

"자신 있습니다, 비스턴 씨. 혹시 누가 유령을 찾는다면, 그건 그 두 사람이 될 테니까요."

"무슨 근거로 그렇게 말씀하시는 거죠?"

"직감이라고나 할까요."

카퍼스톤 영감의 말에 비스턴 씨는 비꼬듯 코웃음을 쳤다.

"직감요? 진심이십니까? 아무튼 진전이 있는지 나중에 다시 전화드릴 테니, 제가 깜박하고 넘어갈 거라곤 생각도 하지 마십시오."

"그럴 리가요…."

"그리고 말입니다. 영감님께서 직원들한테 대신 전해주셨으면 하는데요. 제가 하수처리국에 알아보니, 현재 빈자리가 없답니다. 영감님 계신 곳에서 강을 따라 8킬로미터쯤 내려가면 괜찮은 하수처리장이 있던데, 영감님 부하 직원들한테 안성맞춤일 것 같습니다. 아무튼 좋은 하루 되십시오, 버블랩 영감님."

"카퍼스톤이라니까!"

"다시 연락드리죠."

그 말을 남기고 전화가 끊기고 말았다.

"무식한 놈 같으니." 카퍼스톤 영감은 혼잣말로 투덜댔다. "버르장머리라곤 손톱만큼도 없는 놈. 요즘 공무원들 자질이 저 모양이니 원. 저래가지고 뭔 놈의 좋은 소릴 듣겠냐고."

그렇게 투덜대다가 문득 고개를 들어 보니, 세 사람이 문틈으로 그를 빤히 쳐다보고 있었다.

"혹시 무슨 일이라도 있으십니까, 영감님?" 기빙스 군이 물었다.

"비스턴인지 뭔지 하는 양반 때문에 그러네." 카퍼스톤 영감이 말했다. "우리가 어떻게 하고 있는지 확인 차 전화했다더군. 유령을 찾을 시간이 2개월하고 3주밖에 남지 않았다고 말이야."

하루하루가 그렇게나 빨리 지나가고 있다는 사실이 두려울 따름이었다. 시간이 정말 순식간에 지나가고 있었다. 시간이야말로 유령처럼, 그저 사라질 뿐이었다. 시간은 한순간 앞에 나타났다가 갑자기 사라져버리는 것이, 실제로 있기나 했었나 싶을 정도로 고개를 갸우뚱하게 만들었다.

그날 오후, 학교 수업을 마친 코들리와 팀은 브리카브락 거리를 따라 함께 걷고 있었다. 두 사람의 모습은 불편한 동행이라고밖에 달리 표현할 방법이 없었다. 멀리 떨어진 곳에 사는 것도 아니고 학교에서도 같은 반이기에 앙숙이었던 적은 없지만, 그렇다고 친구처럼 살갑게 지내는 사이도 아니었기 때문이다.

팀은 팀대로, 코들리는 코들리대로 각자 어울려 다니는 무리가 있었다. 간혹 서로 고개를 까딱하며 '잘 지내?' 하고 가벼운 인사를 나눌 뿐, 그보다 더도 덜도 아닌 사이였다. 그렇기에 두 사람 사이의 분위기는 사뭇 껄끄러웠다.

먼저 말문을 연 사람은 코들리였다.

"팀."

"왜?"

"너나 나나, 피차 서로 절친은 아니란 거 알지만 말이야. 내 생각에 우리가 여기서 일할 땐 프로처럼 서로 힘을 합쳐야 할 것 같아."

"난 좋아."

"우리가 힘을 합쳐 유령을 찾는 건 좋은데, 그렇다고 우리가 서로 눈이 맞거나 알콩달콩한 사이일 필요는 없어."

"내 말이. 나도 같은 생각이야. 나도 너랑 닭살 커플이 될 생각은 없다구."

"내가 하고 싶은 말이 딱 그 말이야."

"그런 의미에서 악수나 하자." 팀이 제안했다. "하지만, 껴안지는 말고."

"그럴 마음, 손톱만큼도 없거든요."

그렇게 두 사람은 프로 유령사냥꾼처럼 서로 사심 없이 협력하기로 합의하고 악수를 주고받았다. 또한 둘 중 한쪽이 위험에 처했을 경우에 한해, 프로의식에 입각해서 서로를 지켜주거나 돕기로 하고, 그때 역시 알콩달콩한 관계에 빠지지 않아야 함은 물론, 어떤 경우에도 어떤 형태로든 포옹만은 절대로 금지하는 것에 합의했다. 단, 어쩔 수 없이 포옹이 필요한 경우, 예를 들어 상대방이 커다란 물통에 빠져서 끌어내려면 껴안아야 하는 경우는 예외였다.

"설마 우리가 물통에 빠질 일이 있겠냐." 팀이 말했다.

"하긴, 그러네." 코들리가 말했다. "그래도 커다란 배수구 안에 갇히게 될지도 모르잖아."

"그냥, 그때그때 상황 봐서 결정하자."

"그래. 참, 한 가지 더, 확실히 해둘 게 있는데 말이야. 우리 아빠가 생선가게를 하신다는 이유 때문에, 나한테서 비린내가 날 거란 선입견은 버려줘. 나한테 나는 냄새는 산뜻한 딸기향뿐이니까. 다른 애들한테서 이상한 소리가 들려오면, 가만있지 않을 줄 알아."

"그러시든가."

그러는 동안 두 사람은 유령부 앞에 도착했다.

"와, 현판이 번쩍거리네. 무슨 일이래?"

"오늘 아침에 이 몸이 열심히 닦으셨거든." 코들리가 말했다. "죽이지? 눈이 부셔 죽겠네."

"그럼, 이제, 문을 두드려볼…?"

"주신 열쇠 있잖아. 아무 때나 왔다 갔다 하라고…."

"아, 그렇지."

팀이 주머니를 뒤져 집 열쇠와 저금통 열쇠가 함께 달려 있는 열쇠고리를 꺼냈다.

"들어가볼까?"

"계세요!"

그런데 아무도 대꾸하는 사람이 없었다.

"다들 나갔나 봐." 팀이 말했다. "아니면 회의 중인가?"

"한숨 자고들 있을지도 모르지."

하지만 코고는 소리는 들리지 않았다.

"다들 일찍 퇴근했나?"

"그러게. 화요일엔 오전 근무만 하나 보네."

"계세요?"

코들리가 다시 불러봤지만, 어딘가에서 희미하게 야옹 소리만 들릴 뿐이었다.

"그래도 고양이는 안에 있나 보다."

"지금 사람들이 있든 없든, 그게 중요한 건 아니지." 코들리가 말했다. "이리 와. 도서관이 어딘지 찾으러 가자. 그때 말씀하신 책이나 보자구."

"그라임스와 내털리의 〈유령사냥 지침서〉 말이지?"

"그래. 빨리 가자."

두 사람은 괘종시계가 있는 곳을 지나 도서관 쪽으로 향했다. 마침 그때, 엄숙한 의식이라도 치르듯, 시계에서 15분을 알리는 소리가 울렸다. 그 소리는 왠지 불길한 느낌마저 들었다.

"적응 안 되네, 정말." 코들리가 말했다. "무슨 시계가 15분마다 울리고 그런대? 돌아버리겠네."

두 사람은 도서관 문을 열고 안으로 들어갔다. 탁자 위에 놓여 있는 그라임스와 내털리의 〈유령사냥 지침서〉가 눈에 확 띄었다. 탁자 주변으로 사방의 벽을 차지하고 있는 책장에는 수백 권, 아니 수천 권의 다른 책들이 꽂혀 있었다. 모두 유령과 혼령, 죽은 자와 언데드●, 그리고 사후 세상과 영적 세계에 관한 것들이었다.

팀은 아무렇게나 손에 잡힌 책을 한 권 빼들었다. 책장을 넘기니 먼지가 폴폴 날리는 통에 재채기가 나왔다.

"여기 있는 걸 어떻게 다 읽지? 몇 년은 걸리겠다."

"이것 좀 봐." 코들리가 말했다. "유령 퇴치법."

"유령 때찌?"

"아니, 퇴치 말이야. 쫓아내는 거."

"그래서, 뭘 어쩌라는 건데?"

"종이나 책, 양초를 사용하라고 쓰여 있네."

"와, 정말이야? 그냥 꺼지라고 말로 하면 안 되나?"

"유령이 퍽이나 네 말을 듣겠다. 색인 페이지나 살펴보자."

코들리는 〈유령사냥 지침서〉의 뒤쪽 색인 페이지를 손가락으로 훑어내려가다가 '아이들'의 'ㅇ'에서 멈췄다.

● 언데드(The Undead): 되살아난 시체, 죽지 못한 자를 뜻하는 말.

"여기 있다. 내용이 열 개쯤 되나 봐. 유령의 관심 끌기, 미끼가 되어 유인하기, 꼬마 유령."

"됐어. 건너뛰자, 그건."

"또 있어. 유령으로부터의 위협."

"그것도 넘어가."

"잠깐, 그래도 이건 봐야 할 것 같아. 맨 윗줄을 좀 봐. 발견한 유령의 포획과 가두기, 유령에게 덫 놓는 법과 탈출을 막는 법."

"그건 읽어보자. 유령을 찾으면 뭐 해. 제대로 가둬놔야 사람들한테 보여줄 거 아냐. 우리가 잡았단 걸 뭐로 증명하겠어?"

코들리는 두꺼운 책의 책장을 휙휙 넘겼다. 그 책은 엄청나게 두껍고 폭도 넓어서, 넘길 때마다 책장이 독수리 날개처럼 푸드덕거리며 가라앉을 정도였다.

"여기 있다."

"뭐라고 쓰여 있어?" 팀이 물었다.

두 사람은 함께 읽어내려갔다.

유령 포획을 위한 필수 요소는 튼튼하고 단단한 유리용기다. 유리가 아닌 다른 재질은 효과가 없다. 유령들은 나무나 돌, 금속 그리고 단단한 벽들도 통과할 수 있다. 그러나 유리는 통과하지 못한다. 정령(요정)들을 유리병 안에 가둘 수 있는 것은 바로 그 때문이다. 이 경우에도 유리 재질의 병마개는 필수다. 절대로 코르크마개로 막는 실수는 하지 말기 바란다. 코르크마개를 사용하면 기껏 포획한 유령이나 정령이 즉시 병에서 탈출할 수 있다. 당신이 유령을 통제할 수 없게 되면 유령은 탈출할 것이며 그로 인해 엄청난 피해를 입게 될 것이다. 유리마개는 필수이며, 그렇지 못할 경우, 유령을 포획한 자는 곤경에 처할 수도 있다.

"곤경?" 팀이 말했다. "이게 무슨 뜻일까?"

"거, 있잖아." 코들리가 말했다. "골치 아파진다는 거지."

"도대체 얼마나 골치가 아파지는 건데?"

"분명 좋은 건 아닐 거야."

"흠."

"그래도 그 문제는 안심해도 될 거야. 다용도실에서 유리로 된 그릇하고 병을 많이 봤잖아."

"나도 봤어."

"유리마개도 다 있는 것 같더라."

"다행이네."

"경첩이 달린 거랑 스프링이 달린 것도 있었어. 가끔 네가 들고 다니는 물병처럼 말이야. 그리고 돌려서 막는 뚜껑도 있더라."

"나도 알아. 좋았어. 그럼, 일단 유령을 어디에 가둬야 하는지는 안 거네. 하지만, 무슨 수로 그 안으로 들어가게 만들지?"

"그러게. 그게 문제겠다."

"그냥 '실례합니다, 유령 씨.' 이렇게 말할 순 없고…."

"유령 부인, 유령 양, 이럴 수도 없고."

"그러게 말이야."

"유령 언니, 그러기도 뭣하고."

"그래, 알았으니까 그만 좀 해."

"유령 선생님, 유령 어르신도 그렇고…."

"코들리!"

"미안. 계속 말해."

"우리가 들어가라고 해서 유령들이 병 안으로 들어가진 않을 거야. 당근이 필요하단 거지. 어떤 유인책 같은 거. 제발로 안으로 들어가게 만들 만한 거."

"좀 더 찾아보자."

코들리는 색인 페이지로 돌아가 적당한 항목이 있는지 살폈다.

"유리병. 유리병 안으로 유령을 유인하기. 추천 방법. 371페이지."

코들리는 그 페이지를 펼쳤다.

유령을 당신 앞에 나타나게 만드는 방법과 유령을 유리병 안에 가두는 것은 별개다. 유령을 유리병 안에 가두기 위해 여러 가지 방법들을 실험해봤지만, 확실하게 장담할 수 있는 것은 없다. 유령들의 숫자만큼이나 성격들이 다양하고 변수가 많기 때문이다. 유령들은 제각기 고유한 성격을 가지고 있어서, 어떤 유령에게 효과가 있었더라도 다른 유령에게는 효과가 없을 수도 있다. 유령사냥꾼은 어떤 상황에서도 긴장을 늦추지 말아야 하며, 순간순간 대처할 수 있어야 한다.

유리병 안으로 유령을 가두기 위한 추천 방법

1) 유리병 안에 유령의 과거와 관련이 있는 것을 놓아둔다. 로켓 목걸이에 들어가는 작은 사진이나 보석류, 과거에 아끼던 물건의 조각 따위.

주의)이 방법의 단점은 대부분의 유령사냥꾼이 유령의 과거에 대해 아는 것이 없거나, 유령이 개인적으로 아끼던 물건이 없을 수 있다는 것이다.

2) 유리병 안에 관심을 끌 만한 것을 놓아둔다. 달콤한 사탕이나 금화 따위.

3) 유리병 안에 유령의 호기심을 자극할 만한 것을 놓아둔다. 겉면에 글씨가 적힌 접힌 메모지 따위. 희귀한, 혹은 평범하지 않은 소품. 신기한 퍼즐이나 작은 장난감, 특이한 수집품 등.

4) 어떤 유령들은 양초 불빛에 현혹되어 유리병 안으로 들어가기도 한다. 단, 유리병 안은 공기가 부족해 금세 불이 꺼질 수도 있고, 충격을 받으면 유리병이 산산조각 날 수도 있으므로 주의할 것.

5) 대부분의 유령들은 냄새나 향기에 유혹되는 경우가 많음. 예를 들면, 말린 꽃 향기, 향수, 향유, 이국풍의 오일 등등. 특히, 장미향이나 신선한 딸기향을 유독 좋아하는 유령들도 있음.

"신선한 딸기향이라…."

말을 꺼낸 사람은 팀이었다. 코들리는 눈을 치켜뜨고 팀의 눈을 쳐다봤다. 두 사람 사이엔 더 이상 아무 말도 없었다. 그래서인지 갑자기, 마치 버려진 건물 같은 그곳에, 아무도 없이 혼자만 있는 듯한 외로움이 더욱 크게 느껴졌다. 그곳엔 그저 두 사람과 책들, 적막감 그리고 실내에 떠도는 먼지 티끌이 전부였다.

코들리는 헛기침을 하며 목청을 가다듬었다.

"그래. 어쨌든, 여기서 몇 가지 방법을 알아냈으니까, 우리 둘이 시도해보고 효과가 있는지 확인하면 되겠네."

"맞아." 팀이 말했다. "그게 우리가 할 일이지. 그럼, 1단계는 뭐부터 시작할까?"

"1단계?"

"응. 지금 유령을 가두는 법은 알게 됐잖아. 그런데 그건 2단계지. 우선 어떻게 유령을 나타나게 할 것인가? 그게 1단계 아니겠어?"

"아무래도 내일 다시 와야 할 것 같아. 집에 가야겠어. 안 그럼 엄마아빠가 찾아 헤매실 거야."

하지만 코들리가 이미 한 시간은 지났을 거라고 생각하고 시계를 봤을 때는, 불과 15분만이 흐른 뒤였다.

"좀 더 있다 가면 안 될까?" 팀이 말했다.

"좋아. 그런데 말이야, 여기 좀 으스스한 게 나만 그런 거야? 아님, 너도 그러니?"

"글쎄, 그럴 만도 하지 뭐. 여긴 유령부잖아."

"하긴. 하지만, 잊지 마. 지금 당장 유령이 나타나더라도… 명심해. 포옹은 금지야."

"포옹 금지." 팀도 동의했다. "절대 금지."

그렇게 말하고 팀은 다른 책에 손을 뻗었다.

살금살금, 조심스레 다가가서 원숭이를 잡아라.• 팀은 속으로 속담을 되뇌며 책장을 넘겼다. 그런데 그 순간, 유령들 또한 똑같은 생각을 하고 있을지도 모르는 일이었다.

• 영국 속담. Softly, softly, catchee monkey

14장
작전 시작

팀은 자기도 따로 유령부의 정문 열쇠를 가지고 있다는 사실에 꽤나 뿌듯했다.

또래의 아이들 중에 이런 혜택과 책임감을 가진 사람이 얼마나 있을까?

팀은 베개 밑에 열쇠를 넣어두고 잠자리에 들었다. 하지만 부모님에겐 아직 아무 얘기도 하지 않은 상태였다. 어쩐지 부모님은 이해하지 못할 것 같다는 느낌이 들었기 때문이다.

두 분 모두 이런 말을 할 게 뻔했다. "팀, 그게 말이 되니!" 혹은 "팀, 이 세상엔 우리가 알지 못하는 위험한 것들이 많이 있단다. 그러다 큰일이라도 당하면 어쩌려고 그러니." 아니면, 이럴지도. "팀, 토요일마다 아르바이트 일을 한다는 게 웬 말이니? 월요일이든 화요일이든, 수요일, 목요일, 금요일이라도 마찬가지야. 숙제는 언제 하려고? 괜히 피곤해서 몸에 종기라도 나면 어쩌려고. 엄마아빠는 허락 못 해!"

그는 아르바이트 일을 잃고 싶지 않았다. 생일이 다가오고 선물을 사야 하는 이 마당에.

그곳에서 몇 블록 떨어진 곳에 위치한 집에서, 코들리는 침실 천장을 뚫어져라 쳐다보며 똑같은 생각에 빠져 있었다. 약간 두렵긴 하지만 그보다는 짜릿함이 강한, 중요한 임무를 맡았다는 사실에 기분이 좋았다. 베개 밑에 넣어둔 유령부 열쇠를 떠올리는 것도 행복했다. 하지만 부모님에게 털어놓을 만한 일은 아니라는 게 문제였다.

"코들리, 아르바이트 일을 하고 싶으면 아빠 가게 일을 도우면 되잖니."

안 돼. 요즘 아빠 가게에서 서류 작업을 도울 수 있어서 기쁘긴 했지만, 필요 이상으로 생선과 씨름하는 일은 하고 싶지 않았다. 그동안 할 만큼 했으니까. 생선은 딸기향을 품은 소녀에겐 전혀 도움이 안 됐다. 설령, 싱싱한 생선일지라도.

그것 말고도 다른 문제가 또 있었다.

코들리는 아빠한테서 특정 나이가 되기 전의 아이들은 절대로 돈을 받고 일해선 안 된다는 말을 들은 적이 있었다. 신문 배달 같은 일조차 최소한 열세 살은 되어야 할 수 있다는 것이었다. 그녀는 아빠의 말을 똑똑히 기억하고 있었다.

하지만 유령부 사람들은 그런 건 신경도 쓰지 않는 것 같았다. 열세는 많아도 친절한 카퍼스톤 영감님이나 날카롭긴 해도 상냥

한 롤리 언니, 친절하긴 하나 수줍음이 많은 기빙스 삼촌, 그리고 틈만 나면 차를 내오겠다고 해놓곤 한 번도 가져온 적이 없는 괴팍한 스캔트 아줌마, 그들 모두가 그랬다.

네 사람은 한데 모이면 꽤나 재미있는 사람들이었다. 지저분한 황동 현판을 달고(참, 이젠 코들리 덕분에 반짝거리지만), 사람들의 눈과 마음에서 멀어진 그들만의 은신처에서, 그들만의 고리타분한 원칙과 유행에 뒤떨어진 옷을 입고 구식을 고집하는 사람들.

그들은 정말로, 세상이 어떻게 돌아가고 있는지 모르는 듯했다. 현대문명의 손길이 그들에겐 닿지 않은 것처럼 보였다. 스캔트 부인은 아직도 부서지기 일보 직전의 골동품 타자기를 쓰고 있었는데, 크기도 세탁기처럼 어마어마했다. 세상이 어떻게 돌아가는지 이해시키기 위해서라도 그곳에 컴퓨터를 몇 대 들여놓아야 할 것 같았다.

코들리의 눈이 스르르 감기기 시작했다. 베개 밑의 열쇠에서 마치 온기가 발산되는 느낌이었다. 그 순간, 마치 열쇠가 살아 있기라도 한 것처럼, 박동 소리가 들리고 느껴지는 것만 같았다.

물론 모든 것이 그녀의 상상에 지나지 않았다. 그렇게 잠에 빠져들면서, 그녀는 어디서 어떻게 유령을 잡을 것인지에만 골똘하고 있었다.

"이제 자자."

말똥말똥하던 정신이 점차 나른해졌다. 그리고 그녀의 고민도 점차 꿈으로 변해갔다.

“너무 졸려… 내일 아침이 되면… 해결책이 있을 거야. 그래. 내일 아침엔… 답을….”

그녀는 금세 잠에 빠져들었다.

아침이 되자, 그녀는 웅성거리는 소리와 나무 상자들이 덜그럭거리는 소리에 잠을 깼다. 밖에는 싱싱한 생선과 콘월 바닷가에서 잡은 바닷가재, 스코틀랜드에서 잡은 청어와 연어, 그리고 어디에서 잡았는지 모르는 쇠고둥과 새우를 실은 트럭이 와 있었다.

불현듯, 그녀는 해답을 찾았다.

그녀와 팀에겐 장비들이 있었다. 그것들을 사용해서 유령을 잡을 수 있다는 뜻이었다. 그들에게 필요한 것은 단 한 가지, 유령이 나타나는 장소였다. 코들리는 그곳이 어딘지 알 것 같았다.

한편 본청에서는 화강암을 닮은 얼굴의 비스턴 감독관이 피브 부인을 호출하기 위해 벨을 누르고 있었다.

비스턴 씨의 책상 위에는 서류가 하나 펼쳐져 있었다.

“이놈의 유령부는 도무지 정체를 알 수가 없소. 뭘 하는 곳인지 아는 사람이 하나도 없질 않나, 서류는 지난 20년간이나 캐비닛 뒤쪽에 처박혀 잠자고 있질 않나.”

“그러게 말입니다, 감독관님. 그런데… 이번엔 또 무슨 일로 그러시나요?”

“음, 알다시피, 내가 그 사람들을 찾아간 적이 있잖소. 재촉도 할 겸 해서 말이오.”

"그러셨죠."

"그뿐이겠소? 엄청나게 다그치고 왔지."

"당연히 그러셔야죠."

"내가 그 사람들한테 게으름 피울 생각은 그만두고 일이나 바짝 하라고 으름장을 놨지."

"감독관님은 이 분야에선 가장 경험이 많은 전문 인력 중 한 분이신걸요. 여부가 있겠어요."

"그 사람들한테 최후통첩을 날렸소. 3개월 안에 유령을 찾아내라고. 모든 수단과 방법을 동원해서 우리가 직접 두 눈으로 확인할 수 있게 유령을 찾아내라, 그렇지 않으면 당신들의 유령부를 폐쇄시키겠다고 말이오."

"네, 감독관님."

"무서워서 부들부들 떱디다."

"네, 감독관님."

"그런데 말이오. 내가 서류를 뒤적거려봤는데, 그 사람들의 세부적인 인적 사항이나 채용 기록 따윈 보이질 않는 것 같소. 학력 사항이나 생년월일, 그리고 입사일이 언제인지, 그런 것들 말이오. 여기 있는 건 그저 의미 없는 서류들뿐이지. 세부적인 사항들은 어디서 찾을 수 있겠소?"

"세부적인 인적 사항들도 함께 있어야 마땅할 텐데요, 감독관님."

"있어야 마땅한 것과 실제로 있는 건 다른 말 아니오?"

"맞습니다, 감독관님."

"그럼 총무부로 가서 카퍼스톤, 기빙스, 스캔트, 롤리, 이렇게 네 명의 자세한 인적 사항 관련 서류를 직접 찾아봐주시겠소?"

"네, 알겠습니다."

"난 그 네 명이 그동안 어떤 일을 했는지, 출신이 어딘지, 망령부인지 뭔지에 들어오기 전에 무슨 일을 했는지 알아야겠소."

"공식적인 명칭은 유령부입니다."

"망령이나 유령이나, 그게 그거지. 카퍼스톤 영감의 나이가 어떻게 되는지, 과연 실제로 은퇴를 시킬 순 있는지 알고 싶을 뿐이오. 나머지 세 명도 하수 처리 업무에 잘 맞을지 따져봐야겠고."

"틀림없이 잘 맞을 겁니다, 감독관님."

"그건 확인해봐야겠지. 아무나 하수 처리 일을 할 수 있는 건 아니니까. 적성이 맞아야지. 우리로선 하수처리국이 최고의 대안이란 사실을 명심했으면 좋겠소."

"네, 알겠습니다."

"자, 그럼, 서둘러주시오."

"후다닥 다녀오겠습니다, 감독관님."

비스턴 씨가 건네준 서류를 받아 들고 피브 부인은 냉큼 사무실을 나갔다.

비스턴 씨는 창문 쪽으로 걸어가 분주해 보이는 거리를 내다보더니, 기지개를 켜며 하품까지 하고 나서, 다시 자리로 돌아와 또 다른 서류를 집어 들었다.

그는 겉표지를 열고 펼쳐진 페이지를 힐끗 살펴봤다. 겉표지에는 '오리부'라고 쓰여 있었다.

"오리부는 또 뭐야." 그는 퉁명스럽게 말했다 "이거 또 다른 거네. 여기도 문을 닫아야 할 곳 같군. 도대체 오리부는 얻다 쓰려고 만든 거지? 여기도 한번 들러봐야겠구먼."

"어디라고?" 팀이 물었다. "어디?"

코들리가 팀을 끌고 간 곳은 운동장의 한구석, 사람들의 눈에 띄지 않는 곳이었다. 팀은 그녀가 자기랑 공이라도 차고 놀려고 데려가는 줄로만 알았다.

"공동묘지." 코들리가 말했다. "무덤 말이야."

"무덤이라니! 아니, 우리가 굳이 무덤까지 찾아갈 이유가 뭐야?" 팀이 말했다. "재미있을 것 같지도 않은데, 안 그래?"

"그야, 유령을 잡을 가능성이 있으니까 그렇지."

팀은 코들리를 빤히 쳐다봤다.

"그걸 어떻게 알아?"

"그야 당연히, 죽은 사람들이 묻힌 곳이니까. 그게 이치에 맞잖아. 죽은 사람과 유령. 깊은 밤에 배회하는 자들, 뭐 그런 거지."

"깊은 밤에 배회하는 자? 그러니까 네 말은, 한밤중에 거길 가잔 말이야?"

"참 나, 대낮에 유령 보기가 쉽겠어? 환한 대낮엔 안 나타나잖아. 나타난다 쳐도, 밝은 햇빛 아래서 보이기나 하겠니? 당연히 보일 리가 없지."

"그래도… 잘 모르겠다…."

"무서우면 관두고."

"무섭다니!" 팀은 신경질적으로 반응했다. "내가? 무섭다고? 왜 이러셔. 내가 묘지에서 보낸 밤이 얼만지 셀 수도 없을걸. 툭하면 나와서 놀던 데가 바로 공동묘지라구. 내 친구, 스티브 있잖아. 걔랑 나랑 한밤중에 나가서, 묘비 위에 앉아 레모네이드도 마시고 과자도 까먹고 그랬는데. 그것도 한두 번이 아니라구."

"그럼 한 번 더 간다고 해서 어떻게 되진 않겠네, 그치?"

"그야… 그렇지."

"그럼, 오늘 밤에 어때?"

"오늘 밤?"

"쇠뿔도 단김에 빼라잖아."

"뭘 뺀다고?"

"지금처럼 좋은 기회는 없다는 뜻이야."

"좀 있으면 내 생일이라서 말인데…."

"그래서 갈 거야, 말 거야? 아님, 나 혼자 갈까? 그럼 보너스는 나만 받게 된다는 거 알지?"

"기다려봐. 누가 안 간댔어? 난 그냥… 그런데 코들리, 가서 어떻게 잡을 건데?"

"이따 집에 갈 때, 유리마개가 달린 두꺼운 유리병을 가지고 가자. 유령부에 들러서 말이야."

"유령은 어떻게 불러낼 건데? 묘지 근처에 돌아다니는 유령이 하나도 없으면? 거, 뭐냐… 휴가라도 갔으면 어쩔 건데?"

"그건 그때 가서 생각하면 되지. 근데, 내가 책에서 본 게 있거든…."

"〈유령사냥 지침서〉 말이야?"

"딩동댕. 거기에 유령을 부를 때 외우는 주문이 있었거든."

"어떤 주문인데?"

"특이한 말들을 노래처럼 중얼거리면서 의식 치르듯 하는 거였어. 양초랑 물도 조금 필요해…."

"도마뱀 눈 같은 건 필요 없었으면 좋겠다. 그런 건 없디? 도마뱀 눈 같은 거? 웬만한 책들은 유령 어쩌고저쩌고 할 땐, 꼭 도마뱀 눈 얘기가 나오더라. 도마뱀 눈을 어디서 구하라고. 개구리 알이나 앵무새 똥이면 모를까, 도마뱀 눈은 도저히…."

"도마뱀 눈 따윈 필요 없다니까." 코들리가 참다못해 쏘아붙였다.

그녀는 팀 레그란 녀석이 유령사냥꾼으로서 이상적인 동업자가 아닌 것은 물론이고, 절대로 같이 일하고 싶지 않은 동료라는 생각이 들기 시작했다. 녀석은 한마디로 꽝이었다.

"책에선 그냥 뭔가 관심을 끌 만한 거면 된다고 했어. 유령의 과거를 떠올리거나 관심을 끌 만한 거, 향긋한 냄새, 아님 톡 쏘는 향 같은 거 말이야. 대부분의 유령들이 생전에 미처 못다 한 일이 있다고 했어."

"나도 본 것 같다. 시작도 못 한 숙제, 뭐 그런 거 아냐?"

"아니, 그런 게 아니라니까. 그건 유령들이 살아 있을 때 하고 싶었지만 하지 못해서, 환생이라도 하면 바로잡고 싶은 것들을 말하는 거야. 정의 실현이라든가, 뒤늦게 후회가 되는 행동에 대한 반성 같은 거 말이야. 게다가, 그런 것들을 해내지 못하면 계속 떠돌아다닐 수밖에 없거든. 그게 바로, 유령들이 다른 세상으로 가지 못하고 이 세상에 갇혀 사는 이유라구."

"넌 어떻게 그런 걸 다 알아?" 팀이 따지듯 물었다.

"그놈의 책을 다 읽었으니까 알지! 어제 우리가 봤던 책 말이야. 넌 바로 내 옆에 있었으면서 도대체 뭘 본 거야?"

"난 주로 그림을 봤지. 너, 그 그림 봤어? 겨드랑이에 머리가 달리고 등 뒤에 귀가 있는 유령 그림?"

쉬는 시간 끝을 알리는 벨소리가 들려왔다.

"자, 이 얘긴 그만하자. 오늘 밤에 갈 거야, 안 갈 거야? 잘 시간에 살짝 빠져나와 밤 열두 시에 묘지 앞에서 보자, 알았지?"

"당연히 그래야지." 팀은 겁쟁이처럼 보이기 싫어 그렇게 말했다. "걱정 마."

"좋았어. 우선 필요한 장비들을 챙기자. 그리고 주문은 적어서 가져가야 할 거 같아. 유령부 사람들이 〈유령사냥 지침서〉를 우리가 갖고 가게 놔둘 것 같지 않거든. 하긴, 들고 다니려면 무겁기도 하고. 수업 끝나고 유령부 앞에서 보자."

"알았어. 이따 보자."

"늦지 마."

둘은 서둘러 교실로 돌아갔다.

공동묘지라니. 팀은 생각했다. 밤 12시. 유령. 시체. 그것들이 혹시, 좀비면 어떡하지? 뱀파이어면? 늑대인간이면?

그런 상상을 하니 팀은 겁이 났다. 그렇다고 꽁무니를 뺄 생각은 없었다. 남자 체면에 그깟 일로 쫄 수는 없지, 안 그래?

15장

좀비? 뱀파이어?

이미 어제 겪어봤기 때문에, 두 사람은 일단 유령부 직원들이 안에 있는지, 혹은 일찍 퇴근한 건 아닌지 궁금해하면서 문을 두드렸다.

끼익 문이 열리더니 스캔트 부인이 미소를 지으며 나타났다.

"오, 우리 알바생들! 들어오렴."

두 사람이 들어가자, 왠지 모르게 늘 저절로 닫히는 것만 같은 문이 그들 등 뒤에서 철컥 하고 닫혔다.

"영감님 뵈러 왔니? 사실 말이야, 영감님께서 낮잠을 주무시는 것 같아서…."

"아뇨. 깨우지 마세요, 아줌마." 코들리가 말했다. "다용도실에서 장비 좀 챙기고, 책에서 몇 자 적어 가기만 하면 돼요."

"아, 그럼 곧장 가서 너희끼리 직접 챙기면 되겠구나. 어딘지는 알지? 차라도 한 잔…?"

하지만 네, 하고 대답해봤자 마실 가능성은 거의 없다는 걸 알기에, 코들리와 팀은 둘 다 사양하고 할 일이나 하겠다고 말했다.

다용도실로 가는 길에 기빙스 군과 롤리 양이 일하는 사무실이 있었다. 기빙스 군의 책상 위에 십자말풀이 퍼즐이 보였지만, 그는 발소리를 듣고 무척이나 바쁜 척했다. 바쁜 척이라 해봤자 고작 얼굴을 찌푸리며 인상 쓰는 게 다였는데, 어느 것 하나 그럴싸해 보이지 않았다.

"왔니?" 그가 손을 흔들며 인사를 건넸다. "바빠서 얘기할 시간도 없구나. 할 일이 이만큼이나 쌓여 있어서 말이야." 그러고는 턱으로 일거리를 가리켰다.

다용도실에 있는 물건들은 어제 팀과 코들리가 본 그대로였다. 코들리가 그라임스와 내털리의 〈유령사냥 지침서〉에서 유령을 불러내기 위해 필요한 주문을 옮겨 적는 동안, 팀은 커다란 유리마개가 달린 묵직한 유리병을 챙겼다. 그는 마개가 꼭 맞는지 확인했다. 이 정도면 쉽게 빠져나가지 못하겠지?

팀은 배낭에 유리병과 마개를 쑤셔 넣었다. 두 가지를 다 넣으니 배낭이 엄청나게 무거워 보였다.

"어떻게 돼가?"

"다 돼가." 코들리가 말했다. "거의 다 적었어."

"그런데 말이야. 유령 미끼는 어쩌지?"

"유령 미끼?"

"병 안으로 유인할 미끼 말이야. 뭔가 톡 쏘는 냄새가 나는 거."

"그런데?"

"혹시… 너희 아빠 가게에서… 훈제 청어 같은 건 어떨까 싶어서…."

코들리는 펜을 내려놨다.

"훈제 청어?"

"그래, 훈제 청어. 너희 가게에서 하나 갖고 와서 병 안에 놓자. 난 우리 아빠 가게에서 나무 의족을 가져올게. 혹시 무슨 일이 생기면, 유령 머리통을 갈겨버리게."

"의족으로?"

"어때?"

"팀, 유령은 영혼 같은 거야, 안 그래? 형체가 있는 게 아니란 말이야. 그런데 어떻게 의족으로 머리통을 갈겨? 그냥 통과하고 말걸."

"너, 자꾸 시시콜콜 딴죽이나 걸래?"

"내가 뭘?"

"그게 있으면 유리마개를 툭툭 치는 데도 쓸 수 있고, 방어용 무기도 되잖아. 유령을 불러냈는데, 혹시 좀비가 나타났다고 생각해보라구."

"좀비?"

"그래. 그건 형체가 있는 거 맞지? 늑대인간은 또 어떻고? 혹시 늑대인간이 나타나서 해코지하려고 할 경우, 손에 들고 있으면 유용할 거 아냐."

"팀…."

"조심해서 손해 볼 거 없잖아…."

코들리는 입을 벌린 채로 팀을 노려봤다. 이런저런 생각이 머릿속을 스쳐 갔고 하고 싶은 말도 많았지만, 그녀는 웬만하면 말을 꺼내지 않기로 작정했다. 대신 이렇게 말했다.

"팀, 훈제 청어로 유령을 유인할 수 있다고 생각한 이유가 뭐니?"

"살아 있을 때, 많이 좋아했을 수도 있으니까."

그냥 흘려보낼 수 없는 논리와 이유가 있는 말이었다. 하지만 코들리는 여전히 꼭 그럴 것 같지는 않다는 생각이 들었다.

"조금만 더 생각해볼래? 그러니까, 좀 더 괜찮은 냄새가 나는 걸로?"

"난 이미 마음먹었단 말이야. 훈제 청어를 써보기로. 쥐를 잡으려면 치즈를 미끼로 쓰잖아. 물고기는 벌레로, 거미는 파리로 잡는 것처럼 말이야. 유령 잡는 데 훈제 청어를 써보자는 게 뭐가 문제지?"

코들리는 한숨을 내쉬었다.

"알았어, 팀. 더 얘기해봤자 내 입만 아프지."

"만약 효과가 없으면, 다음엔 비스킷을 써보면 되잖아."

코들리는 주문을 옮겨 적는 것을 끝냈다.

"유리병 챙겼지?"

"내 가방 안에."

"좋아. 그럼, 가자."

기빙스 군은 여전히 십자말풀이를 하고 있었고, 롤리 양은 책을 읽고 있었다. 정문 앞에서 코들리와 팀이 큰 소리로 작별인사를 외치자 스캔트 부인의 목소리가 들렸다.

"잘 가!"

카퍼스톤 영감은 아직도 꿀잠을 즐기고 있는 듯했다. 그는 퇴근 직전에야 정신 차리고 하루 일과를 마무리한 다음, 어김없이 찾아오는 휴식을 즐기게 될 터였다.

유령부 현관 복도의 구닥다리 괘종시계가 가장 긴 소리를 냈다. 그 소리는 하루의 마지막이자 새로운 날의 시작을 알리면서 한 번, 다시 그 시간이 되기 전 중간에 한 번, 그렇게 하루에 두 번씩 들렸다.

밤 12시를 알리는 소리가 유령부 건물만이 아니라 인적 없는 브리카브락 거리의 자갈길 위로 으스스하게 깔렸다. 유령들이 땅 위를 배회한다는 황홀한 시간이 찾아온 것이다.

800미터쯤 떨어진 곳에서, 문이 끼익 소리를 내며 열렸다. 굿코들리스 생선가게에 딸린 뒷문이 열리자 위아래로 시커먼 옷을 입고 말랑말랑한 신발을 신은 소녀가 골목으로 나왔다. 그녀의 손에는 단단하게 밀봉된 비닐봉지가 들려 있었는데, 그 안에는… 훈제 청어가 들어 있었다.

살포시, 조심스레 발을 내딛은 코들리는 혹시 가족들이 깰까 봐 창문 쪽을 힐끗힐끗 올려다보면서 가게 앞쪽으로 움직였다. 집과의 거리가 멀어질수록 안도감과 홀가분한 기분을 느끼면서 그녀의 발걸음은 점점 경쾌해졌다. 그녀는 느릿느릿 이동하는 달빛을 받아 구름 한 점 없는 하늘에 실루엣이 드리워진 어두컴컴한 교회 첨탑 쪽을 향해 서둘러 걸었다. 그곳은 지역 주민들에겐 신을 섬기는 장소이자 한때 장례식을 치렀던(지금은 아니지만) 성 빈들 교회였다. 교회에 딸린 묘지는 이미 오래전부터 빈틈이 없을 만큼 꽉 차서, 고인들은 이제 마을 밖으로까지 새로운 영역을 찾아야 할 지경이었다. 이곳에 있는 묘비들은 오랜 세월로 인해 금세라도 쓰러질 것만 같았는데, 그 위에는 수많은 사람들의 이름이 알아볼 수 없을 만큼 문드러진 채 새겨져 있었다.

코들리가 남쪽에서 북쪽으로 묘지를 향해 다가가는 동안, 서쪽에서 동쪽으로는 또 다른 사람이 살금살금 다가오고 있었다. 그 역시 살그머니 걷고 있었지만, 무거운 배낭을 어깨에 메고 어른 키만큼이나 커다란 의족을 겨드랑이 사이에 끼고 있어서 한 발짝씩 내딛는 게 쉽지 않았다.

먼저 도착한 사람은 코들리였다. 그녀는 가장 편안해 보이는 묘비를 찜하고 그 위에 걸터앉았다. 그녀의 머리 위에서는 교회 첨탑이 천국으로 향하는 길과 달, 반짝이는 별들을 가리키고 있었다.

그때 무슨 소리가 들렸지만, 그녀는 그깟 소리에 놀라진 않았다. 그게 누군지 알고 있었기 때문이다.

"팀, 너야?"

"응. 너도?"

"그럼 누구겠냐? 무사히 빠져나왔네?"

"괜찮아. 넌?"

"나도 괜찮아."

"본 사람은 없지?"

"없어. 넌?"

"없어. 장비들 가져왔지?"

"응, 여기. 너도?"

"그래, 여기."

팀이 의족을 휘둘렀다. 코들리는 그 모습을 보고 살짝 당황스러웠다.

"그거 말고 크리켓 방망이를 가져오지. 아니면 야구 방망이를 가져오든가. 그 의족으로 마음대로 휘두를 수나 있겠어, 안 그래?"

"우리 아빠는 방망이가 하나라도 안 보이면 금세 눈치채시지만, 의족은 없어져도 모르실 거야."

"내가 한 번 속는 셈 친다. 유리병, 가져왔지?"

"여기."

팀은 조심스레 배낭을 열고 유리병을 꺼냈다. 커다란 잼통처럼 생긴 유리병은 제법 두꺼운 데다 색깔도 초록빛이 도는 짙은 파란색이어서 속이 잘 보이지 않았다.

"그런데, 훈제 청어는 어디 있어?" 팀이 물었다. "까먹고 왔냐?"

코들리는 기가 막힌다는 표정으로 아무 말 없이 비닐봉지를 팀에게 건넸다. 팀은 봉지에서 훈제 청어를 꺼내 유리병 안에 밀어 넣었다. 그런 뒤 병을 이리저리 흔들어서 훈제 청어를 바닥에 내려뜨렸다.

"이 정도면 낚일 것도 같은데." 팀이 말했다. "책에서 보고 적은 거, 너한테 있지? 그럼, 최면인지 뭔지 걸어볼까?"

"주문이라고!" 코들리가 쏘아붙였다.

"주문이나 최면이나, 그게 그거지."

"하나도 안 똑같…."

그때, 묘비 뒤쪽 풀숲에서 바스락거리는 소리가 들렸다.

"뭐지?"

두 사람은 몸이 얼어붙은 채, 꼼짝없이 기다리며 앞쪽만 뚫어져라 쳐다봤다. 다시 정적이 흘렀다.

"그냥 바람 소리였나 봐." 코들리가 말했다.

"바람은 무슨. 한 점도 안 부는데." 팀이 말했다.

"그럼, 고양이였나? 아님, 고슴도치나 다람쥐? 아무튼 이젠 도망쳤나 봐."

그런데, 아니었다. 묘비 뒤에서 작은 여우 한 마리가 코를 빼꼼 내밀고 두 사람을 쳐다보고 있었다. 그러다 네 발 짐승이 낼 수 있는 최고 속도로 후다닥 도망쳤다.

"거봐, 그냥 여우잖아." 코들리가 말했다. "쓸데없는 생각 그만

하고, 일이나 하자."

두 사람은 각각 손전등을 하나씩 챙겨 왔지만 딱히 사용할 필요는 없었다. 묘비에 적힌 글귀들을 읽을 수 있을 만큼 달빛이 밝았다. 물론 비바람이나 궂은 날씨에 부식되지 않은 묘비들만 해당되는 거지만.

"여기 어때?" 팀이 말했다. "수백 마리는 나올 거 같은데."

수백 마리까지는 아니더라도 분명 한두 마리 이상은 가능해 보였다. 그는 몇 세대가 함께 묻힌 어떤 가족묘 옆에 서 있었다. 스티프 가문의 묘였다.

"수가 많을수록 확률도 높겠지." 팀이 말했다. "그러니까, 여기서 해보자. 스티프 가문 유령들을 깨워보자구."

"좋아." 코들리가 말했다. "솔직히, 묘지 전체를 상대로 주문을 걸면 왜 안 되는지 잘 모르겠지만 말이야."

"우린 유령 한 마리만 있으면 돼. 많이 잡아봤자 유리병 안에 다 들어가지도 않을걸. 아마 숨이 막혀…."

"팀… 유령들이 무슨 숨이 막혀? 이미 죽은 사람들인데."

"말이 그렇다는 거지. 아무튼 병이 넘치도록 잡을 필요는 없잖아. 유령들의 건강과 안전에도 신경 써야지."

코들리는 팀이 대체 뭔 소리를 하는 건지 알쏭달쏭했다. 하지만 지금은 신경 쓰지 말자고 다짐했다.

"알았어. 마개 준비됐지? 유령 나타나면 확실하게 가둘 준비?"

"준비야 늘 돼 있지." 팀이 대답했다.

"좋아. 그럼, 시작해볼까."

코들리는 그라임스와 내털리의 〈유령사냥 지침서〉에서 베껴 온 쪽지의 내용대로 신속하게, 그리고 확실하게 일을 시작했다.

그녀는 땅바닥에서 막대기를 하나 집어 들고 이끼가 무성히 자란 무덤의 위쪽에 육각별 모양을 그렸다. 그런 다음, 배낭에서 작은 양초를 꺼내 부엌 서랍에서 꺼내 온 성냥으로 불을 붙였다.

"네 나이 땐 성냥 같은 거 갖고 놀면 안 되는데." 팀이 말했다.

"나 지금 무지 집중하고 있는데, 자꾸 방해할래?"

그날 밤은 바람 한 점 없이 잔잔해서, 양초가 불꽃 한 번 깜박이지 않고 타들어가며 따뜻하고 영롱한 빛이 감돌았다. 달은 구름 속으로 모습을 감춘 뒤였다.

코들리는 양초를 육각별 가운데에 놓았다.

"됐다. 시작한다. 준비됐지?"

팀은 고개를 끄덕이고 준비 자세를 취했다.

그의 발밑에는 어떤 유령이라도 걸려들 것 같은 미끼, 훈제 청어가 든 유리병이 놓여 있었다. 한쪽 손엔 유리마개를 들고, 유령이 그 안으로 들어가면 입구를 틀어막을 만반의 준비를 끝냈다. 손 뻗으면 닿을 만큼 가까운 곳에는 의족이 묘비에 기대어져 있었다. 그걸로 한 번 후려치면 제아무리 건장한 어른이라도 정신을 잃고 쓰러질 것 같았다. 하지만 어디에서도 공격의 조짐은 보이지 않았다.

마치 망망대해 위에 떠 있는 한 척의 배처럼, 구름은 유유자적

흘러가고 있었다.

"됐어. 이제 같이 주문을 외우자."

코들리는 팀과 함께 소리 내어 쪽지를 읽었다. 두 사람의 목소리가 한데 합쳐져서 한 사람의 목소리처럼 들렸다.

내가 너희 유령과 정령들을 소환하노라,
너희 모든 혼령들, 모든 요정들,
슬프고 불행한, 모든 존재들이여,
밤을 배회하는 운명들이여,

두 사람은 주문을 끊고, 잠시 기다렸다. 아직 아무 일도 벌어지지 않았고, 그저 양초 불꽃과 교회 첨탑 그리고 고요한 밤하늘의 별과 달만이 보일 뿐이었다. 그리고 저 멀리에서, 배고픔 때문인지 고통 때문인지, 아기인지 작은 짐승인지 모를, 우는 소리가 들렸다.

내가 너희 혼령과 악령들을 소환하노라,
시간 속에 갇혀버린 너희 유령들,
모든 광적인 존재들이여,
너희의 광적인 모습은 내 모습이기도 하노니,

두 사람은 다시 한 번 주문을 멈췄다. 그리고 또 기다렸다. 이번에는 촛불이 살짝 흔들렸다. 공기는 아까보다 더 차갑게 느껴졌다. 마치 약속처럼 엷은 안개가 땅 위로 피어오르고 있었다.

내가 너희 모든 환영들을 소환하노라,
이제 너희의 모습을 보일 것을 명하노니,
너희의 존재를 분명히 알리고,
너희의 모습을 확실히 나타낼지어다,

이번에는 확실히 냉기가 전해졌고, 적막한 기운이 깊고 드넓게 드리워져 감히 그 기운을 깰 엄두조차 나지 않았다. 하지만 두 사람에겐 마저 외워야 할 마지막 주문이 남아 있었다.

지체 없이 내 앞에 모습을 드러내고,
너희의 죄를 고할 것을 명하노라,
이 책과 이 양초로,
내가 너희의 안식을 찾게 할 것이니,

그렇게 모든 주문이 끝이 났다. 이제 그들이 할 수 있는 건 기다리는 것뿐이었다.

그렇게 기다리는 1초, 1초가 너무도 길게 느껴져서 몇 시간이나 흐른 것 같았다. 그런데 그 순간, 먼 곳에서 언뜻 어떤 소리가 들렸다. 그 소리는 점점 가까이 분명하게 들려왔다.

"코들리…."

"나도 들었어."

두 사람은 잔뜩 겁을 먹고 일어서서 신경을 곤두세웠다. 두려움과의 싸움은 그들 스스로 해결해야 할 몫이었다.

발소리가 가까이 들려왔다. 하지만 실체 없는 환영이나 유령 따위가 다가오는 소리는 아니었다. 그 소리는… 뭔가 다른 소리였다.

"코들리, 도대체 우리가 무슨 짓을 한 거야? 유령 소리가 아니잖아… 이 소리는…."

확실하고 우직하면서도 일관되게 강직한 발소리가, 생기라곤 없는 듯한 둔탁한 리듬으로 기계적으로 반복되며 다가오는 것이, 마치 이 세상의 생명체가 내는 소리는 아닌 것처럼 느껴졌다. 어떻게 들으면 방금 숨이 끊어진 시체의 사지를 여기저기 끼워 맞추고 꿰매고 빚어낸, 목에는 무시무시한 볼트가 박혀 있는 프랑켄슈타인이나 좀비의 발소리 같기도 했다. 발소리는 계속 다가왔다. 결국엔 주목나무 뒤쪽까지 가까이 오더니 어마어마하게 우뚝 솟은 그림자를 드리웠다.

"코들리, 우리가 무슨 짓을 한 건지는 모르겠지만, 아무튼 저건 유령이 아니야. 뭔가 다른 거라구. 뭔가 무시무시한 게 오고 있다니까."

"나도 알아. 물건들 챙겨, 어서. 여기서 빠져나가자!"

팀은 대꾸할 틈도 없었다. 유리병을 낚아채듯 집어서(훈제 청어는 흘리고 말았지만) 배낭 안에 꾹꾹 눌러 담았지만, 의족은 챙길 겨를

이 없었다. 잠시 후, 팀과 코들리는 그들이 낼 수 있는 최고 속도로, 감히 뒤돌아볼 엄두도 내지 못한 채, 풀밭과 돌 더미 위를, 무덤과 묘비 위를 뛰고 넘고 달렸다.

두 사람은 발밑에 눈에 익은 자갈길이 나타나자 비로소 숨을 고를 수 있었다. 정신을 차리고 보니, 그들이 서 있는 곳은 브리카브락 거리, 바로 유령부 건물 앞이었다. 언제나 그렇듯 주위가 고요했지만 그래도 방금 도망쳐 나온 곳보다는 친근한 느낌이 들어 안심이 됐다. 사방이 깜깜한 가운데, 유령부 창문에는 오직 달빛만이 비추고 있었고 정문 옆의 유령부 현판은 미소를 짓고 있었다.

"우릴 쫓아오진 않겠지? 그게 뭐였든 간에 말이야. 우릴 보진 못했겠지? 우리가 어디 사는지도 모르겠지?"

"그래, 그럴 거야." 코들리가 말했다. "이제 안심해도 될 것 같아. 진정하고, 저기 길 끝까지 같이 가자. 그다음 넌 너희 집으로 가고 난 우리 집으로…."

"각자 집에 따로 가자고?"

"둘이 같은 집으로 갈 순 없잖아, 팀."

"그래도, 내가 집에 들어가는 거 본 다음 네가…."

"괜찮을 거야. 그게 우릴 못 봤으니까."

"뭐였을까? 좀비인가? 뱀파이어?"

"모르겠어."

그 순간 팀은 자기가 가져갔던 것들 중 하나를 빠뜨리고 왔다는 걸 깨달았다.

"의족! 그걸 놓고 왔네."

"이런. 그렇다고 찾으러 갈 건 아니지? 없어져도 너희 아빠가 모르실 거라며?"

"흠… 그러실 것 같긴 해."

"그럼, 그냥 놔둬. 괜히 걱정 말고. 자, 이제 가야겠다. 내일 아침에 보자. 내일은 다른 작전을 짜야겠어."

"이 일 계속 하려고?"

"당연하지. 넌 아니야?"

"어… 그래. 해야지. 네가 한다면야."

"칠전팔기란 말 몰라?"

"그래, 알았어. 내일 보자, 코들리."

"그래, 팀. 내일 봐. 참, 팀…."

"응?"

"괴물 쫓아오는지 잘 봐."

팀은 아무 대꾸도 하지 않았다. 그는 아빠 가게의 뒤편에 다다를 때까지, 한 번도 멈추지 않고 길을 따라 잽싸게 뛰어갔다. 이내 무사히 침대 속으로 몸을 숨겼지만, 신경은 여전히 곤두서 있었다. 그래도 무사히 도망쳐 나왔고, 떠벌릴 영웅담을 건진 셈이었다. 곧 그는 잠에 빠져들었다.

코들리 역시 부리나케 집을 향해 달렸다. 그녀도 곧장 침대 속으로 들어갔고, 두 눈이 스르르 감겼다.

도대체 뭐였을까. 그녀는 꿈속으로 빠져들면서 생각했다. 도무지 뭔지 짐작이 안 가네. 그렇게 커다란 그림자는 뭐고, 그렇게 묵직하게 쿵쿵거리는 발소리는 또 뭐냐고. 뭔지 모를 섬뜩하고 소름끼치는 숨소리, 끔찍하고 거슬리는 소리까지. 지금은 아무리 생각해도 모르겠다. 도저히.

코들리의 생각은 억측에 불과할 뿐이었다. 그녀는 그 괴물을 다시 만날 운명에 처해 있었다. 그것도 바로 눈앞에서 생생하게.

괴물은 그녀를 찾아올 것이었다. 언젠가 그녀의 집으로 찾아와, 그것도 방문턱 바로 위에서, 꿰뚫어보는 듯한 검은 눈으로 그녀를 내려다볼 것이었다.

그나마 다행스러운 건, 아직 그녀는 그 사실을 모르고 있다는 점이었다.

그렇게 아직 잠들 여유가 있을 때, 그녀는 잠이 들었다.

16장

언데드

전날의 무시무시했던 기억 따위는 대개, 다음 날 눈을 뜨면 기억도 잘 나지 않기 마련이다. 햇빛이 그 기억을 하얗게 날려버리고 약하게 만드는 모양이다. 거인은 쪼그라들고, 괴물은 쭈글쭈글해지며, 좀비는 거리에서 흔히 마주치는, 게슴츠레 졸린 눈을 한 사람들과 별다를 바가 없어진다.

전날 밤 팀을 공포로 몰아넣었던 기억도 아침이 되자 숙취로 인한 고통 이상의 것은 아니었다. 그는 커튼 사이로 비추는 햇살을 받으며 아무 걱정 없이 잠에서 깼다.

분명 좀비는 아니었어. 좀비가 아니라면 도대체 뭐였을까? 혹시, 그냥… 경찰이었나? 경찰이었을 거라고 생각하면 할수록, 경찰이 맞을 거라는 확신이 더 강해졌다. 그래. 양초 불빛이 보이지, 이상한 주문 같은 게 들리지, 그러니 무슨 일인지 확인하려고 왔었을 거야. 그렇게 생각하니 그럴 법도 했다. 그럼 진짜로 괴물이 나타났던 건 아닌 세 뫼잖이, 안 그래?

팀은 옷을 챙겨 입고 아침을 먹으러 아래층으로 내려갔다.

"너, 혹시 어젯밤에 쿵쿵대는 소리 못 들었니?" 엄마가 물었다.

"아뇨. 아무 소리도 못 들었는데요."

"이상하네. 아빠랑 엄마는 무슨 소릴 들은 것 같거든. 문을 쿵쿵 두드리는 소리 같았는데."

팀은 평소보다 일찍 등굣길을 나섰다. 그는 이미, 어젯밤에 떨어뜨리고 온 의족이 그대로 있는지 확인하기 위해 다시 묘지로 갈 작정을 하고 있었다. 그는 그렇게 멀쩡한 물건을 그냥 내버려둘 사람이 아니었다.

성 빈들 교회에 도착했을 때 묘지 사이를 왔다 갔다 하는 사람을 발견하고, 팀은 그 자리에 멈춰 섰다. 그런데 가만히 보니, 자기랑 체구도 비슷할 뿐 아니라 코들리와도 많이 닮아 보였다. 그는 묘지 안으로 걸어갔다.

"어이, 코들리."

"어이가 뭐야?" 묘비에 앉아 있던 코들리가 눈을 치켜뜨며 말했다. "나한테 말 걸고 싶으면, '어이' 하지 말고 '안녕, 코들리' 하고 불러봐. 훨씬 좋잖아."

"뭐 찾고 있어?"

"내 훈제 청어. 내가 그런 거 함부로 버리고 다니는 사람이 아니라서 말이야. 혹시 환경 오염이라도 시킬까 봐 찾으러 왔지. 작은 짐승이 먹다가 목에 가시가 걸리면 어쩌나 걱정도 되고."

"난 내 다리 찾으러 왔는데."

"지금 두 다리로 서 있잖아."

"의족 말이야."

"아, 안 보이던데. 훈제 청어도 안 보이고. 아무래도 그 뭔가가 네 의족이랑 내 훈제 청어를 가져간 것 같아."

"어젯밤에 말이야?"

"그렇지. 중요한 건 어젯밤에 나타난 게 뭐냐는 거지."

"글쎄, 계속 생각해봤는데…."

팀이 뭔가 작정하고 말을 꺼내려는데, 코들리가 말을 잘랐다.

"나도 마찬가지야. 내가 무슨 생각 하는지 너도 알겠지만, 어제 나타난 건…."

"경찰?"

"어제 나타난 건 바로…" 코들리는 팀의 말을 바로잡으며 말했다. "언데드들 중 하나였어."

어젯밤에 느꼈던 모든 두려움과 공포가 물밀듯이 몰려왔다. 팀은 가슴이 답답해지고 숨이 막혔다.

"언데드라니… 그게 무슨 말이야? 그럼, 우리가 찾으려고 했던… 유령이었단 말이야?"

"아니." 코들리가 말했다. "유령이면 괜찮게? 내 말은, 유령들도 해코지를 할 수 있지만, 그것들에 비하면 아무것도 아니란 거야. 사람은 대부분 죽으면 유령이 되잖아. 그런데 언데드들은, 뭐랄까, 이것도 아니고 저것도 아니거든. 죽은 것도 아니고, 그렇다고 살아 있는 것도 아니지. 언데드들은 그냥 반반이라고 보면 되고,

천천히 부패하면서 몸에서 이상한 것들이 떨어져 나가는 거지. 손가락이나 발가락 같은 게. 그런데 만약 언데드의 축축한 팔에 잡히기라도 하면….”

“축축한 팔에 잡힌다고? 상상하기도 싫다.”

“그러게. 그러니까 절대 잡히면 안 돼. 언데드한테 잡히면 넌 서서히 목이 조이면서 목숨을 반쯤 뺏기게 되고, 결국 언데드로 변하게 된단 말이야.”

팀은 손으로 자기 목을 움켜쥐고 아직 멀쩡히 숨을 쉬고 있는지 확인했다.

“하지만, 내 생각에 어젠… 그냥 경찰이었던 거 같아.”

“경찰이라고?” 코들리는 코웃음을 쳤다. “착각도 유분수지.”

“그럼, 그게 어디서 왔다는 거야?”

“아무래도 이 근처에 사는 거 같아.”

“언데드라며? 그런데 이 근처에서 산다는 게 말이 돼?”

“좋아, 네가 그렇게 까다롭게 나온다면, 이 근처 어딘가에 죽어 있는 걸로 하자. 하지만 네가 몇 번을 물어봐도, 어제 나타난 건 언데드가 틀림없어. 이것 좀….”

코들리가 아래쪽을 가리켰다. 화단 안쪽 부드러운 흙 위에 커다란(아니, 어마어마한 크기의) 발자국이 보였다.

“저게 뭐지? 저렇게 큰 발자국은 처음 봐.”

“저건,” 코들리가 말했다. “어젯밤 우리가 본 괴물이 남긴 게 틀림없어. 분명 언데드들 중 한 놈이 남긴 거야.”

"그, 그럼, 어제 우리가 도망치면서 흘리고 간 것들은 어떻게 된 거지? 언데드란 놈들이 훈제 청어를 먹을 리는 없을 텐데, 혹시 그런가? 의족도 필요 없을 거 아냐. 죽은 사람 다리라면 모를까."

"혹시 이리저리 팽개쳤을지도 몰라. 열 받아서 말이야. 교회 지붕 위로 던졌을지도 모르지. 보나마나 종탑 꼭대기에 있을 거야."

팀은 종탑 쪽을 쳐다봤다. 불안감이 다시 그를 엄습했다.

"언데드들이 낮에 돌아다니지 않는 건 확실하겠지? 맞지?"

"누가 그래?"

"그럼, 낮에도 돌아다닌단 말이야? 네가 그걸 다 어떻게 알아?"

"유령부에 있는 책에서 읽었거든. 책에선 언제든지 언데드들과 마주칠 수 있다고 했어. 아침이든 낮이든, 밤이든. 공원에서도, 학교 가는 도중에도 마찬가지고…."

"지금 우리, 학교 가는 길이잖아."

팀의 말에 코들리는 시계를 봤다.

"맞다, 빨리 가야겠다. 잘못하면 지각하겠어."

"좋은 생각이 있는데 말이야." 팀이 거대한 발자국을 보며 말했다. "뛰자."

"그래." 코들리도 발자국을 보며 말했다. "그게 좋겠어."

두 사람은, 어제 이미 겪었던 것처럼, 묘지를 빠져나와 최대한 빠른 속도로 날아가듯 달리기 시작했다.

17장

검은 옷을 입은 남자

셔츠의 새하얀 깃만 아니라면 미치도록 칙칙했을 검은 옷을 입은 남자가, 마치 대단한 임무 수행 중이라도 되는 것처럼, 브리카브락 거리를 빠른 속도로 걸어왔다.

그는 유령부 정문 가까이 와서 속도를 줄이더니 걸음을 멈추고 잠시 머뭇거렸다. 손을 뻗어 벨을 누를까, 문고리를 두드릴까 망설이면서 쉽게 결정을 내리지 못했다.

그를 망설이게 한 건 다름 아닌 정문에 붙어 있는 안내문이었다. '방문 예약자에 한해 출입 가능. 배달 업무 시에는 벨을 누르시오.'

그는 미리 약속을 한 것도 아니고 배달부도 아니었다. 어쩌란 거야? 들어가지도 못하는데 예약을 어떻게 하라고? 그렇다고 전화번호가 어디에 나오는 것도 아니고 말이야. 그런데도 미리 약속을 잡지 않으면 안에 들어가지 못한다는 거야?

그런데 순간, 발상의 전환을 해보니, 어쨌든 자신을 배달부라고 생각해도 무방할 것 같았다. 뭔가 전할 소식이 있으니까. 맞는 말이잖아? 그는 흥미로운 뉴스거리를 가지고 있었다. 그가 들고 있는 커다란 가방 안에는, 건물 안의 사람들이 상당한 관심을 보일 만한 두 개의 특이한 물건이 들어 있었다. 따라서 자신을 배달부로 봐도 이상할 게 없어 보였다. 배달부는 벨을 누르라잖아. 그럼, 그렇게 해야지.

그는 벨을 눌렀다. 벨소리가 건물 안으로 울려 퍼졌다.

그는 누군가 나와 응답하기를 기다리면서 거리 쪽을 두리번거렸다. 그는 겉모습만 봐선 선입견이 생기고도 남을 만했다. 레슬링 선수나 헤비급 권투선수처럼 한 덩치 하는 사람이었다. 덩칫값을 해서 그런지 몰라도, 그의 턱은 캠핑 랜턴만큼이나 길게 늘어져 있었고, 코는 그동안 여기저기서 제법 두드려 맞은 듯해 보였고, 이빨은 듬성듬성 빠진 데가 많았으며, 눈 위에는 흉터까지 있었다. 귀는 또 왜 그 모양인지, 한쪽은 빨간무를 닮았지만, 다른 한쪽은 꽃양배추처럼 뭉개져 있었다.

모든 걸 종합해볼 때, 이 남자는 캄캄한 밤중에 혼자 몸으로는, 우연일지라도, 절대 만나고 싶지 않은 사람이었다. 그렇지만, 본래 사람은 겉으로 보이는 게 전부는 아닌 법이다.

남자는 다시 한 번 손을 뻗어 벨을 눌렀다. 첫 번째 벨소리를 혹시 아무도 듣지 못한 건 아닌가 싶어서.

그렇게 또 기다리면서, 그는 벽에 걸려 있는 반짝이는 현판을 샅샅이 살폈다. 왠지 희한하다는 생각이 들었다. 불과 몇 주 전에도 브리카브락 거리를 몇 번이나 다녀간 적이 있는데, 게다가 이쪽으로 돌아서 간 적도 있는데, 그는 이곳에 유령부가 있다는 사실을 미처 알지 못했다. 바로 옆 동네인데도 말이다. 거미줄이 쳐진 창문들마다 먼지가 앉은 덧문들이 반쯤 닫혀 있는 걸 보고, 버려진 채 텅 비어 있거나 재개발 예정, 혹은 이런저런 분쟁이 아직 진행 중인가 보다고 짐작했을 뿐.

반짝이는 현판을 발견한 것은 고작 이틀 전이었다. 현판을 발견한 그는 가던 길을 멈추고 고개를 갸우뚱거리며 서서, 유령부라고 새겨진 글자들을 두껍고 뭉툭한 손가락으로 따라 써보기도 했다.

"유령부라니… 거참, 희한한 일일세."

남자는 이쪽 분야에 개인적으로 지대한 관심을 가지고 있었다. 단순한 흥미 때문만은 아니었다. 그가 들고 온 가방 안에는 초자연적 존재가 발현한 증거가 들어 있었고, 그 때문에 전문가들과의 상담이 절실했다.

그래서 그는 더 이상 벨을 누르기를 포기하고, 손으로 문고리를 잡았다. 그의 바위 같은 손마디에서 나오는 힘으로 두드리면 더 이상 모른 척할 수는 없을 터였다.

드디어 문이 활짝 열렸다. 늘 들리던 끼익 소리는 들리지 않았다. 수시로 사람들이 들락날락해서 뻑뻑한 게 사라졌는지, 문은 부드럽고 조용하게 열렸다.

"안녕하세요? 무슨 일이신가요?"

스캔트 부인은 신축 공사장에서나 볼 법한 건축용 가설물처럼 버티고 서 있는 남자를 올려다봤다. 그녀는 산적 같은 덩치와 외모에 어울리지 않는 반듯한 옷차림에서 묘한 대비를 느꼈다. 저 외모에 깔끔한 검은색 정장과 새하얀 셔츠 깃이라니. 게다가 손에는 커다란 가방까지.

"안녕하세요?" 남자가 말했다. "저는 레버런드 레기 맹글이라고 합니다. 성 빈들 교회의 목사죠. 저 밑에 있는 교회 말입니다. 이 지역 주민들이 많이 다니고 계십니다."

"아, 반가워요. 정말로."

실제로는 그렇지 않았지만, 스캔트 부인은 그렇게 말했다. 레버런드 맹글이란 남자의 겉모습이 은행을 털러 온 위험천만한 무장강도와 별반 달라 보이지 않았기 때문이다.

맹글 씨도 바로 낌새를 차린 것 같았다. 아마 그런 선입견이라면 이미 여러 번 겪은 듯했다. 그는 스캔트 부인을 안심시키기 위해 애썼다.

"아이고, 존경하는 부인. 부디, 아무렇게나 빚은 듯한 이 몰골 때문에 놀라진 마십시오. 겉은 이래도, 안으로는 하느님을 섬기는 사람이랍니다. 사실, 한때는 안이함과 쾌락만 찾고, 언제든 갖고 싶은 건 내 것이 아니어도 뺏던 때가 있긴 했습죠. 하지만 오래전 그 빛을 본 후로는…."

"오, 빛. 그걸 보셨단 말이에요?" 스캔트 부인이 말했다. "빛을 볼 수 있다는 건 좋은 일이죠."

"선약을 한 건 아니라서 죄송합니다만, 혹시 가능하다면 상담을 하고 싶습니다. 물론, 이곳의 최고 책임자 분과 직접 말씀을 나눌 수 있다면 더할 나위가 없겠지요. 단 몇 분이라도 시간을 절약하는 의미에서."

"아, 글쎄요. 가능할지 모르겠네…."

그 순간, 맹글 씨가 육중한 몸을 앞으로 기울이더니 털이 수북한 손을 입가로 가져갔다. 그러고는 다른 사람은 들을 수 없도록 비밀스럽게 말했다.

"제가 아무래도, 유령의 짓으로 보이는 증거들을 가져온 것 같습니다만."

깜짝 놀란 스캔트 부인의 눈썹이 애벌레가 에어로빅 하듯 활처럼 휘었다.

"정말요? 유령을 봐… 봤다고요?"

"아뇨. 하지만 소리는 들은 것 같습니다. 그리고 유령들이 나타나 이상한 짓들을 한 것으로 보이는 증거들을 이 가방 안에 넣어왔지요."

"어머나, 이상한 짓이라니. 아무튼, 그래서 저희가 여기서 그런 것들을 조사하는 게 아니겠어요? 잠시 들어오시는 게 좋을 것 같네요. 카퍼스톤 영감님이 시간이 있으신지 제가 확인해볼게요."

"고맙습니다, 부인."

맹글 씨는 스캔트 부인을 따라 안으로 들어갔다. 스캔트 부인은 그를 작은 대기실에서 기다리게 하고, 카퍼스톤 영감이 잠에서 깨 방문객을 맞이할 만큼 정신을 차렸는지 확인하러 갔다.

"카퍼스톤 영감님…."

그는 이미 정신이 말짱한 상태였다. 전혀 졸지도 않은 듯했다.

"지금 어떤 남자 분께서 와 계십니다. 덩치가 큰 성직자 한 분이, 사제복을 입고…."

"사제복이라뇨?"

"성 빈들 교회의 목사라고 하네요. 이 지역의 교구 교회라고."

"나도 잘 압니다, 스캔트 부인. 나도 예전…" 무슨 이유에선지 카퍼스톤 영감은 하던 말을 멈췄다가 말을 이었다. "예, 계속 하세요, 부인."

"그분 말씀으론, 자기가 어떤 증거들을 가지고 왔다고… 유령 발현의 증거라나요."

"유령 발현이라고요? 정말이오? 그거 정말 잘됐군요. 당장 이리 올라오라고 하세요. 그리고 롤리 양과 기빙스 군에게도 모이라고 전해주시고. 잘하면 정말 대단한 소식일 수도 있겠소. 우리 밥줄도… 여기 유령부도…."

"저희가 살아남을 수 있을까요, 영감님?"

"당연히 그럴 수 있지요. 그분, 당장 불러주시겠소?"

스캔트 부인은 카퍼스톤 영감의 지시대로 남자를 데려왔다. 롤리 양과 기빙스 군도 집무실에 모여들었다.

일단 각자 자기소개와 형식적인 인사말들이 오간 다음, 카퍼스톤 영감이 입을 열었다.

"어서, 하고 싶은 말씀을 하시지요."

"알겠습니다." 맹글 씨가 말했다. "말하자면 이런 겁니다. 지난 10년 동안, 그러니까 제가 감옥… 제 말은, 그 빛을 본 순간부터 말입니다. 그때부터 성직자가 되기 위해 열심히 일하고 공부한 끝에, 제가 성 빈들 교회 교구를 맡게 되었지요. 바로 얼마 전에 말입니다."

"그러셨군요."

카퍼스톤 영감은 관심도 없으면서 관심이 있는 척했다. 그는 그저 목사가 바로 유령 얘기를 꺼내기만을 바라고 있었다.

"저는 줄곧 사후세계나 저승세계에 관심이 많았던 터라, 성 빈들 교회 주변에서 유령들이 나타날 수도 있을 거라는 생각을 버리지 않고 있었습니다만, 그것들을 찾을 순 없었지요."

"정말이오?" 카퍼스톤 영감이 말했다. "유령이 나타난다고요? 이 근방에서 말이오? 그런 게 느껴지시오?"

"말하자면, 육감 같은 거죠." 맹글 씨가 말했다. "전 항상 그런 게 있었답니다. 제가 권투 시합을 잘할 수 있었던 것도 바로 그 때문이죠. 주먹이 날아오기 전에 이미 어디서 날아올지 알고 있었으니 말입니다."

맹글 씨는 후회스럽다는 듯, 살짝 주저앉은 코와 뭉개진 귀를 만지작거렸다.

"계속 말씀하시지요." 카퍼스톤 영감이 재촉했다.

"아무튼 말입니다, 전 오랜 시간 동안 성 빈들 교회 근방에 유령들이 살고 있을 거라고 믿고 있었습니다. 그것도 하나가 아니라 여럿이 말이죠."

"그렇다고 그것들이 해코지라도 한 건 아니겠죠, 안 그런가요?" 기빙스 군이 물었다.

"그건 딱 뭐라 말할 수가 없습니다." 맹글 씨가 대답했다. "못된 유령일 수도 있고, 착한 유령일 수도 있으니까요. 사실, 이렇다 할 일이 벌어진 건 아니거든요. 하지만 만약 그것들이 어슬렁거린다면, 무슨 짓을 할지 누가 알겠습니까?"

"그렇다면… 최근에 무슨 일이라도 생겼소?" 카퍼스톤 영감이 물었다.

"네, 그랬죠."

"이상한 소리라도 들렸나요?" 롤리 양이 물었다.

"뭐, 비슷합니다."

"유령 소리요?" 스캔트 부인이 물었다.

"그렇다고 볼 수 있죠."

"지금까지는 아주 희망적으로 들리는군요. 마저 얘기하세요." 카퍼스톤 영감이 재촉했다.

"그러니까, 어젯밤이었습니다. 전 목사관에서 잠을 자고 있었죠. 교회 바로 옆에 있는. 제 아내도…."

"오, 부인이 계셨군요?" 카퍼스톤 영감이 놀랍다는 투로 말했다.

"맞습니다. 끝내주는 여자죠."

"여부가 있으시려고요."

"그리고 꼬맹이도 하나 있습죠. 이제 두 살하고 한 달 됐네요."

"세상에나."

"둘째도 만들기 위해 노력 중입니다."

"둘째까지 계획 중이시라니, 아무튼 좋은 일입니다." 카퍼스톤 영감이 말했다. "안 그렇소, 스캔트 부인? 하늘을 봐야 별을 딸 수 있는 법이지요."

스캔트 부인은 정말 기쁜 소식을 들은 것처럼 애써 표정을 지어 보였다.

"그런데 말입니다. 저희 가족이 사는 곳에선 교회 건물에 가려 묘지 쪽이 잘 보이지 않아도, 거기서 무슨 일이 일어나는지는 다 들리거든요. 아무것도 보이지 않아도 말입니다."

"그래서요?" 카퍼스톤 영감이 물었다.

"어젯밤, 자정이 막 지났을 때쯤일 겁니다. 이상한 소리가 들리는 바람에 잠에서 깨고 말았죠."

"이상한 소리라고요?"

"어린애 유령의 소리 같다고나 할까요…."

"어린애 유령이라니."

"게다가, 괴상하고 원시적인 주문을 외우는 것 같았는데…."

"그래요? 괴상한 것도 모자라 원시적이기까지."

"아무튼, 전 팔꿈치로 가볍게 툭툭 쳐서 아내를 깨웠고…."

"가볍게 치셨다니 천만다행이오."

"아내에게 물었죠. '저 소리 들려?' 하고."

"부인도 들었다던가요?"

"들었다고 하더군요. 그래서 전 일어나 창문 쪽으로 갔죠. 뭐, 교회 건물이 묘지와 저희 사이에 있기 때문에 딱히 보이는 건 없었지만요. 그 와중에 희미한 불빛 같은 게 보이더군요. 양초 불빛 같은 게."

"양초라고요!"

"전 속으로 생각했죠. 뭔가 일이 벌어지고 있는 거라고. 그래서 가운을 걸치고 아내에게 말했습니다. '무슨 일인지 살펴보고 올 테니까, 안전하게 여기 가만히 있어.' 아내가 '여보, 괜한 일 하는 거 아닐까요?'라고 하길래, 저는 '성직자로서 마땅히 해야 할 일을 모른 척할 순 없지.'라고 했죠. 그리고 혹시라도 돌아오지 못할 경우에 대비해 아내에게 작별 키스를 한 다음, 장화를 신고 위기가 닥치면 제 정신적 지주가 되어줄 성경책을 집어 들고 깜깜한 어둠 속으로 들어갔습니다."

"어머나," 스캔트 부인이 말했다. "용감하기도 하셔라."

"그저 제가 할 일을 했을 뿐입니다." 맹글 씨가 겸손을 떨며 말했다.

"그래도 그렇죠." 스캔트 부인이 말했다. "정말 겁이 없으시네요. 용감하세요."

"말씀드린 대로 그렇게 깜깜한 어둠 속으로 들어가니, 주문을 외우던 소리가 멈췄습니다. 하지만 깜깜한 어둠 속에서 교회 돌담 주변으로 불빛이 새어나오고 있었습니다. 저는 조심스럽게 한 발씩 다가가며 찍소리도 내지 않으려고 애썼습니다. 그런데 그때, 주목나무 뒤쪽까지 갔을 때였어요. 제가 막대기 하나를 밟았는데, 그 소리가 총소리만큼이나 크게 났고, 전 그만 넘어지고 말았죠. 다시 정신 차리고 보니, 유령들이 부스럭대는 소리가 들렸고, 풀숲 바로 뒤쪽까지 갔을 땐, 유령인지 뭔지 몰라도, 이미 도망친 상황이었죠."

"이런." 카퍼스톤 영감이 실망한 듯 말했다.

"그런데, 뭘 떨어뜨리고 갔더군요. 제가 보여드리죠."

맹글 씨는 한 손으로 가방을 들어 올리더니 카퍼스톤 영감의 책상 위에 가방을 내려놨다.

사람들이 가까이 다가오자, 그는 지퍼를 열고 가방 안에서 두 개의 물건을 꺼냈다.

먼저 꺼낸 것은 의족이었다. 다른 하나는 훈제 청어였다.

"훈제 청어는 제가 직접 비닐봉지 안에 넣어뒀죠." 맹글 씨가 설명했다. "처음 발견했을 땐, 그냥 땅 위에 놓여 있었습니다. 어떻게 생각하시는지요? 여긴 유령부니까, 여러분은 유령 전문가 아니겠습니까? 자정이 넘은 시간에 의족과 훈제 청어라니, 무슨 이유일까요? 이게 유령들의 짓이 아니면, 뭐겠습니까?"

방 안이 조용해졌다. 부하 직원들은 카퍼스톤 영감을 쳐다보며, 과연 그가 어떤 말을 할 것인지 궁금해하고 있었다. 그들 중 어느 누구도, 아르바이트생들이 지난밤 묘지에 가서 유령을 찾아 헤맸다는 사실을 모르고 있었지만, 상황을 판단하기까지는 오래 걸리지 않았다. 상황을 정리해보면, 레버런드 맹글이란 사람이 방해하는 바람에 아르바이트생들은 도망칠 수밖에 없었고, 그러느라 물건을 떨어뜨린 것이었다.

"아이고…" 카퍼스톤 영감은 어떻게 이 상황을 끌고 가야 할지 판단이 서지 않았다. "무엇 때문에 그게 유령일 거라고 생각하셨소, 맹글 씨?"

"심령 현상이죠." 맹글 씨가 말했다. "유령들이 심령의 힘만으로 사물을 움직일 수 있다는 건 다들 아실 겁니다."

"익히 알고 있지요."

"문이 저절로 열리고, 서랍이 저 혼자 열렸다 닫혔다 하고, 순식간에 옷장이 비거나 물건이 허공을 날아다니고, 얌전하던 고양이가 갑자기 겁을 먹거나 하는…."

"그런 기본적인 것들은 이미 알 만큼 알고 있소, 맹글 씨."

"네, 그러실 겁니다. 어쨌든, 제 생각은 이렇습니다. 사람들이 묻혀 있는 묘지에 그들의 유령이 있을 것이고, 그들 중에 유난히 훈제 청어에 집착했던 놈이 있을 겁니다."

"훈제 청어에 집착한다고요? 음, 그럴 가능성도 있겠군요."

"그리고 다른 놈은 옛날 전쟁터에서 다리를 잃었을지도 모르죠. 예를 들면, 워털루 전투 같은 데서 말입니다. 그게 아마, 1815년이었던가요."

"너무 오래전 얘기 같은데요." 기빙스 군이 말했다.

"묘지에 가보면 그보다 오래된 묘비들도 있습니다. 아무튼, 전

이런 생각이 들었죠. 처음에 묻힐 때 자기 의족도 함께 묻히지 못했기 때문에 편히 잠들어 있지 못한 거라고 말입니다. 그래서 자기 의족, 혹은 그것과 유사한 거라도 다시 찾을 수 있다면, 평화롭게 잠들거나 편히 저승세계로 갈 수 있을 거라고."

"제법 그럴싸한 추론이로군요." 카퍼스톤 영감이 마지못해 인정하듯 말했다. "그렇지만…."

"그리고 훈제 청어는 말입니다. 어떤 유령이 심령 현상을 발휘해 굿코들리스라는 생선가게에서 공중부양을 통해 날아오게 만들었을 겁니다. 혹시 들어보셨는지 모르겠지만, 이 동네에 있는 생선가게입니다. 제 생각엔 분명히, 묘지 어딘가에, 죽기 전에 훈제 청어를 먹는 게 소원이었던 사람이 묻혀 있을 겁니다."

"훈제 청어가 소원이라고요?" 카퍼스톤 영감이 말했다. "죽기 전 소원치곤 좀 특이한…."

"뭐, 훈제 청어를 먹고 싶어서 사 가지고 오던 중이었거나, 포크로 식탁 위에 차려진 훈제 청어를 떠서 막 입 안에 넣는데, 그때… 꽥! 했을 수도 있고요."

"꽥이라뇨?"

"황천길로 갔단 얘깁니다. 그 유령이 지금도 저승세계로 가지 못하고 있는 건, 결국 훈제 청어를 먹지 못했기 때문이라는 거죠."

"훈제 청어를 먹지 못했기 때문이다?"

카퍼스톤 영감은 그저 놀랍다는 듯 멍한 표정으로 진지하게 듣고 있는 부하 직원들을 돌아봤다.

"그 유령은 훈제 청어를 곁에 둘 때까지 평온을 찾지 못하겠죠. 지금 자기가 누워 있는 무덤 옆에 말입니다. 의족도 마찬가지일 테고요. 하지만 훈제 청어와 의족이 필요한 무덤이 어떤 무덤인지 모르니, 제가 할 수 있는 건 없었습니다. 만약 알았다면 진심으로 돕기 위해 무덤이라도 팠을지 모릅니다. 하지만 괜히 애먼 무덤을 팔 순 없지 않겠습니까? 그랬다간 엉뚱한 유령의 심기만 건드리는 꼴이 되겠죠. 기껏 어떤 무덤에 훈제 청어를 묻었는데 정작 그 무덤 주인은 훈제 청어를 싫어한다면, 그 무덤 주인 역시 묘지를 배회하게 되겠죠. 그래서 제가 조언을 구하고자 이곳을 찾아온 겁니다. 제가 어떻게 하면 좋겠습니까? 훈제 청어를 매달아놓을까요, 아니면 묻어놓는 게 좋을까요? 아니면, 제가 사는 목사관으로 가져가 고양이한테 줘버리는 게 나을까요? 어떻게들 생각하십니까?"

카퍼스톤 영감은 양손가락으로 뾰족하게 탑 모양을 만들고, 그 사이로 맹글 씨를 빤히 쳐다봤다.

"맹글 씨." 영감이 말을 꺼냈다. "우선 이 물건들을 저희한테 가져와 보여주신 데 대해 깊은 감사를 드립니다. 찾아오긴 제대로 잘 찾아오셨소."

"네. 우습지만, 최근까지도 이런 곳이 있다는 사실을 몰랐습니다. 누군가 현판을 반짝반짝 광내준 덕분에 간신히 알았네요. 전 빈 건물인 줄로만 알았거든요."

"그러실 만합니다. 그런데, 제 의견은 이렇습니다. 가져오신 물건들을 저희한테 맡기고 가시면, 저희가 조사를…."

"오, 그래주시겠습니까?" 안도와 고마움을 동시에 느끼며 맹글 씨가 말했다. "제가 맡은 교구가 워낙 할 일이 많아서 좀 바쁘거든요."

"천만의 말씀입니다. 의족과 훈제 청어를 주고 가시면, 저희가 진짜 원인이 뭔지 알아내도록 하지요. 쉽지 않을 수도 있겠지만, 어쨌든 저희도 그 이유를 알아야겠습니다."

"그럼, 그렇게 하시죠." 어젯밤 코들리와 팀을 놀라게 했던 거대한 두 다리를 일으키며 맹글 씨가 말했다. "다만, 여러분의 양해를 구할 일이 좀 있습니다. 저도 제 업무를 해야 하고 교구 주민들을 방문해야 하거든요. 요양원을 찾아가 어르신들을 돌봐드리고, 병원으로 가서 중증 환자들을 격려하고, 이번 주엔 학교를 방문해 아이들과 담소를 나눌 계획도 있죠. 붙어 있을 시간이 없어요. 너무 바빠서요."

"목사님을 번거롭게 할 일은 없을 겁니다. 저희를 찾아와 기꺼이 알려주셔서 감사드립니다. 다른 주민들도 목사님처럼 용감하고 매사에 관심을 가져주면 좋겠군요."

"별말씀을요."

맹글 씨는 유령부 직원들에게 작별인사를 건넸고, 스캔트 부인은 그를 정문까지 안내했다.

"차도 한 잔 대접 못 해서 죄송하네요." 스캔트 부인이 말했다. "까맣게 잊고 있었어요."

"괜찮습니다. 하루 종일 차에 빠져 사는걸요. 가는 곳마다 차와 케이크를 대접해주시니."

그렇게 말하면서 맹글 씨는 자기 배를 툭툭 쳤다. 그 모습이 마치 케이크 따위를 멀리 해야 몸무게를 줄일 수 있다는 말처럼 들렸다.

곧 그는 유령부를 떠났고, 그의 등 뒤에서 문이 닫혔다.

착하기도 하시지. 스캔트 부인은 생각했다. 처음엔 덜컥 겁부터 났는데, 알고 보니 괜찮은 사람이네. 꽃양배추처럼 뭉개진 귀가 좀 안쓰럽긴 하지만, 그래도 채소를 닮았기에망정이지.

18장

유령은 대체 어디에 있나

창고에 있던 나무 의족 하나가 사라졌지만, 팀의 아빠는 개의치 않는 것 같았다. 지금은 물론이고 나중에라도 알아차릴 수 있을 것 같지 않았다. 창고에는 예전에 가족들이 가업으로 생산했던 물건들과 그 자투리들이 잔뜩 쌓여 있었지만, 이제 더 이상 그 물건들을 찾는 사람은 없었다. 요즘 같은 세상에, 나무로 만든 의족을 찾는 사람이 있기나 할까?

코들리의 집도 상황은 똑같아서, 코들리 아빠 역시 훈제 청어가 부족하다는 사실을 눈치채지 못했다. 냉동고는 물론이고 냉장실, 훈연실 등에 워낙 많은 훈제 청어들을 보관하고 있었기에, 훈제 청어 한 마리쯤 없어진 것은 백만장자가 동전 한 닢 잃어버린 것과 다를 바 없는 일이었다.

팀과 코들리는 지난밤 성 빈들 교회 묘지에 떨어뜨리고 온 물건들 때문에 난처한 일에 처할까 봐 속을 끓이지 않아도 됐다. 하지만 지난밤에 보고 들었던, 천식 환자처럼 헐떡거리던 괴물의 오싹

한 소리와 실루엣은 내내 뇌리 속에 남아 있었다.

"다음부턴 더 조심해야겠어." 쉬는 시간에 잠깐 만났을 때, 코들리가 말했다.

"다음부터라니 그게 무슨 말이야?" 팀이 물었다.

"참 나, 그깟 일로 우리 임무를 포기할 순 없잖아, 안 그래? 그래봤자, 우연찮게 언데드랑 맞닥뜨릴 뻔한 걸 갖고. 유령부 사람들이 우리한테 목매고 있는데 말이야."

"그야, 그렇긴 하지만…."

"그러니까 이따 오후에 유령부로 가서 어제 있었던 일을 말씀드리고, 〈유령사냥 지침서〉에 다른 내용이 나오는지 좀 더 찾아봐야겠어."

"그래, 그렇지만…."

"왜, 갑자기 겁이라도 나는 거야? 그런 거야, 팀? 나 혼자서 찾을까?"

팀은 최대한 언짢은 표정을 지으며 당황하지 않으려고 애썼다.

"무슨 소리야? 내 말은 그런 뜻이 아니야. 나도 이 일을 끝까지 마무리하고 싶은 사람이라구. 팀 레그 가라사대, 일단 칼을 꺼냈다면…."

"꺼냈다면?"

"무라도 잘라야지."

"그럼, 유령부 정문 앞에서 보자. 오후 수업 마치고."

"알았어. 그런데, 어젯밤 그게 진짜로 뭐였던 것 같아? 우리를 쫓아왔던 괴물 말이야. 좀비처럼 크고 무시무시한 게 얼마나 헐떡거리던지. 살아 있는 시체인 줄 알았다니까!"

"그냥 살아 있는 시체, 그뿐이야! 내가 얼마나 더 얘기해야 알아듣니?"

"알았어. 그런데 혹시 우릴 다시 쫓아오면? 우리 얼굴을 봤으면 어떡하지? 우리가 어디 사는지 아는 거 아냐?"

바로 그때, 위아래로 칙칙한 검은색 옷을 입고, 소도둑 같은 손과 코끼리 같은 두툼한 발을 가진 육중한 덩치가 어슬렁거리며 학교 안으로 들어오고 있었다.

먼저 발견한 사람은 팀이었다.

"코들리! 코들리! 저것 봐! 우릴 쫓아왔어! 그 언데드 말이야! 다시 왔잖아!"

팀의 떨리는 손이 가리키는 쪽을 따라 시선을 돌린 순간, 코들리는 섬뜩한 기운, 아니, 그보다 더한 공포가 엄습하는 것을 느꼈다. 순간 이제 끝장이라는 생각이 들었다.

그때, 거대한 덩치가 몸을 돌리더니 한 학생에게 교장선생님이 어디에 계시냐고 상냥하게 물었다. 코들리는 그 괴물의 목에서 새하얀 깃을 발견했다. 목사님들이 입는 셔츠의 새하얀 깃을.

"새로 오신 목사님인가 보다." 코들리가 말했다.

"그래?"

"맞을 거야. 사람들이 그랬어. 새로 오신 목사님이 있는데 조만간 인사하러 올 거라고. 저분인가 보다."

"그럼, 우리가 어젯밤에 본 게 저 목사님이란 말이야?"

"아무래도 저분이 우리 소릴 들었던 모양이네. 우리가 잠을 깨우는 바람에 무슨 일인가 하고 나와봤겠지. 결국 언데드가 아니라 목사님이셨네. 내가 착각했나 봐. 실수할 수도 있지 뭐."

"참 나, 무슨 목사님이 저렇게 생겼대? 무슨 목사님이 머리부터 발끝까지 레슬링 선수처럼, 무덤에서 막 뛰쳐나온 좀비같이 생겼대? 목사면 목사처럼 생겨야지."

레버런드 맹글은 운동장 반대편에 있는 교장선생님을 발견하고 발걸음을 서둘렀다. 도중에 팀과 코들리를 지나쳐 갔지만 그들을 알아보는 기색은 없었다. 그가 두 사람에게 가볍게 인사하며 미소를 짓자, 권투 시합 때 빠진 앞니 두 개 대신 때워 넣은 금이빨과 주변의 들뜬 틈이 보였다.

"보기엔 친절해 보이는데." 코들리가 말했다.

"언데드치곤 그렇겠지." 팀이 대꾸했다.

그때, 쉬는 시간의 끝을 알리는 벨이 울렸다.

코들리는 손을 뻗어 자물쇠에 열쇠를 넣고 돌렸다. 문이 열리자 그녀는 팀과 함께 현관 쪽의 시원한 그늘로 들어섰다.

"계세요! 안에 누구 있어요? 저희 왔어요!"

"다들 회의 중이란다! 위로 올라오너라!"

카퍼스톤 영감이 외치는 소리가 들렸다.

두 사람이 위층 집무실로 올라가니, 카퍼스톤 영감이 스캔트 부인, 롤리 양, 기빙스 군과 마주 보고 있었다.

카퍼스톤 영감의 책상 위에는 의족 하나가 놓여 있었고, 그 옆 훈제 청어가 든 비닐봉지에서는 살짝 냄새가 배어나오고 있었다.

"아!" 코들리가 말했다. "저희 것이 여기 있네요."

"레버런드 맹글 씨가 주워서 여기로 가져왔단다." 카퍼스톤 영감이 말했다. "교회 묘지의 유령들과 관련이 있다고 생각하는 것 같더구나."

"뭐, 어떻게 보면, 그렇긴 하죠." 코들리가 말했다.

"의족, 다시 가져가도 되죠?" 팀이 물었다.

"저희가 어젯밤 유령을 잡으려고," 코들리가 설명했다. "책에 나오는 대로 따라 하고 있었는데, 그만 맹글 씨가 불쑥 끼어든 모양이에요. 저흰 그분인지 몰랐어요."

"맞아요. 무슨 커다란 괴물인 줄 알았어요." 팀이 말했다. "괴물도 보통 괴물이 아니었죠."

카퍼스톤 영감은 깊은 생각에 빠질 때면 으레 그러듯, 두 손으로 탑 모양을 만들었다.

"그러니까 너희들 말은, 묘지에서 일이 좀 꼬였다는 말이구나? 유령이 나타나기 직전이었는데 말이야."

"네." 코들리가 말했다. "그렇다고 저희가 일을 포기한다는 말은 아니에요. 괜찮으시다면, 〈유령사냥 지침서〉를 좀 더 찾아본 다음 다시 출동할게요."

"세상에, 어쩜 이렇게 기특한 생각을 할 수 있니?" 롤리 양이 흥분해서 말했다. "궂은일도 마다 않고, 배짱도 두둑하고, 화끈한 성격과 결단력까지! 이런 성격이야말로 여성주권운동에 꼭 필요한 사람이지. 너 같은 사람 몇 명만 더 있다면, 온갖 차별을 한 방에 무너뜨릴 수 있을 텐데!"

갑자기 당황스러운 정적이 감돌았다.

"그래, 음, 어쨌든 말이다…" 카퍼스톤 영감이 말했다. "만약, 음… 팀, 그 의족을… 가져가고 싶으면…."

"물론이죠. 감사합니다. 번거롭게 해드려서 죄송해요."

"아니다, 아니야. 그리고 훈제 청어는…."

"이젠 쓸모가 없을 것 같아요." 코들리가 말했다. "쓰레기통에 갖다 버릴게요."

"고맙구나."

"그럼 저흰 도서관에 내려가서 〈유령사냥 지침서〉를 살펴볼게요. 저희가 시도할 만한 게 또 뭐가 있는지 말이에요."

"다른 것도 얼마든지 찾아보렴." 카퍼스톤 영감이 말했다. "스눗지와 비커스너프의 〈유령 대백과〉라는 책이 책꽂이에 꽂혀 있을 게다. 그 책에도 유령 사냥에 관한 내용이 있는데, 특히 흉가나 그 흉가를 담보로 대출을 받는 방법이 잘 나와 있단다."

"무슨 책이든 다 볼 거예요. 감사합니다. 갈까, 팀?"

"의족 챙기고."

팀은 의족을, 코들리는 훈제 청어를 챙긴 다음, 두 사람은 도서관이 있는 아래층으로 향했다.

그들은 책을 한 글자 한 글자 자세히 읽으면서 유령을 찾거나 유인하는 법, 포획하는 법 등을 간단히 메모했다. 그러는 사이 한 시간이 후딱 지나갔다.

"좋았어." 코들리가 펜을 내려놓으며 말했다. "이 정도면 충분하겠어. 일단 집에 가자. 부모님이 걱정하실라."

두 사람은 작별인사를 하고 거리로 나왔다. 훈제 청어가 든 비닐봉지를 쓰레기통에 버리고 두 사람이 모퉁이를 막 돌았을 때, 누군가 그들 쪽으로 오는 게 보였다. 다름 아닌 레버런드 맹글 씨였다.

"팀! 의족!"

팀은 재빠르게 의족을 뒤로 감췄다. 하지만 맹글 씨는 고개를 까딱거리는 둥 마는 둥 하며 두 사람을 지나쳤다. 그는 뭔가에 온통 주의를 빼앗긴 것처럼 보였는데, 교회 일로 신경 써야 할 것이 많은 모양이었다. 사실 교회에는 남성부 모임, 여성부 모임, 주일학교, 모닝커피 모임, 추수감사제, 결혼식, 장례식, 세례식 등 이런저런 일이 끝도 없이 많았다. 그래서 그는 지난 인생을 되돌아볼 때마다 가끔씩은, 한 손엔 산탄총, 다른 한 손엔 곡괭이를 들고 은행 강도 짓을 할 때가 훨씬 편했다고 느끼기도 했다.

하지만, 다행스럽게도, 그는 그 빛을 봤던 것이다.

그다음 주 내내, 트러펜스 코들리와 팀 레그는 함께 그리고 각자 따로, 유령을 찾아 포획할 만한 여러 가지 계획을 구상했다. 교령회를 열고, 위자보드를 만들고, 으스스한 장소들을 찾아서 주문을 외우기도 했다. 하지만 어느 것 하나 소용없었다.

초조한 마음에 두 사람은 흉가를 찾아가보기도 했다. 그곳은 브루어리 거리에 있는 어떤 낡고 텅 빈 건물이었는데, 문이란 문과 창문이란 창문은 모두 판자로 막아놓은 채 몇 년이나 방치된 곳이었다. 건물 뒤쪽 한편에 떨어져 나간 곳이 있어서 거길 통해 안으로 들어갈 수 있었다.

사람들 말로는, 17번지라는 주소를 가진 그곳에서 수년 전에 살인 한 건과 자살 한 건이 발생한 적이 있다고 했다. 몇 년씩이나 굶주림과 가난으로 고통받으며 자신의 아이들마저 돌볼 수 없었던 비련의 한 여인이, 집에서 내쫓겠다고 협박을 일삼던 아래층 주인 여자를, 아이들이 집에 없는 틈을 타, 먼저 살해하고 자신은 스스로 목숨을 끊었다는 얘기였다. 그녀가 남긴 쪽지엔 군데군데 맞춤법이 틀린, 이런 말이 남겨져 있었다.

'아이들은 내가 엄는 펴니 더 나을 거애요. 이런 집애서 산으니 차라리 강제노역쏘에서 사는 게 날 거애요.'

죽어서조차 비통해하던 여인은 유령이 되어 돌아와, 버림받은 자신의 아이들을 찾기 위해 그 집의 방이란 방은 물론이고 집 안의 모든 구석들, 찬장과 창고, 다락 등을 샅샅이 뒤지고 다닌다고 했다.

"어디에 있니, 애들아? 너희들만 놔두고 가서 정말 미안하구나. 정말 미안하다. 이제 나오렴, 애들아. 엄마한테 와야지."

엄마 유령이 그렇게 온 집 안을 누비며 아이들을 찾는 동안, 집 안의 모든 문들이 쿵쾅거리며 열리고 닫히기를 반복하고, 창문들이 요란하게 흔들리고, 가구들은 이리저리 움직인다고 했다.

그런데 지금, 코들리와 팀은 별다른 장비 없이 없던 용기마저 짜내며 그 집 안으로 슬금슬금 기어들어가고 있었다. 팀은 유령 사냥을 위한 장비, 즉 유리마개가 달린 두꺼운 유리병을 들고 있었고, 코들리는 버리지 않고 기념으로 보관하고 있던 아기용 딸랑이를 미끼 대용으로 들고 있었다.

집 안은 쥐 죽은 듯이 조용했다. 으스스하고, 끔찍하고, 소름끼치는 고요함만이 흘렀다. 고요함이란 게, 거기서 거기이긴 하지만.

유령은 그들 앞에 나타나지 않았다. 아이들을 찾으며 울부짖지도 않았다. 문은 저 혼자 쿵쾅거리지 않았고, 창문들도 멀쩡했다. 그저 혼자서 슬픔을 삭이고 고통을 견디는지, 아무런 소리도 나지 않았다.

어쩌면 유령은 두 사람이 그 집에서 나가기만을 기다리고 있는지도 몰랐다. 어쩌면 어리고 괜찮아 보이는 두 사람을 발견하고, 자신의 버려진 아이들이 떠올라 너무나도 슬픈 나머지, 아무런 위협이나 해코지를 하지 않는 것인지도 몰랐다.

아니면, 지금 그 집에 없거나, 애초부터 온 적조차 없었을지도 모를 일이었다. 그저 떠도는 이야기일 뿐, 살인이니 자살이니, 아이들이나 유령 따위도 모두, 그저 지나친 상상력이 만들어낸 괴담인지도.

그렇다. 어쩌면, 어느 곳에도 유령은 존재하지 않는다는 것이 진실일지도 모른다. 이 세상 어디에도 말이다. 존재하는 것이라곤, 지루하고 단조로운 일상에서 더 자극적이고 놀라운 것을 찾다 보니 뭔가 더 대단한 것이 있을 거라고 믿는 인간의 욕망뿐일지도 모른다. 유령 같은 건 없는 세상. 새로운 변화 따윈 기대하기 힘든 세상. 마법 같은 일이나 수수께끼 같은 일을 찾기 힘든 세상. 그까짓 게 다 뭐라고.

하지만, 부질없기는 피차 마찬가지였다. 팀과 코들리, 그들은 나름대로 최선의 노력을 다했지만, 유령을 찾아 떠난 모험에서 번번이 빈손으로 돌아와야만 했다. 유리병 안에는 그저 미끼만 덩그러니 남아 있을 뿐이었다.

결국 그렇게 시간은 속절없이 흘러갔고 최종 시한이 점점 다가오고 있었다. 조만간 비스턴 씨가 유령부에 들이닥쳐 살아 있는 유령의 증거를 내놓으라고 닦달할 터였다. 유령을 내놓지 못하면 그땐 모든 게 끝장일 터였다. 최후를 맞게 되는 것은 유령부만이 아니어서, 카퍼스톤 영감 역시 단조롭고 지루하기 짝이 없는 은퇴 생활의 길로 떠밀리고 말 것이었다. 또한 롤리 양과 스캔트 부인, 기빙스 군은 하수처리국으로 쫓겨나, 바로 옆 공장에서 콸콸 쏟아내는 악취 나고 기분 더러운 하수 속을 허우적거리며 그들의 경력을 마감해야 할 것이었다.

상황이 그러함에도, 카퍼스톤 영감은 두 아이에게 지체 없이 수당을 지급하는 것만큼은 철저히 지켰다. 두 아이가 금요일 오후 유령부에 출근할 때마다 어김없이 돈 봉투가 그들을 기다리고 있었다. 하나는 '코들리', 다른 하나는 '팀'이라고 삐뚤빼뚤하게 써진 손글씨로 짐작건대, 누가 봐도 글씨의 주인은 카퍼스톤 영감이었다.

팀과 코들리는 돈 봉투를 각자 주머니에 찔러 넣으면서도 마냥 기쁘지만은 않았다. 유령부 사람들의 기대에 부응하지 못하고 있기 때문이었다. 그럴수록 두 사람은 성공하고 싶은 마음이 간절해졌다. 무엇보다 놀라운 것은, 유령부는 물론이고 카퍼스톤 영감과 그의 부하 직원들까지 모두 지켜내기 위해, 그 누구보다도 간절한 마음으로 유령을 찾고 있는 자신들을 발견한 것이었다.

"이 기분이 뭔지 잘 모르겠다, 코들리." 팀이 말했다. "돈을 번다는 게 미칠 듯이 기쁜 일인 줄로만 알았는데, 어느 순간부터… 김이 빠지는 느낌이야. 더 이상 신나지도 않고. 뭐랄까… 왠지 못할 짓을 하는 기분이랄까."

"어떤 기분인지 나도 알아, 팀." 코들리가 말했다. "난 돈을 받으면 집에 가져가서 서랍 속에 가만히 놔둬. 왠지 한 푼도 쓰면 안 될 것 같아서 말이야."

"내 말이. 다 필요 없고, 한 번 제대로 성공하고 싶은 마음뿐이야. 유령 찾는 거 말이야."

"나도 그래."

"시간이 얼마나 남았지, 코들리?"

"3주하고 조금."

"그럼, 우리가 두 달 넘도록 유령을 찾아다녔단 거네? 그런데도 아직이고."

"그렇긴 한데, 우리가 모든 방법을 다 써본 건 아니잖아. 아직 기회가 전혀 없는 것도 아니고. 뭔가 빠뜨린 게 있을 거야. 내가 장담하는데, 코앞에 있는데도 못 보고 지나친 게 있을 거야."

"등잔 밑이 어둡다, 뭐 이런 말이야?"

"그렇지. 가자. 책이란 책은 다시 훑어봐야겠어. 우리가 놓친 게 분명히 있을 거야. 분명히 있어야 말이 되지."

트러펜스 코들리의 생각은 옳았다. 그녀와 팀이 놓친 것이 있었다. 바로 코앞에서 무엇인가가 그들을 보고 있었지만, 두 사람의 눈에는 쉽사리 보이지 않았다. 마치 그 상태로 영원히 찾지 못할 것처럼….

만약 그들이 한 번만이라도…

그러게 말이다.

만약 한 번만이라도….

그러나 한편으론, 또 다른 해결책이 있었다. 설령 유령을 찾지 못했다 하더라도, 설령 업무평가회의 자리에서 보여줄 유령이 없더라도, 그들이 할 수 있는 다른 방법이 있었다. 바로 유령을 찾아낸 척하는 것이었다.

필요하다면, 속임수를 써서라도, 당장의 고비를 넘기고 보자는 전략이었다.

19장

미봉책

"저희가 노력을 하지 않았던 건 아니에요." 코들리가 말했다.

"나도 너희들이 노력 안 했다고 생각한 적은 한 번도 없단다." 카퍼스톤 영감이 말했다. "너희들이 할 수 있는 것 이상으로 열심히 했다는 걸 알고 있단다."

코들리와 팀, 그리고 카퍼스톤 영감은 영감의 집무실에 모여 웅크리고 앉아 있었다. 수요일, 늦은 오후였다.

"찾을 수 있는 덴 모두 찾아봤어요. 돌이란 돌은 모두 뒤집어봤고요." 코들리가 말했다.

"유령사냥 책에 나오는 대로요. 돌 뒤집는 주문까지 써봤다니까요." 팀이 말했다.

"두어 번은 거의 성공할 뻔…."

"직접 해보셨으면 느끼셨을 텐데. 얼마나 등골이 오싹하고 머리카락이 쭈뼛 서던지."

"그런데 막상 확인해보면…."

"아무것도 없었죠."

"느낌은 분명히…."

"그렇다고 느낌을 유리병에 가둘 순 없잖아요."

"그래도 절대로 저희가 대충 하진 않았다는 걸 알아주세요." 코들리가 다시 한 번 강조했다. "그건 확실히 말씀드릴 수 있어요. 어젯밤에도 유령 찾으러 축구장에 갔었는데…."

"혹시 예전에 축구선수였던 유령이 있을지도 몰라서요." 팀이 덧붙였다. "혹시 결승골을 넣으려던 찰나에 죽었다면, 너무 원통해서 쉴 새 없이 골대에 슛을 날리고 있을지도 모르잖아요. 그런데, 어젯밤엔 다른 데서 축구를 했나 봐요. 아무도 나타나지 않은 걸 보면요."

카퍼스톤 영감은 양손가락을 서로 맞대고 탑 모양을 만든 채, 잠시 아무 말도 하지 않았다. 미동도 하지 않는 걸 보니 깊은 생각에 잠긴 모양이었다.

"그런데 말이다." 영감이 말했다. "난 어쩌면, 꼴도 보기 싫은 비스턴 씨의 말이 맞을지도 모르겠다는 생각이 들기 시작하는구나. 혹시, 정말로 유령이 없는 거라면 어쩌지?"

"무슨!" 코들리가 말했다.

"말도 안 돼요!" 팀도 거들었다.

"그럴 리가 없어요. 유령이 있다는 걸 우린 안다고요. 이미 느낀 적도 있고, 언뜻 본 것도 같고…."

"하지만, 혹시… 혹시… 우리가 만들어낸 환상은 아닐까? 정말로 유령부가 뚜렷한 목적도 없는 곳이고, 그동안의 노력들도 모두 헛수고일 뿐이라면? 유령부가 세워진 1972년… 아니, 1792년부터 줄곧 말이다. 내가 숫자에 약해서 그만."

"아니에요, 그럴 리 없어요." 코들리가 말했다. "유령은 있어요. 전 알 수 있어요. 지… 음…."

"직감?" 팀이 넌지시 말했다.

"맞아요. 전 직감으로 알 수 있다니까요." 코들리가 말했다. "그냥 시간이 좀 더 필요한 것뿐이에요."

"시간은 돈이다." 팀이 말했다.

"네 말이 맞을지도 모르지." 카퍼스톤 영감이 말했다. "하지만, 우리한테 없는 것이 바로 그 시간이란다. 꼴도 보기 싫은 비스턴 씨는 다음 주면 들이닥칠 게다. 그 양반한테 유령을 내놓지 못한다면… 아이고… 인정사정 안 봐주고 난리를 치겠지."

"그래요? 큰일이네요. 그런데요, 인정사정 안 봐준다는 게 무슨 뜻이에요?"

"결국 유령부를 폐쇄시키고 우릴 쫓아내려 할 거란 말이지."

"아, 네."

세 사람은 한동안 아무 말도 하지 않았다. 그러다가 문득, 코들리가 팀을 힐끗 보더니 뭔가 알았다는 듯 고개를 끄덕였다. 그런 뒤 두 사람의 다른 계획에 대해 어렵사리 말문을 꺼냈다.

"카퍼스톤 영감님…."

"응?"

"시간을 벌 수 있는 방법이 있어요."

"그런 게 있긴 있을까?"

"그러니까… 그 얘기 아시죠, 벌거벗은 임금님 얘기?"

"안데르센의 동화잖니! 어릴 때 어머니가 많이 읽어주셨지. 그건 그렇고, 벌거벗은 임금님 얘기가 우리랑 무슨 상관이 있지?"

"간단해요, 영감님. 동화 속에서 사실 임금님은 옷을 입고 있지 않았잖아요. 사기꾼들이 있지도 않은 옷을 임금님한테 판 거죠. 현명하고 똑똑한 사람들의 눈에만 그 옷이 보인다면서 말예요. 그래서 사람들은 너 나 할 것 없이 모두 임금님의 옷이 보이는 척하게 되죠. 안 그러면 멍청한 사람이 될 테니까요."

"그런데?"

"그러니까, 비스턴 씨한테 유리마개로 막은 유리병을 건네주고 이렇게 말하는 거죠. '당신이 찾던 유령이 여기 있습니다!'라고 말예요. 아, 그 말은 영감님이 직접 하시는 게 더 낫겠어요. 저희는 그 자리에서 빠지고 싶거든요."

카퍼스톤 영감의 얼굴에 환한 미소가 번졌다.

"오호, 그것 참 기발한 생각이구나. 어쩜 그렇게 깜찍한 생각을. 왠지 좀 구린 구석이 있는 생각 같긴 하다만, 물론 네가 그렇단 말은 아니다. 오히려 넌 정반대…."

"저야, 늘 딸기향이 나는걸요. 상큼한 딸기향요."

"그래. 그나저나, 비스턴 씨가 속아 넘어갈까?"

"아마 오래는 인 기겠죠. 아무튼, 나중에 사실을 알아낸다 해도, 그동안 저희는 유령 찾을 시간을 벌 수 있잖아요."

"알았다. 그러니까 네 말은, 비스턴 씨가 오면 난 유리병을 보여주면서 '비스턴 씨, 여기 당신이 찾던 유령이 있소!', 이러면 된다는 거지?"

"바로 그거예요."

"세상에, 기막힌 계획이구나. 난 왜 그런 생각을 못 했을까?"

"너무 나이가 많으셔서 그래요."

"팀!"

"나쁜 뜻으로 한 말은 아니야. 그냥 그렇다는 거지."

"아니다. 그렇잖아도 문득문득, 나도 많이 늙었다는 기분이 드는구나. 사실, 거의 매일 아침 그런 생각을 한다고 봐야지. 아무튼 좋다. 너희들이 하란 대로 한번 해보자꾸나. 그렇더라도, 유리병 안에 뭐라도 들어 있어야 할 것 같구나. 연기 같은 거라도 말이야. 그게 아니라면, 먼지라도 조금. 진짜처럼 보이려면 뭐라도 만져볼 게 있어야지. 그렇게 만들 수 있겠니?"

"저희만 믿으세요, 영감님. 저희가 그럴듯하게 준비해 갖다드릴 테니 잘 갖고 계세요. 다음 주 수요일까지 유령을 찾지 못할 경우에 대비해서요."

"고맙다. 이제야 희망이 좀 생기고 마음이 편해지는구나. 다른 건 몰라도, 어쨌든 시간은 벌 수 있겠구나. 혹시 아니? 바로 코앞에 떡하니 유령이 있을지? 그런 걸… 요즘 말로 뭐라고 하더라…?"

"답정유!" 팀과 코들리가 동시에 말했다.

"답정유! 그래, 바로 그거야. 답은 정해져 있으니, 유령은 나타나기만 하면 된다."

"좋았어요, 그럼." 코들리가 말했다. "한번 해보자고요."

"저희도 계속 유령을 찾아볼게요." 팀이 말했다.

"저희만 믿으세요. 실망 안 하실 거예요. 여기 있는 분들을 하수구에서 구할 사람은, 바로 저희니까요!"

"고맙다. 듣던 중 가장 반가운 소리로구나."

카퍼스톤 영감의 집무실에서 나온 팀과 코들리는 바로 도서관과 다용도실을 살펴보기로 했다. 그곳엔 평생 읽어도 시간이 모자랄 만큼 엄청난 양의 유령 관련 책들이 있었다.

코들리가 유령 포획 장비를 살펴보는 동안, 팀은 바로 옆방에서 책 몇 권을 휘리릭 훑어봤다. 첫 번째 책은 늘 믿음이 가는 그라임스와 내털리의 〈유령사냥 지침서〉였고, 두 번째로 살펴본 책은 스넛지와 비커스너프의 〈유령대백과〉였다. 그런 다음, 오래된 신문과 잡지 더미 밑에서 예전엔 미처 발견하지 못했던 것을 발견했다.

"코들리! 이것 좀 봐!"

팀이 무엇 때문에 그렇게 흥분하나 싶어서 코들리가 쪼르르 달려왔다. 그건 칙칙한 가죽 장정의 두툼한 책이었다.

"전에 우리가 봤던 거 아니야?"

"아냐. 제목 좀 봐. 초자연적 현상에 대해 당신이 모르고 있는 101가지."

"이런 게 도움이 될까? 우리한테 정말 필요한 건…."

"기다려봐. 유령 나오는 데 좀 찾아보게."

팀은 색인에서 가리키는 페이지로 책장을 넘겼다.

"어, 이것 좀 봐. 여기 말이야. 이런 건 처음이네. 넌 알았어?"

책의 도입 부분은 이렇게 씌어 있었다.

유령에 대해 알려지지 않은 사실들

1) 유령들은 대부분의 경우, 호전적인 편은 아니다. 유령들은 일부러 사람들을 위협하고 싶어 하지 않는다. 유령들은 그저 조용히 있고 싶을 뿐이며, 평화롭게 살 방법만을 찾는 편이다.

2) 유령들은 온도의 영향을 받는다. 온도가 높아지면 예민해지고, 온도가 낮아지면 둔해진다. 만약 유령을 포획하여 냉장고에 보관한다면, 아무 피해 없이 거의 영구적으로 보관이 가능하다. 마치 동면에 들어가는 것과 같은 이치다. 나중에 냉장고에서 꺼내 천천히 주변 온도를 올려주면, 유령들은 다시 활동성을 찾는다.

3) 뱀파이어들과 마찬가지로, 유령들은 거울에 비춰도 형체가 보이지 않는다. 반면 유령들은 뱀파이어들과 달리 마늘을 싫어하지 않기 때문에, 유령에 대항하기 위해 마늘을 사용하는 것은 효과적이지 않다. 유령들은 종종 자신의 형체를 드러내기도 하는데, 그럴 때조차 그림자를 드리우지는 않는다. 유령들은 모두 삐쩍 말랐거나 투명할 것이라고 생각하는 것은 잘못된 생각이다. 어떤 유령들은 생전의 모습과 달리 매우 건장한 체구를 보이는 것들도 있다.

4) 유령들은 개별 행동을 한다. 유령들은 생전의 성격에 따라 각각 다른 기질을 보인다. 따라서 부드럽고 감미로운 음악으로 유인할 수 있는 유령이 있는가 하면, 미세한 소리에도 줄행랑을 치는 유령도 있다. 각각의 유령들은 생전에 가졌던 것과 꼭 같은 약점, 즉 아킬레스건을 가지고 있다. 살아 있을 때는 물론이고 사후에도, 그리고 저승에서도 그 약점은 마찬가지로 작용한다.

"와, 정말 신기하네." 코들리가 말했다. "하지만 실제로 효과가 있을지는 모르겠다."

"우린 아직 음악은 안 써봤잖아." 팀이 말했다.

"좋아, 한번 해보자. 우선 이 유리병을 어떻게 좀 하고 나서. 이 안에 연기를 어떻게 넣지? 연기가 그대로 있기나 할까?"

"다른 방법을 써야 할 것 같아."

"뭔가 그럴듯해 보여야 할 텐데. 유리병 안에 뭐가 들어 있어야 유령처럼 보일까?"

"보이지 않으면, 어차피 아무것도 아니잖아."

"뭔가 만져볼 만한 것만 있으면 게임 끝인데 말이야. 살짝이라도 만질 수만 있으면 되는데."

20장

유리병에 든 유령

정확히 3개월째 되던 날이었다. 대영제국의 4등 훈장 수훈자이자 이학 석사이며, 공무원들로 구성된 스쿼시 동호회와 테니스 동호회 회원이기도 한 프랭클린 비스턴 씨는 비정한 얼굴과 격식을 갖춘 복장으로 중무장하고, 종점에 도착한 버스에서 깡충 뛰어내려 브리카브락 거리를 향해 단호하고도 신중한 발걸음을 내디뎠다.

예전에 꾀죄죄했던 황동 현판에서 윤이 나고 정문의 문고리 색도 예전보다 환해진 것을 발견하고, 그는 조금이나마 만족스러운 기분이 들었다. 그래도 낯짝은 있나 보군.

그는 결연한 표정으로 문고리를 두드렸다.

정문이 활짝 열리더니, 스캔트 부인이 그를 맞으러 나왔다.

"카퍼스톤 영감님께서 감독관님을 기다리고 계십니다."

"당연히 그러시겠죠."

"제가 위층으로 안내할까요? 아니면…."

"그럴 필요 없습니다. 저도 길은 압니다."

비스턴 씨는 위층으로 올라가 복도에 걸린 고리타분한 액자들과 마호가니 탁자, 그리고 은도금 된 표면에 흠집이 난 거울을 지나쳤다. 괘종시계 소리는 마치 군인 장례식에 동원된 군악대의 드럼 소리처럼 박자를 맞추고 있었다.

"비스턴 씨! 어서 오십시오! 앉으시죠."

"카퍼스톤 씨!" 비스턴 씨는 격식 따윈 안중에도 없이 말했다.

"오시는 길이 불편하진 않으셨습니까? 오늘은 날씨가 아주 좋군요, 안 그렇습니까? 햇살이 하루 종일 내리쬐는 게…."

"시간 낭비는 그만하시죠, 영감님. 제가 왜 왔는지는 아실 테고, 일단 보기나 합시다. 유령 말입니다. 혹시 찾지 못하셨다면… 제가 미심쩍어하던 것이 사실로 판명되겠군요. 유령을 찾는답시고 200년도 넘는 시간을 허비한, 바로 이곳, 유령부 말입니다. 코딱지만 한 유령이라도 찾긴 하셨습니까? 창피하지도 않으십니까! 세금만 축내고 계시니 말입니다. 이젠 더 이상…."

"아니오, 아닙니다, 비스턴 씨. 당신을 위해 보여드릴 유령이 있다고 말씀드릴 수 있어 기쁠 따름입니다. 바로 이 자리에서요."

카퍼스톤 영감은 책상 위에 놓인 물건을 가리켰다. 책상 위에는 작은 새장처럼 보이는 물건에 덮개가 씌워져 있었다.

비스턴 씨는 놀라 자빠질 지경이었다.

"유령을 찾았습니까?"

"정말로 찾았답니다."

"유령을요? 살아 있는 유령을? 진짜 유령을 말입니까?"

"제가 말씀드렸잖습니까."

"아니, 어떻게? 어떻게 잡으셨습니까?"

"외부에서 독립적으로 활동하는 유령사냥꾼에게 위탁을 했습니다."

"뭐라고요?"

"저희 자체적으로 성공하지 못했으니, 외부의 유령사냥꾼을 고용하는 게 최선이라고 생각했지요. 초자연적 현상에 훨씬 익숙한 사람들 말입니다."

"그러면, 예전엔 왜 그런 생각을 하지 못하셨습니까?"

"음, 그게…."

"예전엔 영감님을 귀찮게 하는 사람이 없었기 때문이겠죠. 괜히 성가시게 일을 벌이기보다 눈 가리고 아웅만 해도 괜찮았으니 말입니다."

"서로 입장의 차이는 있겠지요, 비스턴 씨. 어쨌든, 당신이 찾던 유령이 지금 이 자리에 있습니다."

비스턴 씨는 책상 위에 놓인, 덮개가 씌워진 물체를 곰곰이 살펴봤다.

"저 안에 있습니까?"

"그렇습니다."

"덮개를 치우면 도망치지 않을까요?"

"아뇨, 유리병 안에 갇혀 있습니다. 그저 날뛰지 못하도록 컴컴하게 하려고 덮개로 씌운 것뿐입니다."

"그렇다면, 봅시다. 위험하진 않겠죠?"

"말벌만큼도 위험하지 않습니다."

"그럼, 파리보다는요?"

"파리보다도 안전합니다. 유리병 안에 갇혀 있으니 안심하셔도 됩니다."

비스턴 씨는 앞으로 다가가서 덮개를 천천히 벗겼다. 덮개를 들어올려 치우자, 청록색 유리병이 모습을 드러냈다. 꼭대기는 유리 마개로 단단히 잠겨 있었다.

그런데, 유리병 안에는… 그 안에는….

"이봐요! 잠깐! 안에 아무것도 없잖습니까!"

"아이고, 비스턴 선생님. 유리병 안에 지금 유령들이 바글바글한걸요!"

"어디에 말입니까?"

"바로 저기요."

"아무것도 안 보이는데요."

"안 보이십니까?"

"비어 있잖습니까! 있긴 개뿔, 뭐가 있다고. 아무것도 없잖아요!"

"글쎄요. 솔직히 말씀드리면, 어느 정도의 통찰력과 지능만 있다면…."

"지금 저한테 멍청이라고 하시는 겁니까?"

"그럴 리가요. 무슨 말씀을. 그런 얘긴 절대 아닙니다. 생각지도 않은 소리를…."

"오, 잠깐만요… 뭔가 보이는 것 같군요. 저게 뭐… 뭔가 기름기가 있는 게… 안에 묻어 있는 것 같은데요?"

"그게 바로 잔여물입니다, 비스턴 씨. 유령의 잔여물이죠."

"유령의 잔여물이라고요?"

"저희는 그렇게 보고 있습니다. 한정된 공간 안에 유령을 가두면, 뭐랄까… 아무래도 부피가 줄어들게 마련이라서… 잔여물을 남기는 것이지요. 반대로 충분히 넓은 공간이라면, 그 형체를 제대로 보실 수 있습니다."

"오호, 그러니까 바로 저게 유령이다, 그 말인가요? 저 안에 있는 게?"

"그렇습니다."

"유령은 어디서 찾으셨습니까?"

"우리가 고용한 유령사냥꾼들이 찾았지요. 이 지역의 학교에서 말입니다."

"학교요?"

"자전거 보관소 근처를 어슬렁거리는 걸 잡았다고 들었습니다."

"자전거 보관소요?"

"오래전에 잃어버린 자전거를 찾아 헤매던 유령이라고."

"오래전에 잃어버린 자전거를 찾아 헤매요? 유령이 말입니까? 자전거를 찾겠다고 보관소 주변을 얼쩡거렸다고요?"

"공기주입기로 간신히 빨아들인 다음, 다시 유리병 안으로 빼내 도망치지 못하게 마개로 꽉 막았답니다."

"공기주입기로 빨아들였다고요?"

"효과가 증명된 방법들 중 하나죠."

비스턴 씨는 말문이 막혔다. 그는 유리병을 뚫어져라 보면서 고개를 가로저었다. 이게 진짜일까? 내가 속고 있나? 날 갖고 노시겠다?

그는 다시 정신을 되찾고 말문을 열었다.

"이것 보세요, 영감님. 이 정도로는 납득하기 어렵군요. 아무리 봐도 제가 보기엔 빈 병일 뿐인데, 얼렁뚱땅 넘어가려고 하는지 알 게 뭡니까. 이걸 분석실로 넘겨야겠습니다. 그러면, 진실을 알게 되겠죠."

"아이고, 감독관님." 카퍼스톤 영감이 이의를 제기했다. "그러시면 안 됩니다. 이걸 분석실로 보내면, 누군가 마개를 열 것 아닙니까? 마개가 열리는 순간, 유령은… 쉭!"

"쉭이라뇨?"

"맞습니다, 쉭! 유령은 사라지고 말 겁니다. 번개처럼 말입니다! 그러면 다신 찾을 수 없겠지요. 자전거를 찾으러 또다시 보관소 근처를 얼쩡거릴지는 모르겠지만."

비스턴 씨는 의심 가득한 눈빛으로 카퍼스톤 영감을 뚫어지게 쳐다봤다.

"좋습니다. 저 인에 있는 게 유령이라고 칩시다. 그런데, 저 안에 있는 게 유령인지 확인할 수 없는 데다, 유령이 도망친다면 더더욱 확인할 방법은 없다, 이 말씀입니까?"

"그게 좀 문제이긴 합니다. 저 역시, 이러지도 저러지도 못하는 상황이라는 것을 너무나도 잘 알고 있습니다. 그러니 어느 누구도 감히 유령을 쉽게만 볼 수는 없는 노릇이지요."

"좋습니다. 영감님께선 스스로 꽤나 똑똑하다고 생각하시는 모양인데, 여기 온 이상 엄연히 저는 할 일을 해야겠습니다. 저 유리병을 의학연구소로 보내야겠습니다."

"아니, 정말로요?"

카퍼스톤 영감은 아무렇지도 않은 듯 말했지만, 표정은 밝지 않았다.

"연구소에 어떤 시설이 있는지 아십니까? 그곳엔 격리실이 있습니다. 격리실이 무엇으로 만들어졌는지 아십니까?"

"설마, 유리는 아니겠지요?"

"바로 유리입니다! 유리로 만든 벽, 바닥, 천장, 그리고 역시 유리로 된 보안 출입문. 유령이 탈출하더라도, 사방이 유리로 된 방안에 갇혀 있으니 도망칠 곳이 없겠죠. 게다가 차츰 부피가 팽창하면, 눈에 보일 것 아닙니까? 만약 그랬는데도 눈에 보이지 않는다면…."

"보이지 않으면요?"

"그땐 확실히 밝혀지겠죠. 그동안 영감님이 저를 감쪽같이 속였다는 사실이 말입니다. 그렇게 제가 의혹을 가졌던 문제들이 사실로 밝혀지면, 다시 찾아오겠습니다. 그땐 한낱 벽돌 더미에 불과한 이 쓸모없는 유령부를 그냥 놔두지 않을 겁니다!"

"벽돌 더미라뇨? 진심이십니까? 말씀이 좀 지나치시군요."

"허투루 듣지 않으시는 게 좋을 겁니다. 여러 사람이 길바닥에 나앉을 테니까요, 영감님. 그중에서 제일 먼저 나앉을 사람은 바로 영감님이라는 것만 알려드리죠."

카퍼스톤 영감은 침을 꼴깍 삼키면서도, 겉으로는 아무렇지 않은 척 애쓰고 있었다.

"아무튼 제가 드릴 수 있는 말씀은, 저희 유령사냥꾼이 분명히 저 안에 유령이 들어 있다고 말했다는 사실입니다. 그것 말고는, 저도 딱히 드릴 말씀이 없습니다."

"그렇다면, 다시 보게 되겠군요. 조만간 다시 뵙죠."

비스턴 씨는 덮개로 유리병을 다시 덮었다.

"떨어뜨리지 않게 조심해서…."

"걱정 마십시오. 영감님은 조금이나마 번 시간을 즐기세요. 얼마 길진 않겠지만 말입니다. 유예기간은 단 일주일뿐입니다. 너무 겁내진 마십시오. 또 뵙죠."

하지만 비스턴 씨가 다시 찾아온다는 사실이야말로 카퍼스톤 영감이 가장 겁나는 일이었다.

비스턴 씨가 떠나려고 할 때, 스캔트 부인이 문 앞에 나타나더니 공손히 물었다.

"두 분께 차를 준비할까요, 영감님?"

"차는 무슨!"

비스턴 씨는 으르렁거리듯 내뱉고, 유령이 들었다는 문제의 유리병을 집어 들고 계단 쪽으로 향했다.

"차 마실 시간 따윈 없소이다. 하루 종일 차나 마시며 빈둥거리란 말입니까? 그딴 거 좋아하지도 않고."

그렇게 그는 유령부를 떠났다.

"이 사람들한테 나간 월급이 얼마나 됩니까?"

비스턴 씨는 겨드랑이에 유리병을 낀 채 근검절약부로 돌아오자마자 피브 부인에게 물었다.

"유령부의 농땡이꾼들 말이오."

"찾아보고 있는데, 아직 찾질 못했습니다." 피브 부인이 말했다. "총무부 직원 말로는, 서류를 찾을 수 없다고 하네요."

"그 사람들은 대체 서류를 어쨌답니까?"

"작년에 사무실을 옮기면서 그 서류들을 보관소로 보내버린 것 같다고 하네요."

"어이구, 대단들 하시구먼. 그럼, 채용 서류나 과거 경력들은요? 그 서류들도 죄다 보내버린 것 아니오?"

"그렇다는 것 같습니다."

"망신살이 뻗쳐도 유분수지. 아니, 여기서 나 말곤 제대로 일하는 사람이 없단 말이오? 물론, 당신은 잘하고 있으니 빼고. 안 그렇소, 피브 부인?"

"그게…."

"됐으니까, 신경 쓰지 말고 서류를 찾는 대로 알려주시오. 그건 그렇고, 이 유리병을 의학연구소로 보내야겠는데, 그래주시겠소? 연구소 사람들한테 격리실 안에서 검사해야 한다고 꼭 전해주시오. 벽이든, 바닥이든, 사방이 유리로 된 방에서 말이오."

피브 부인이 유리병을 물끄러미 쳐다봤다.

"그 안에 뭐가 들었는데요?"

"유령이오, 유령."

갑자기 피브 부인이 뒷걸음쳤다.

"유령이라고요?"

"유령이라고 합디다. 하지만 겁먹을 필요는 없소. 이 안에 뭐가 들었을 것 같소?"

"뭔데요?"

"아무것도! 이 안에 아무것도 없는데, 유령부 사람들이 날 갖고 노는 게 뻔하오. 하지만 혹시 모르니, 만일의 경우에도 대비할 수 있는 환경에서 유리병을 열라고 전해주시오."

"만약을 대비해 손해 볼 건 없죠."

그녀는 혹시 유령이 병에서 나오기라도 할 것처럼 유리병을 빤히 쳐다봤다.

"안에 뭐가 보이는 것 같은데요. 뭐랄까… 기름기 같은 게…."

"유령이 농축된 거라고 그럽디다."

"오, 이런. 농축우유라는 말은 들어봤지만, 이런 건 처음…."

"맞아요. 당신만 처음 보는 게 아니오. 농축된 유령이란 말은 나도 처음 듣소. 하지만 결국 밝혀지겠지. 최대한 빨리 이걸 분석해야겠소. 만약 이 안에 유령이 든 게 아니라면, 유령부는 끝이오. 그건 그렇고, 차 한 잔 갖다주시겠소, 피브 부인?"

스캔트 부인과 달리, 피브 부인은 정말로 차를 내왔다. 그러고는 의학연구소에 전화를 걸었다.

"연구소 말로는 2~3일 동안 격리실을 사용할 수 없다고 합니다, 감독관님. 현재 어떤 전염병 환자가 치료를 받고 있다네요."

"정확한 병명이 뭐랍디까?"

"확실한 건 모르겠어요. 뭐라고 하던데, 못 알아듣겠더라고요."

"그럼, 그렇게 심각한 것도 아니겠구먼."

"네?"

"아무것도 아니오. 그렇다면, 당분간 이건 문진(文鎭)으로나 써야겠군."

비스턴 씨는 유리병을 책상 위 서류철에 올려놨다.

피브 부인이 다시 유리병을 뚫어질 듯 쳐다봤다.

"방금 뭐가 움직인 것 같아요."

"그래요? 확실해요? 정말?"

"다시 보니… 아닌 것 같기도 하고…."

21장 무시무시한 진실

트러펜스 코들리와 팀 레그는 그동안 별의별 방법을 다 써봤다. 인정머리라곤 기대할 수 없는 비스턴 씨가 다시 찾아오는 건 그저 시간문제에 불과했다. 유리병 안에 든 것은 어유(魚油)일 뿐, 결국 아무것도 없는 빈 병이라는 사실을 뒤늦게 눈치챈 그가 씩씩거리며 달려오는 모습이 눈에 선했다. 이번에야말로, 유령부는 일말의 희망도 없이 영원히 문을 닫게 될 게 뻔했다.

그래서 그들은 1분 1초라도 시간이 날 때마다 유령을 찾아다녔다. 포획 장비들과 주술 도구, 양초와 물약, 작은 종과 이런저런 유인용 미끼들로 중무장한 채, 유령을 잡기 위해 애썼다.

두 사람은 성 빈들 교회의 묘지를 다시 찾아가 큰 소리로 주문을 외웠다가 또 한 번 레버런드 맹글 씨의 방해를 받을 뻔했다. 또 인간이든 동물이든 유령이든 결국 마찬가지라는 생각에 애완동물 묘지를 얼쩡거려보기도, 장의사를 찾아가 영구차가 올 때까지 기다려보기도 했다.

"죽은 지 얼마 안 됐으니," 팀이 말했다. "중간에 유령을 가로채기에 딱 좋을 거야."

시신이 영구차에서 내려지는 동안, 두 사람은 출입문 안쪽에 숨어서 〈유령사냥 지침서〉에 적힌 대로 중얼중얼 주문을 외웠다. 그러나 실수를 하거나 주문을 잘못 외운 것도 아닌데, 유령은 나타나지 않았다.

"기운 빠지네." 팀이 말했다. "다들 어디 간 거야? 그 많은 유령들은 도대체 어디 있는 거냐고?"

"나도 모르겠다." 코들리가 말했다. "그게 어딘지 모르겠지만, 여긴 아닌가 봐."

그래서 두 사람은 버스를 타고 다른 곳을 찾기로 했는데, 버스 안에서 운전사와 승객들로부터 이상한 곳이 있다는 소리를 들었다. 그들은 곧바로 23번 버스를 타고 그곳으로 향했다.

두 사람이 도착한 곳은 거리가 제법 먼 곳에 위치한 묘지였다. 그곳은 유령이 출몰한다는 소문이 자자한 곳이었다. 예전엔 전쟁터였고 지금은 슬픔에 빠진 연인들이 생을 마감하는 것으로 유명한 곳이라, 그 어떤 곳보다도 영혼들이 작정하고 눌러앉기 쉬울 것처럼 보였다.

하지만, 거기에도 유령은 없었다. 고생은 고생대로 했건만, 손톱만 한 유령 하나 보이지 않았다.

마음도 무겁고 다리도 지칠 대로 지친 채, 두 사람은 결국 빈손으로 돌아와야만 했다.

"소용없는 짓이야." 팀이 말했다. "아무것도 찾지 못했다고 그냥 털어놓자. 그래도 우린 최선을 다했잖아. 이보다 더 어떻게 하라고, 안 그래?"

"맞아. 그래도 너무 속상해. 그분들하고 정도 들었는데." 코들리가 말했다. "그분들이 잘리고 유령부가 폐쇄되면, 내 기분도 거지 같을 거야."

"그러게. 그 감독관 아저씨가 병 안에 뭐가 들었는지 알아내는 건 시간문제잖아."

"내일 오후 유령부에 들르자. 최선을 다했지만 더 이상은 무리라고 말해야겠어. 그럼, 적어도 최악의 경우에 대비할 시간은 생길 테니까."

두 사람은 각자 집으로 향했고, 아무도 눈치채지 못할 만큼 조용히 자기 방으로 들어갔다. 마치… 유령처럼.

모든 일의 실마리가 풀린 것은 바로 다음 날 오후였다. 말로는 다 못 할 안타까움, 그리고 한편으로는 엄청나게 두려운 사실이 명백해졌다. 무시무시한 진실은, 쓰라린 비통함과 절망 속에서 스스로 모습을 드러냈다.

그러나 지금 당장은, 팀 레그는 평화롭게 잠들어 있었고 코들리 역시 곤히 잠에 빠져 있었다. 둘 다 내일 유령을 만나게 되리라는 것을, 그것도 필요 이상으로 많은 유령을 만나게 되리라는 사실을 꿈에도 모른 채 말이다.

그 유령들이 그들의 남은 인생 동안, 그들의 주변을 맴돌게 될 것이라는 사실을.

그 사실을 먼저 알아차린 사람은 코들리였다. 다음 날 오후, 그녀와 팀은 학교 수업이 끝나자마자 카퍼스톤 영감의 집무실을 찾았다.

"아무래도 저희가 받은 돈을 모두 돌려드려야 할 것 같아요." 코들리는 집무실에 들어가자마자 그렇게 말했다. "전 아직 한 푼도 쓰지 않고 그대로예요. 넌?"

"나도." 팀이 말했다. "희한하게, 나도 한 푼도 안 썼어. 처음에 이 일을 맡았을 땐 이것저것 엄청나게 살 것 같았는데, 왠지 모르게 마음에 걸리더라구. 돈보단 일하는 게 더 좋았던 것 같아."

두 사람은 임무 실패에 대한 책임으로, 약간의 교통비와 간식비만 제하고 나머지를 카퍼스톤 영감에게 돌려주기로 뜻을 모았다.

하지만 카퍼스톤 영감은 두 사람의 말을 들으려고도 하지 않았다.

유령부 직원들도 모두 영감의 집무실에 모여들었다. 이번에는 특별히 고양이 보딩턴까지 한 자리를 차지하고서 몸을 웅크린 채 잠에 빠져들었다.

"죄송해요, 카퍼스톤 영감님." 팀이 말했다. "저희가 실망시켜드려서요."

"아니, 아니다. 아니야."

"일주일이란 추가 시간까지 주셨는데, 결국 찾지 못했어요…."

"어쨌든 노력했잖니. 애도 쓸 만큼 썼고."

"저희는 단지 조심하시라는 말씀을 드리려고 왔어요. 아시겠지만, 비스턴 감독관이 속았다는 걸 곧 알게 될 테고, 그렇게 되면…."

"그래, 다시 찾아오겠지. 결국 유령부는 문을 닫게 될 테고."

바닥에 깔려 있는 오래된 페르시안 카펫만큼이나, 벽에 차곡차곡 기대서 있는 서류 캐비닛만큼이나 무거운 침묵이 방 안을 가득 채웠다.

"그럼 우린 어떻게 되는 거예요?" 스캔트 부인이 중얼거리듯 말했다. "우린 어디로 가라고."

"그야…" 기빙스 군은 차마 말을 맺지 못했다. "하수처리…."

코들리는 방 안의 사람들을 둘러봤다. 모두 무척이나 비참해 보였다. 이런 식으로 끝나다니… 이런 식으로 뿔뿔이 헤어지다니… 그런데 그때, 바로 그때, 그녀의 두 눈이 방 안 이곳저곳을 찬찬히 훑고 있을 때였다. 나무로 된 벽면 마감재와 두툼한 솜털 무늬 벽지, 벽에 걸린 거울, 카퍼스톤 영감 이전에 일했던 선임자의 초상화, 이탤릭체 글씨로 써진 각종 증명서 액자들, 구석에 서 있는 일본풍의 병풍, 연필과 펜, 낡은 잉크통, 수북이 쌓인 양피지들….

코들리의 두 눈이 휘둥그레졌다. 다른 사람들의 눈도 덩달아 휘둥그레졌다.

그녀는 심장이 멎는 줄 알았다. 온몸이 싸늘해지는 느낌이 들고, 머릿속엔 두려움과 공포가 가득 몰려왔다. 그녀는 유령부 사람들이 눈치채지 못하게 손을 뻗어 팀의 손을 잡았다. 하도 손을 꽉 잡는 바람에, 그녀의 손톱이 팀의 살을 파고들었다.

"팀, 아무래도 지금 바로 가야겠어…."

"간다고? 이렇게 빨리?" 카퍼스톤 영감이 말했다.

"아직 차도 한 잔 안 마셨는데." 스캔트 부인이 말했다.

"온 지 얼마나 됐다고." 기빙스 군이 말했다.

"다른 계획은 안 짜고?" 롤리 양이 말했다.

그러자 코들리의 두려움이 다소 누그러졌다. 그녀는 아무것도 잘못된 것이 없고 모든 것이 평소와 다를 바 없다는 듯, 침을 한 번 삼키고는 아무렇지도 않은 척 말을 꺼냈다.

"아, 그럼요. 다른 계획을 세워야죠. 팀하고 다른 계획을 짜서 내일 다시 올게요."

"그래, 근데…."

팀이 말을 꺼내려고 했지만, 코들리는 그의 손을 꽉 잡았다. 이유가 뭔지 알 수 없지만 뭔가 잘못됐다는 걸 느끼고 팀은 입을 다물었다.

"내일 다시 올게요." 코들리가 말했다. "내일은 뭔가 새로운 소식을 전해드릴 수 있을 것 같아요. 네, 정말이에요. 자, 빨리, 팀. 지금 가야 돼."

코들리는 팀을 데리고 사무실을 나가 황급히 계단을 내려갔다.

카퍼스톤 영감은 당혹스러운 표정을 감추지 못했다.

"왜 저렇게 갑자기 가는 거지? 혹시 누구 아는 사람 있소?"

그러나 그 이유를 아는 사람은 아무도 없었다.

두 사람의 등 뒤로 유령부 문이 닫혔다. 거리로 나오자, 오후의 시원한 바람이 느껴졌다.

"코들리…."

"여기선 말고. 계속 가. 빨리. 저기 모퉁이 돌면, 잠깐 멈추고 말해줄게."

코들리는 무작정 달리기만 했고, 팀은 그런 그녀를 쫓아가느라 바빴다.

마침내 브리카브락 거리의 끝자락에 무사히 도착해 모퉁이를 돌아 닉낵 거리로 접어들고 나서야, 코들리는 가로등 기둥 앞에 멈춰 서서 가쁜 숨을 골랐다. 뒤이어 팀이 도착했다.

"왜 그런 식으로 떠난 거야? 손가락 부러지는 줄 알았네. 도대체 왜 그래? 꼭 유령이라도 본 얼굴이네?"

"봤어." 코들리가 말했다. "너도 봤고."

"아니, 보긴 뭘 봤다고. 언제?"

"너도 봤다고, 팀. 우리 둘 다 유령을 봤단 말이야. 그것도 한참 동안이나. 우리가 미처 눈치채지 못했을 뿐이지."

"뭐? 무슨 소리 하는 거야? 무슨 유령을 봤다고 그래?"

"유령도 하나가 아니야, 팀. 넷이라고."

"넷? 그게 무슨 말이야?"

"지금, 저 위, 카퍼스톤 영감님 사무실에 있다니까. 내가 우연히 거울을 봤는데, 거울 속에 너도 보이고, 나도 보였는데… 다른 사람들은… 비치지 않았어. 그들이 바로 유령이라니까, 팀. 카퍼스톤 영감님, 스캔트 아줌마, 롤리 언니, 기빙스 삼촌까지, 싹 다. 모두 유령이었어."

팀은 꼼짝 않고 서서 입을 벌린 채 코들리를 째려봤다.

"오, 이런… 하마터면 우리… 그러니까 네 말은… 그럼, 이제 어떡하지? 어떡하냐고!"

그러나 그 문제는 결코 쉽게 결론을 내거나, 즉각 대답할 수 있는 문제가 아니었다.

22장

하나도 아니고 넷, 아니 다섯

코들리와 팀은 성 빈들 교회 묘지에 함께 자리 잡고 앉았다. 어디론가 가야 할 상황이라면, 그곳이야말로 적당한 장소 같았다. 조용하고 한적해서 어지간해선 누군가로부터 방해를 받지 않을 곳이었다.

"이제야 다 설명이 되네, 안 그래?" 코들리가 말했다.

"설명이 된다고?"

팀이 여전히 긴가민가한 표정이었다.

"아무튼, 대부분 이해가 가."

"예를 들면?"

"우선, 그 사람들이 입은 옷. 오래돼도 너무 오래된 옷들을 입고 있단 말이지."

"그럼, 고양이는?"

"내 생각엔 고양이도 유령인 것 같아."

"고양이도 유령이 될 수 있을까?"

"안 될 건 또 뭐 있어?"

"그럼, 고양이 똥 치울 걱정 같은 건 할 필요가 없겠네."

"물론이지, 팀. 이런 상황에서 넌 고작 그딴 거나 걱정하고 있구나."

"그런데, 왜 그 사람들은 꼼짝 않고 그곳에만 있는지 모르겠다. 왜 유령부 안에서만 맴돌고 있냐, 이 말이야."

"그 사람들만 알겠지. 하지만 이유를 알고 있다고 한들, 과연 우리한테 다 말해줄지는 모르겠어. 내가 보기엔, 자기들이 유령이란 사실조차 모르는 것 같거든."

"그 사람들이 모를 거라고 생각해?"

"뭐, 알 수도 있겠지. 긴가민가할 수도 있고. 그렇다고 순순히 받아들이진 않을걸."

팀은 두 다리를 죽 펴면서, 한편으론 이 작은 묘지가 집처럼 편안하게 느껴지기 시작했다. 어쨌든 그동안 뻔질나게 찾던 장소 중 하나니까.

"네 사람 모두 거기서 일했을 거야."

"당연하지." 코들리가 말했다. "하지만, 그건 최소 백 년 전 얘기야. 아마 더 됐을걸."

"옷들도 그렇고, 책상 위의 그 골동품 펜도 그렇고."

"구닥다리 타자기는 또 어떻고."

"컴퓨터도 없잖아."

"그리고 그 전화기들 봤지? 요즘 그런 전화기가 어디 있냐?"

"유령부 현판은 또 어떻고? 지저분한 얼룩 때문에 제대로 알아볼 수가…."

"그건 내가 광을 내기 전 얘기지."

"아무리 그래도 내가 이해할 수 없는 건, 도대체 일은 어떻게 하냔 거야."

"일을 하다니?" 코들리가 되물었다. "무슨 일?"

"이것저것 다. 그 사람들이 유령이라면 물건도 집어 들지 못할 거 아냐, 안 그래? 물건에 닿으면 손이 통과할 텐데. 그렇다면, 문은 어떻게 열었을까? '아르바이트 남학생 구함'이란 글은 어떻게 썼을까?"

"여학생도 구한다고 썼거든!"

"알았어. 아무튼, 도대체 어떻게 했을까?"

"유령은 사물을 이동시킬 수 있는 힘이 있잖아, 안 그래? 마음먹은 대로 할 수 있잖아. 우린 그 사람들이 실제로 문을 여는 걸 본 적이 없어, 그렇지? 문은 일단 열려 있었고, 스캔트 부인이든 누구든 거기 있었으니까. 그러니 그 사람들이 문을 열었다고 생각했던 거지. 하지만, 우린 그 사람들이 어떤 물건이든 손을 대는 건 실제로 본 적이 없어, 그렇지?"

"그러게. 그런 것 같네." 팀은 그녀의 말에 수긍했다. "그런데, 그 사람들은 왜 유령부를 떠나지 않고 있는 걸까? 뭣 때문에 계속 머무르는 거지? 하루 종일 무슨 일을 하면서 말이야. 밤에는 뭐 하고?"

"직접 물어봐야겠어. 그게 바로 우리가 할 일이야."

팀이 놀란 표정으로 그녀를 쳐다봤다.

"그러니까 네 말은… 거길 다시 가자고?"

"맞아."

"그 사람들, 유령이라며!"

"그래서 뭐?"

"아니, 그 사람들은 유령이라구, 코들리. 유령!"

"그래도 아주 착한 유령들이잖아, 안 그래? 게다가, 우리랑 친하기도 하고. 그동안 우리한테 해코지한 건 하나도 없잖아."

"그래, 없는 것 같긴 한데, 그래도…."

"그리고 결정적으로, 전혀 무섭지 않다는 점."

"그게, 그렇긴 한데, 그건 우리가 그 사람들이 유령인 줄 모르고, 그냥 좀 괴짜 같은 사람들인 줄로만 알았을 때 얘기잖아. 하지만, 이젠 우리도…."

"팀, 그 사람들을 돕겠다고 약속했잖아."

"그래, 나도 알아. 그래도 그렇지…."

"약속은 약속이야."

"그렇긴 하지만, 난…."

"비스턴 감독관이 빈 병인 걸 알아내고 다시 돌아오는 날, 어휴, 유령부는 폐쇄될 텐데. 그럼 그 사람들은 어디로 가라고?"

"뭐, 다른 데로 가면 되잖아. 길거리 쓰레기통 같은 데도 있고…."

"고양이까지 합쳐서 유령이 다섯인데, 더럽고 코딱지만 한 쓰레기통 안에서 견딜 수 있을 거라고 생각해? 여태껏 건물 하나를 통째로 써왔는데?"

"하긴. 아, 잠깐만, 코들리. 비스턴 감독관은 유령부를 폐쇄시킬 수 없을 거야."

"왜?"

"그 아저씨가 그랬잖아. 유령을 찾지 못하면 유령부를 폐쇄시킨다고. 하지만 유령을 찾았잖아. 그것도, 넷이나."

"팀, 난 왠지, 그 아저씨가 그리 호락호락하진 않을 것 같아. 내가 걱정하는 건…."

코들리가 갑자기 자리를 박차고 일어섰다.

"왜 그래? 어디 가려고?"

"나한테 생각이 있어. 나 좀 도와줘."

"뭘 하려고?"

코들리는 벌써 묘비 주변을 빙그르 돌고 있었다.

"팀, 넌 이쪽을 맡아. 난 저쪽을 맡을게. 이름을 확인해봐. 하나도 빠뜨리지 말고."

그들이 찾으려고 하는 것을 먼저 발견한 사람은 코들리였다.

"팀! 이리 와봐! 여기 좀 봐!"

그곳엔 무성히 자란 이끼에 덮여 있는, 오래돼 보이는 묘비가 삐딱하게 서 있었다. 묘비에는 이렇게 적혀 있었다.

제레미아 자비스 카퍼스톤

1839-1917

이제 평범한 세상으로 돌아가다.

"이건가 보다." 코들리가 말했다. "카퍼스톤 영감님 말이야. 틀림없어, 확실해."

"이것도 봐봐." 이끼가 무성히 자란 다른 묘를 가리키며 팀이 말했다.

올리브 글래디스 스캔트

1850-1920

이제 더 좋은 곳으로 떠나다.

"있잖아, 난 아줌마가 정말 좋은 곳으로 떠났는지 모르겠다." 팀이 말했다. "아줌마는 유령부를 떠난 적이 없잖아, 안 그래? 결국 다시 돌아와서 자기 일만 하고 있는데 말이야."

조금 더 찾아다닌 끝에, 두 사람은 두 개의 묘를 더 찾았다. 하나는 버지니아 페투니아 롤리의 묘였고, 다른 하나는 아놀드 페레그린 기빙스의 묘였다.

첫 번째 묘비에는 롤리 양이 '대의를 위해 태어난 사람'이라고 표현되어 있었다.

"저 대의가 뭘까?" 팀이 말했다.

코들리 역시 모르겠다는 듯 어깨를 으쓱거렸다.

한편, 아놀드 페레그린 기빙스의 이름 아래에는 이런 글이 적혀 있었다.

'슬픔 속에서 여생을 보내다.'

"참 나, 이상하네." 팀이 말했다. "무슨 일이 있었기에 슬퍼서 죽었을까?"

"알아낼 방법은 한 가지뿐이야." 코들리가 말했다.

"그게 뭔데?"

"가서 직접 물어보는 거지. 그래도 조심해야 할 것 같아. 자기들이 유령이란 걸 전혀 모르고 있는 것 같으니까. 그러니 우리가 조심스럽게 털어놓지 않으면…."

"어떻게 되는데?"

"충격 받고 죽을지도 몰라."

"이런, 코들리…."

"왜?"

"솔직히 말하면, 그건 우리가 걱정 안 해도 될 것 같다."

"아… 그렇지. 그럴지도 모르겠다. 그래도… 잘 얘기하자구."

의학연구소에서 보낸 분석결과표를 받은 비스턴 씨는 기분이 안 좋았다. 하긴, 기분이 좋았던 적이 거의 없는 사람이니. 그는 기분이 좋다는 게 어떤 느낌인지 기억조차 가물가물했다. 방금 받은 소식 역시 그의 기억을 되살릴 만한 것은 아니었다.

"훈제 청어 기름이라고!" 그는 넌더리가 난다는 듯 말했다. "이 분석표 좀 보시오, 피브 부인. 그 병 안에는 훈제 청어 기름 몇 방울 말고 아무것도 없다지 않소. 유령은 무슨, 얼어죽을 유령! 유령을 잡았다고 큰소리 뻥뻥 치더니, 있긴 뭐가 있다는 거야? 참나, 이번엔 도가 좀 지나치군. 해도 해도 너무했어. 그놈의 유령부인지 뭔지, 이번에 다시 가면 다들 짐 싸게 해서 하수처리국으로 보내버려야겠소. 죄다 징계 처분을 내릴까도 생각 중이오."

"네, 감독관님." 최근 총무부로부터 받은 서류철을 손에 들고 피브 부인이 말했다. "한 가지 걸리는 게 있는데…."

"한 가지 걸리는 게 뭡니까? 내가 뭐라도 좀 세게 나가기만 하면, 직원들마다 하는 소리가 바로 '한 가지 걸리는 게 있는데요'라는 말이지."

피브 부인은 서류철을 그의 책상 위에 내려놓았다.

"감독관님이 요청하신 서류입니다. 유령부에서 근무하는 네 명에 대한."

"그런데요?"

"아무에게도 월급이 지급된 내역이 없습니다."

"없다고요?"

"한 명도요. 제가 50년 전의 기록들까지 찾아봤지만, 그 사람들 중 현재 유령부에서 근무하는 사람은 한 명도 없었습니다."

"그럴 리가 있나."

"기록 자체가 없습니다, 감독관님."

"하지만… 그건 말도 안 되오. 뭔가 착오가 있겠지."

"그럴 수도 있습니다만, 총무부의 확인에 따르면, 유령부는 1919년에 이미 폐쇄된 곳이라고 합니다. 그 이후론 기록이 없는 데다 다른 용도로 쓰인 적도 한 번도 없는 것으로 보입니다."

"무슨 일들을 이렇게 합니까? 부인한테 하는 말이 아니라, 총무부 사람들한테 하는 말이오. 유령부가 아직도 멀쩡히 돌아가고 있는데 말이지. 내가 직접 갔다 왔잖소. 내 눈으로 직접 봤고. 그 쪽 사람들하고 얘기도 했는데 말이야. 뭐, 이런 경우가 다 있어. 총무부에 가서 다시 찾아보고, 이번엔 제대로 된 서류를 달라고 하시오."

"잘 알겠습니다, 감독관님."

"그동안 난 유령부로 직접 찾아가 따끔하게 한마디 해주고, 그 사람들을 하수처리국으로 보낼 수 있게 마무리해야겠소. 얼빠진 노인네는 일을 시키기엔 한참 지난 나이가 됐으니 그만두라고 하고."

내뱉은 말에 걸맞게, 비스턴 씨는 인사 발령과 퇴직에 필요한 서류들을 가방에 챙겨 넣고, 곧바로 문으로 향했다.

23장

그들이 사는 법

초인종이 울리고 문고리가 탕탕거리는 소리가 들렸다. 복도에 놓인 괘종시계에서는 매시 30분을 알리는 소리가 들렸다.

스캔트 부인은 복도를 따라 떠다니듯 움직였다. 그녀가 정문에 도착해 손을 뻗어 돌리는 시늉을 하자, 끼익 소리는 온데간데없이 아무 소음 없이 문이 활짝 열렸다.

"우리 용감무쌍한 유령사냥꾼들 오셨네! 어서 오렴. 영감님은 평소대로 위층 집무실에 계신단다. 오늘은 좋은 소식을 갖고 오셨을라나?"

팀과 코들리는 서로를 멀뚱멀뚱 쳐다봤다.

"그게요, 네… 그렇다고 볼 수도…." 팀이 말했다.

"아닐 수도 있고요." 코들리가 말했다. "하지만, 유령을 찾은 것 같긴 해요."

"와, 유령을 찾았다고? 웬일이니? 그럼, 우린 이제 산 거네. 직접 가지고 왔니? 이런, 영감님께 말씀드릴 때까지 좀 기다리렴.

롤리 양과 기빙스 군한테도 전해줘야지!"

그런 뒤 스캔트 부인은 위층을 향해 고래고래 소리 질렀다.

"여러분, 기쁜 소식이에요! 기쁜 소식! 유령부는 이제 살았어요! 우리 사냥꾼들이 유령을 찾았답니다!"

"사실은, 그렇게 간단한 문제가 아니…."

코들리가 자초지종을 설명하려고 했지만, 사무실 문들이 덜컥 덜컥 열리더니 얼굴들이 보이기 시작했다. 카퍼스톤 영감도 계단 꼭대기에서 아래층을 내려다보고 있었다.

"다들 내 방으로 올라오세요." 카퍼스톤 영감이 말했다. "모두 모이세요. 이렇게 대단한 소식은 다 같이 모여서 들읍시다."

어쩔 수 없이 팀과 코들리는 무거운 발걸음으로 계단을 올라갔다. 그런데 스캔트 부인은 빠르게 걸으면서도 소리를 전혀 내지 않았다. 유령과 나란히 걷고 있다고 생각하니 두 사람은 기분이 묘했다.

"들어오거라, 들어와. 자, 좋은 소식이라면서? 어쩜 이렇게 아슬아슬하게 때를 맞췄을까? 비스턴이란 양반, 당장이라도 쳐들어올지 모르는데 말이야. 어쨌든, 우리가 생생한 유령을 보여준다면, 그동안 우리가 허튼 일을 한 게 아니었다는 게 증명되겠구나. 그래, 오자마자 바로 돌려보낼 수 있겠어. 유령부는 이런 대단한 일을 계속 할 수 있고 말이야. 자자, 어서 앉거라."

팀과 코들리는 편치 않은 마음으로 각자 자리에 앉았다. 나머지 사람들은 그대로 서서, 뭔가 잔뜩 기대하고 있었다

"자… 그럼, 유령은 어디 있니?" 카퍼스톤 영감이 물었다. "유리병 같은 것도 안 보이는데… 아무튼, 어디서 잡았니? 어떻게 잡았어? 우리가 볼 수는 있고? 유령은 어디 있니?"

코들리는 자리를 고쳐 앉았다.

"어서." 팀이 그녀를 쿡 찌르며 말했다. "네가 말씀드려."

"있잖아요, 영감님. 실은…" 코들리가 말문을 열었다. "제 얘기에 충격을 많이 받으실지도 몰라요. 여러분 모두 다요. 제발 너무 화내진 마세요."

"우리가 화낼 일이 뭐가 있겠니? 너희들이 기쁜 소식을 가져왔는데, 안 그래? 유령을 찾았다며."

"엄밀히 따지면, 유령은 넷이에요." 팀이 말했다. "아, 더 정확하게는 다섯이네요."

"다섯이라고! 유령이 다섯! 정말 끝내주는구나! 정말 대단해. 그런데 유령은 대체 어디 있는 거야? 유령들 이름은 뭐라 하든? 너희들이 들고 온 게… 아무것도 없어서 말이다."

"카퍼스톤… 스캔트… 롤리… 기빙스…" 코들리가 말했다. "이런 말씀 드리게 돼서 정말 죄송하지만, 여러분은 전혀 모르고 계신 것 같아서요. 혹시 알고 계신다 해도, 온전히 받아들이지 못하셨거나. 부디 제 말을 오해하진 말아주세요… 그 유령들은… 바로, 여러분이에요."

"여기 있는 분들에 고양이까지요." 팀이 거들었다. "그래서 다섯이에요."

순간 침묵이 흘렀다. 얼어붙은 듯한 침묵이었다. 카퍼스톤 영감의 입이 실룩거리긴 했지만, 들리는 말은 없었다. 스캔트 부인은 찻주전자를 따르는 건지 뭔지 모르겠는 애매한 손동작만 취할 뿐, 무슨 뜻인지 이해한 듯 아무 말이 없었다. 롤리 양은 치마 주머니에서 손수건을 꺼내서 눈가로 가져갔다. 그리고 기빙스 군은 그녀가 상처받았을까 봐 염려하는 눈빛으로 롤리 양만 바라보고 있었다.

"저쪽으로 가서 거울을 봐주실래요?" 코들리가 말했다. "여러분은 거울에 비치지 않아요. 네 분 중 아무도요. 직접 보시면, 아무것도 보이지 않을 거예요."

"혹시 〈초자연적 현상에 대해 당신이 모르고 있는 101가지〉라는 책을 읽어보셨는지 모르겠지만," 팀이 말했다. "여기 도서관에 있는 책이죠. 그 책에 보면…."

하지만 그들은 그런 말 따윈 안중에도 없이, 우르르 거울 쪽으로 달려갔다. 네 사람은 누구랄 것 없이, 그 은빛 표면에서 마치 우주의 신비가 모습을 보이기라도 할 것처럼, 거울을 뚫어져라 쳐다봤다.

"저 애 말이 맞구려." 카퍼스톤 영감이 말했다. "저 애 말이 맞아. 내 모습이 안 보이네. 어디서도 내 모습이 보이질 않아. 오, 세상에. 이게 무슨 경우람. 아무래도 좀 앉아야겠소. 이런, 세상에."

자기 몸무게도 느낄 수 없을 텐데, 결국 유령일 뿐인 카퍼스톤 영감이 왜 앉으려고 하는지, 팀과 코들리는 이해하기 힘들었다.

"어… 얼마 동안이나 우리가 이런 꼴이었던 거니?" 기빙스 군이 물었다. "혹시 아니?"

"백 년쯤요. 얼추 그 정도 될 거예요." 코들리가 말했다. "여기 계신 분들은 모두 성 빈들 교회 묘지에 묻혀 있어요."

"우리가?" 스캔트 부인이 말했다. "우리 네 명 모두 같은 묘지에? 어쩜 그런 것도 그렇게 잘 뭉칠꼬. 기분은 좋네."

"아무도 모르셨어요?" 코들리가 말했다. "예상도 못 하셨고요? 정말 모르셨단 말예요? 그건 그렇고, 여기선 뭐 하고 지내셨어요? 밤이 되면요. 하루 일과가 끝난 후에도 계속 모르는 척하긴 어려웠을 것 아녜요. 뭘 하고 계셨냐고요?"

"뭘 했냐고?" 카퍼스톤 영감이 당황스러운 표정을 지었다. "그게 말이다, 난… 그러니까… 오후 다섯 시 반이 되면… 퇴근을… 했던 것 같은데… 그러고 보니, 계속 여기 있었네… 아침이면 제일 먼저 출근하고 책상에서 이것저것…."

"그다음엔 제가 출근했죠. 안 그래요, 영감님? 그리고 제가 항상 여쭤봤잖아요. '차 한 잔 드릴까요, 영감님?' 하고."

"그랬지요, 스캔트 부인. 그 점에 대해 난 늘 감사하게 생각합니다. 부인처럼 차를 만들 수 있는 사람도 없잖소. 다만…."

"저도 알아요. 그러고 나서 차를 갖다드린 적은 한 번도 없었죠."

"차를 내오셨어도 마실 수 없었을 겁니다, 부인."

"마음만은 항상 대접해드리고 싶었을 뿐이에요, 영감님. 저 역시 차는 마실 수 없었겠죠. 그러고 보니, 우리가 함께 모여 차 한 잔 마신 것도 오래전 일이네요."

"그래도 추억은 그대로랍니다, 스캔트 부인."

"네, 영감님. 추억은 사라지지 않고 그대로네요."

또다시 침묵이 흘렀다. 슬프고, 안타까운 침묵이.

코들리가 침묵을 깨고, 주머니에서 접힌 메모지 한 장을 꺼냈다.

"제가 날짜를 적어 왔어요. 카퍼스톤 영감님이 가장 먼저 돌아가셨더라고요. 왜 다시 돌아오셨어요? 그게 어디인지 몰라도, 보통 사람들이 죽으면 간다는 세상으로 가시지 않고."

슬픔에 찬 카퍼스톤 영감의 얼굴이 갑자기 밝아졌다.

"왜 돌아왔냐고? 그야, 스캔트 부인 때문이지. 다른 이유는 없단다. 그래야 내가 매일 부인을 만날 수 있고, 여기서 함께 지낼 수 있으니까. 스캔트 부인이 여기 있는데, 내가 다른 곳으로 어떻게 갈 수 있겠니? 난 결혼 생활에 실패하고 나서, 점점 스캔트 부인에게 마음이 끌리고 있었단다."

"이런." 스캔트 부인이 말했다. "저는 그런 줄도 모르고. 저처럼 영감님도 저를 좋아하실 줄은 꿈에도 몰랐어요."

"무슨 그런 말을. 나도 좋아했소, 스캔트 부인. 당연히 좋아했지."

"그럼 진즉 말씀하시지 그랬어요. 남편이 죽고 나서, 저는 그 사람을 꿈에서도 보고 싶지 않았어요. 정말 끔찍한 사람이었거든요. 홀몸이 되니, 혹시라도 영감님이 저를 봐주시기만을…."

"그랬는데, 그때 아줌마도 돌아가신 거죠. 카퍼스톤 영감님이 돌아가신 지 3년쯤 뒤에요." 코들리가 말했다.

"그래. 내가 영감님을 찾으려고 여기로 다시 왔더니, 여전히 책상에 앉아 계시더구나. 그래서 나도 평소처럼 내 일을 계속 했지. 사실 그땐 이미 유령부가 폐쇄된 뒤였지만, 음… 나한텐 별반 다를 게 없었단다."

"그럼 롤리 언니는요? 언니는 아주 젊을 때 세상을 떠나셨잖아요." 코들리가 말했다.

"난 여성 참정권 운동가였어." 롤리 양이 말했다. "어느 날, 여성의 투표권 쟁취를 위한 시위에 참가했다가 체포되고 말았지. 그래서 단식 투쟁을 벌이다가…."

"정말 용감한 여성이었단다." 기빙스 군이 말했다. "강철 같은 심장에, 세상의 어떤 것도 두려워하지 않았던…."

"그래서 나도 다시 돌아와야 했지." 롤리 양이 말했다. "투쟁을 계속 하기 위해서 말이야."

"그러실 필요 없어요, 언니." 코들리가 말했다. "이젠 여성에게도 투표권이 있거든요."

"그래. 그런데, 솔직히 말하면, 꼭 그것 때문만은 아니…."

"저만의 착각인지 모르겠지만, 롤리 양이 다시 온 건… 아마 저 때문일 거예요." 기빙스 군이 거리낌 없는 말투로 말했다.

"오, 아놀드!" 롤리 양이 외쳤다. "알고 있었어?"

"나도 그녀 때문에 다시 돌아왔거든." 기빙스 군이 말했다. "그녀가 단식 투쟁을 하다 세상을 떠난 게, 뭐랄까, 내겐 엄청난 충격이었지. 정말 힘들었어요, 롤리 양."

"그랬어?"

"저도 시름시름 앓기 시작했죠. 먹을 수도 없고, 잠을 잘 수도 없었어요. 오직 당신 생각뿐이었어요. 당신이 이 세상에 없다는 사실에 가슴이 찢어졌죠. 가슴이 찢어지는 고통만으로도 죽을 수도 있더라고요. 그래서 가슴의 상처를 치유하기 위해 여기 유령부로 다시 돌아온 거예요."

"그럼… 이제 좀 나아진 거야, 아놀드?" 롤리 양이 물었다.

"그럼요, 버지니아." 기빙스 군이 말했다. "당신이 곁에 있으니까요."

그때 코들리가 갑자기 자리를 박차고 일어서더니 쏘아붙이듯 말했다.

"이제 그만하세요! 그만요! 다들 그만하시라고요. 더 이상 듣다간… 당장 그만들 두지 않으시면… 울어버릴 것 같다고요."

팀이 주머니에서 티슈 한 장을 꺼내 그녀에게 건넸다.

"난 벌써 울고 있거든." 팀이 말했다. "아기사슴 밤비보다 더 슬프다. 나 좀 안아줄래, 코들리? 절대로 포옹 안 하기로 한 건 알지만, 이런 상황엔…."

"기꺼이 안아줄게, 팀." 코들리가 말했다. "얼마든지. 대신, 너도 나 안아줘야 해."

유령들은 산 자들을, 산 자들은 유령들을 서로 쳐다봤다. 하지만 서로가 다른 존재를 바라보는 모습이라기보다는, 누구든 같은 삶을 살며 느꼈을 법한 행복과 누구든 헤쳐나가야 할 슬픔을 함께 공유하는 모습이었다.

"아이고, 이런." 카퍼스톤 영감이 말했다. "세상에, 어쩜 좋을꼬? 이젠 어떻게 하면 좋지? 비스턴인지 뭔지, 그 지긋지긋한 양반만 아니었다면, 영원히 여기서 아무 탈 없이 잘 지낼 수 있었을 텐데. 그 인간이 우릴 들쑤셔놓지만 않았다면. 그 인간은 왜 이 세상에 태어나가지고 말썽이람."

하지만 비스턴 씨가 이미 이 세상에 태어났다는 사실은 어쩔 수 없는 것이었다. 게다가 지금 이 순간, 그는 유령부 정문 앞에 도착해서 문고리를 붙잡고 있었다.

그는 문을 향해 문고리를 후려치고 있었다.

24장

비스턴 씨의 마지막 방문

문이 열리자 자신을 맞으러 나온 사람을 발견하고, 비스턴 씨는 좀 뜻밖이라는 표정을 지었다. 그는 끼익 소리와 함께 문이 열리는 순간, 한바탕 소리부터 지르고 시작할 작정이었다. 그런데 애당초 끼익 소리도 나지 않았을뿐더러, 소리를 지를 만한 대상도 없었다. 앞에 달랑 애들 두 명만 있었기 때문이다. 아침부터 이 시간에 유령부에서 애들이 뭐 하고 있는 거지? 이 시간이면… 학교에 가 있을 시간 아닌가?

비스턴 씨는 그날이 학교 수업이 없는 날이라는 사실을 몰랐다. 하지만 설령 그 사실을 알았다 하더라도 당혹감을 완전히 떨쳐버릴 수는 없었을 것이다. 이 두 녀석은 뭐야? 한 녀석은 머리카락이 제멋대로 하늘로 솟아 있고, 한 녀석은 달달한 딸기향이 풍기는 여자애인 걸 보니, 유령부 안에서 일하는 아르바이트 점원이라도 되나 보지?

국가의 공무에 아이들이라니, 도무지 어울리지 않는 조합이었다. 공무라는 게 얼마나 민감한 일인데, 아이들이라니. 세상에.

비스턴 씨는 옆구리에 끼고 있던 유리병을 편하게 고쳐 잡았다. 유리병에는 포스트잇 한 장이 붙어 있었는데, 그 위에는 '증거물 1호'라고 쓰여 있었다.

그는 헛기침을 한 번 하고 바로 본론을 꺼냈다.

"대체 너희들은 누구냐?"

"얘는 트러펜스 코들리고요." 팀이 짝꿍을 가리키며 말했다.

"얘는 제 동업자, 팀 레그예요." 코들리가 팀을 가리키며 말했다. "만나 뵙게 돼서 영광입니다."

"그런데 너희 둘, 여기서 뭐 하고 있는 거냐? 여긴 관공서인데 말이야. 학교는 안 가고 뭐 하는 거야?"

"오늘은 수업이 없는 날이에요. 그리고 저희는 여기서 일하거든요. 시간제로요." 코들리가 말했다.

"무슨 일을 하는데?"

"유령 사냥요."

비스턴 씨의 얼굴이 붉으락푸르락해졌다.

"카퍼스톤 영감님을 뵙고 싶은데, 어디 계시지?"

"영감님이 저희더러 감독관님을 모시고 오라고 하셨어요. 이쪽으로 오세요."

코들리는 유쾌한 표정으로 비스턴 씨를 안으로 안내했고, 팀은 그의 뒤에서 문을 닫았다.

"그 잼통은 놔두고 가시는 게 어때요?" 코들리가 말했다. "꽤

무거워 보이는데."

"뭐, 잼통이라니! 이래봬도 유령이 들어 있을 뻔했던 물건인데. 그냥 내가 들고 가마. 유령부 불명예의 전당에 전시될 첫 번째 물건이니까!"

"어머나. 누가 들으면 진짜인 줄 알겠어요."

"원래 이 안에는 응축된 유령들이 들어 있어야 했다고! 하지만 이 안에 든 건 고작 훈제 청어 기름뿐이었지."

"아니, 그게 어떻게 그 안에 들어갔을까요?" 팀이 천연덕스러운 표정으로 코들리를 향해 눈을 찡긋하며 말했다.

"카퍼스톤 영감님이라면 틀림없이 그 답을 알고 계실 거예요. 자, 이쪽으로 오세요." 코들리가 말했다. "참, 그런데 말예요. 누가 오셨다고 전해드릴까요?"

비스턴 씨의 얼굴색이 붉다 못해 시뻘겋게 변했다.

"누구냐고? 나! 바로 나! 그렇게 전해라. 내가 문 앞에 와 있다고 말이다. 비스턴이란 이름만 대면 다들 알고도 남을 거다. 다들 겁이 나 벌벌 떨면서 말이지!"

"벌벌 떨 사람은 따로 있을 텐데…." 팀이 코들리에게 소곤거렸다.

다행히 비스턴 씨는 듣지 못한 듯했다.

세 사람은 함께 2층 카퍼스톤 영감의 집무실로 올라갔다. 코들리가 문을 두드렸다.

"들어오세요. 우린 다 모여 있습니다."

"아, 다들 여기 계셨군요." 비스턴 씨는 또박또박 자신이 하고 싶은 말을 했다. "잘됐군요. 그렇잖아도 여러분에게 전해드릴 소식이 있는데 말입니다. 조만간 다들 짐을 싸셔야겠습니다. 세상에 이렇게 편한 일도 없을 텐데 말이죠."

"비스턴 감독관님." 카퍼스톤 영감이 정중하게 말을 꺼냈다. "이렇게 어려운 발걸음을 해주시다니, 저희가 몸 둘 바를 모르겠습니다. 자, 일단 자리에 앉으시죠."

비스턴 씨는 등을 꼿꼿이 세우고 자리에 앉아, 유리병을 무릎 위에 올렸다.

"자, 그럼, 카퍼스톤 영감님. 본론으로 들어가기 전에, 여기 두 아이는 도대체 뭐 하는 애들입니까?"

"유령부에서 채용한 프리랜서들입니다. 시간제로 일하고 있죠." 카퍼스톤 영감이 말했다. "유령 사냥을 위해서 말입니다. 아이들이 유령을 감지하고 유인할 수 있는 탁월한 감각을 가지고 있다는 건 익히 알려진 사실입니다. 혹시 믿기 어려우시다면, 그라임스와 내털리가 쓴 〈유령사냥 지침서〉라는 책을 보시기 바랍니다. 제 기억엔, 175페이지부터 178페이지에 걸쳐 그 내용이 나오는 걸로 압니다만."

"유령 강의 따윈 집어치우시죠." 비스턴 씨가 말했다. "중요한 건, 저 아이들은 일을 시키기엔 아직 너무 어리다는 점입니다."

"전혀 그렇지 않습니다. 제 형님도 일곱 살 때부터 일을 하셨답니다. 동네에서 석탄 배달 일도 하고, 말도 보살피면서 말입니다."

"됐습니다! 그건 이 일과 전혀 상관없고, 중요하지도 않은 얘깁니다. 유령부가 박살날 판인데, 지금!"

"박살나다뇨?" 카퍼스톤 영감이 말했다.

"박살난다고요?" 스캔트 부인이 말했다.

"박살이라니?" 롤리 양이 말했다.

"박사요?" 기빙스 군이 말했다.

"아니, 박살이라니까!" 비스턴 씨가 쏘아붙였다.

"죄송합니다." 기빙스 군이 말했다. "잘못 들었네요."

"이것 보세요, 영감님. 제가 유령을 찾아내라고 3개월이란 시간을 드렸습니다. 영감님은 제게 유령을 찾았다고 하셨고요. 바로 이 유리병 안에 들어 있다고 하셨죠. 그래서 저는 연구소에 조사를 의뢰했습니다. 다른 데도 아니고 연구소 말입니다."

"그러셨습니까?" 카퍼스톤 영감이 말했다.

"유령은 무슨 놈의 유령. 이 안에 든 건 훈제 청어 기름뿐이었단 말입니다."

"훈제 청어 기름요?"

"유리병 안에 기껏 훈제 청어 기름이나 발라놓고선, 유령이 들어 있는 것처럼 보이게 하다니."

"확실합니까?"

"참 나, 그 따위에 속아 넘어갈 제가 아닙니다. 하마터면 속을 뻔했지만 말입니다. 이 따위 생선 기름을 보고 제가 무슨 생각을 했을 것 같습니까? 눈속임 아닙니까?"

"눈속임요? 그럼, 저 훈제 청어가 한낱 눈속임에 불과하단 말입니까?"

"저하고 이 따위 장난이나 할 생각은 집어치우시죠, 영감님. 이미 유령부 존립의 정당성을 증명하신다면서 3개월이란 시간을 보내셨고, 그 이전에도 유령을 찾는답시고 무수히 많은 시간들을 허비하셨습니다. 몇 세대가 지났고, 몇 세기가 지났습니다. 그런데도 이곳, 유령부는 1792년에 설립된 이후 여태 단 하나의 유령도 내놓지 못하고 있잖습니까! 나 원, 더 얘기해봐야 입만 아프지. 이젠 끝낼 때가 왔습니다, 카퍼스톤 영감님. 제게 부여된 권한으로, 저는 지금부터 유령부를…."

"죄송한데요…." 코들리가 끼어들었다.

비스턴 씨는 한창 절정으로 치닫고 있는데 말문을 막고 갑자기 끼어든 소녀를 째려봤다.

"뭐지?"

"저희가 유령들을 찾았거든요."

비스턴 씨는 코웃음을 쳤다.

"아, 그러셔? 빈 유리병이 아직 더 남았나 보네? 그 안에도 죄다 생선 기름을 발라놓았겠지? 아니, 됐다. 한 번 속지, 두 번이나 속을까. 내가 두 번이나 당할 사람으로 보이냐? 그렇게 뻔한 수법으론 곤란하지."

"절대로 속임수가 아니에요." 코들리가 말했다. "카퍼스톤 영감님, 괜찮으시다면 직접 보여주시겠어요?"

"물론이지, 얘야. 기꺼이 보여주고말고."

카퍼스톤 영감은 자리에서 일어선 뒤 코들리에게 미소를 보냈다. 그러고는 정면으로 걷기 시작하더니, 사무실 벽을 향해 계속 걸었다. 그는 코앞에 벽이 있는데도 걸음을 멈추지 않았다. 벽은 그를 세우지 못했다. 잠시 후 그는 반대편 벽을 뚫고 다시 나타났다.

"자, 보셨소? 어떻습니까?"

비스턴 씨는 아무 말도 할 수 없었다. 의자에 그대로 앉은 채 입을 떡 벌리고 입술을 실룩거릴 뿐이었다. 그가 무슨 말을 해야 할지 어쩔 줄 몰라 하는데, 이번에는 기빙스 군이 자리에서 일어났다.

"이건 어떻습니까?"

그는 제자리에서 폴짝 뛰었다. 바닥에 착지하려는 순간, 그는 바닥을 관통해 자취를 감춰버렸고, 잠시 뒤에 벽에 걸린 그림 뒤에서 나타났다.

비스턴 씨는 몸을 떨기 시작했다.

"저도 한번 해봐도 되죠?" 스캔트 부인이 말했다. "재미있을 것 같은데요."

자리에서 일어난 그녀는 벽면을 타고 걸어 올라가더니 치맛자락을 얌전히 부여잡은 채 천장을 타고 거꾸로 걸었다. 천장의 조명기구에 잠시 매달려 있던 그녀는 날렵하게 다시 벽면을 타고 되돌아왔다.

비스턴 씨는 급기야 가슴을 부여잡았다.

"아, 나도!" 롤리 양이 말했다. "나도 한번 해보고 싶네."

다른 사람들한테 뒤지지 않게 경쟁이라도 하듯, 그녀는 자신의 몸을 가로세로로 3~4미터쯤 늘리더니 폭발이라도 하듯 몸을 산산조각 냈다. 페인트통이 폭발한 것처럼 수많은 파편들이 방 안 여기저기에 후드득 쏟아졌다. 방 안 여기저기에 그녀의 파편들이 흩어졌고, 그중 일부는 비스턴 씨의 몸에도 내려앉았다.

"으악!" 비스턴 씨가 비명을 질렀다. "저리 가!"

롤리 양은 곧바로 사방에 흩어진 파편들을 모아들여 다시 원래 모습을 찾았다. 평소의 늘씬하고 단정한 모습 그대로였다.

"진작 좀 해볼걸 그랬네." 그녀가 말했다. "이렇게 기분 좋은 폭발도 있는데 말이야."

비스턴 씨의 얼굴은 누가 봐도 공포에 질린 모습이었다. 그의 눈은 이렇게 말하고 있었다. 이건 미친 짓이야. 정신 나간 짓이야.

"저희가 보여드릴 수 있는 속임수가 아직 더 있는데." 카퍼스톤 영감이 선심이라도 쓰듯 말했다. "제가 잉크통에 들어가는 것도 한번 보여드릴까요?"

"전 숟가락으로 변할 수도 있는데." 스캔트 부인이 말했다.

"앉아 계신 의자를 공중에 띄우는 건 어떠세요?" 롤리 양이 말했다.

그 말이 떨어지기 무섭게, 비스턴 씨가 앉은 의자가 떠오르기 시작했다.

"싫어! 내려놓으라고!"

의자가 다시 바닥으로 쿵 하고 내려앉았다.

"제가 백파이프로 변하는 건 어떠세요?" 기빙스 군이 말했다. "제가 소음이란 소음은 다 들려드릴 수 있는데."

비스턴 씨는 그의 제안을 들을 정신도 없었다. 그저 멍한 표정으로 앉아서, 안간힘을 다해 숨을 쉬고 있을 뿐이었다.

"좋아하실지 모르겠지만, 저희가 잠깐 선생님 몸속으로 빙의할 수도 있습니다. 색다른 경험을 하시게 될 겁니다." 카퍼스톤 영감이 말했다.

비스턴 씨가 손사래를 칠 겨를도 없이, 카퍼스톤 영감은 그의 한쪽 다리에, 기빙스 군은 다른 쪽 다리에, 그리고 롤리 양과 스캔트 부인은 각각 그의 양팔로 들어갔다.

다른 사람이 자신의 몸에 들어와 사지를 마음대로 움직인다는 건 뭐라고 표현할 수 없는 기묘한 느낌이었다. 비스턴 씨는 그 느낌이 미치도록 싫었다.

"꺼져!" 비스턴 씨가 소리 질렀다. "내 몸에서 썩 나오란 말이야! 당장 나오라고!"

"너무 그러지 마세요." 스캔트 부인이 말했다. "덩치 작은 사람도 간신히 들어갈 만큼 좁아 죽겠구먼."

그들은 비스턴 씨의 몸으로 사무실을 한 바퀴 돈 다음, 계단을 통해 지하실로 내려갔다가 다락방까지 둘러본 뒤, 사무실로 되돌아왔다.

비스턴 씨의 몸에서 빠져나온 유령들은 원래의 모습을 되찾고 각자 자리에 앉았다.

"자, 보세요." 코들리가 말했다. "더 이상 유령부를 폐쇄시킨다는 말은 못 하시겠죠? 유령이 없어서라는 말도 이젠 못 하시겠죠? 이미 유령을 넷이나…."

그 순간, 유령 고양이 한 마리가 나타나 비스턴 씨의 머리 위에 앉았다.

"다섯이라고 보는 게 정확하겠네요." 팀이 말했다.

"저리 꺼져!" 비스턴 씨가 고함을 질렀다.

"보딩턴, 이리 내려오렴." 스캔트 부인이 고양이를 불렀다. "그럼 못써요."

고양이가 폴짝 뛰어내리자, 비스턴 씨가 벌떡 일어섰다. 그 바람에 그가 들고 있던 유리병이 떨어져 카펫 위를 데굴데굴 굴렀다.

"당신. 그리고 당신. 또 당신. 당신. 으아악!"

비스턴 씨는 그렇게 몇 차례 소리 지르더니, 그대로 도망치듯 자리를 떠났다. 우당탕 소리를 내며 방을 빠져나가, 계단과 정문을 지나 브리카브락 거리를 향해 내달렸다. 가까스로 버스 정류장에 도착하니, 다행히 아직 출발하지 않은 버스 한 대가 승객을 기다리고 있었다.

그는 버스 문을 부서질 듯 두드렸다. 휴식을 취하고 있던 운전기사가 그를 향해 기다리라는 손짓을 보냈다. 하지만 그는 열어 줄 때까지 계속 문을 두드렸고, 결국 문이 열렸다.

"괜찮으세요?" 운전기사가 걱정스럽다는 표정으로 말했다. "유령이라도 보신 얼굴이네요."

비스턴 씨는 팔을 뻗어 운전기사를 붙잡고 물었다.

"그럼 당신도 본 적이 있단 말이오?"

운전기사는 영 탐탁잖다는 표정을 지었다.

"자리는 많으니 뒤쪽으로 가시죠. 자리에 앉아주시겠습니까?"

"출발합시다." 비스턴 씨가 말했다. "당장 말이오. 그놈들이 쫓아오기 전에!"

"네? 누가 쫓아오기라도 합니까? 아이고, 걱정 마세요. 누가 쫓아오더라도 제가 손님을 가만 놔두라고 얘기할 테니까요."

"그래주시겠소? 그래주시면 정말 고맙겠지만, 그중엔 몸이 폭발하는 자도 있단 말이오. 여태 고생하다 왔소. 고양이가 내 머리 위에 앉질 않나."

"정말요?"

"게다가 카퍼스톤이란 양반은 잉크통 안에 들어가겠다고 나한테 협박까지 했단 말이오."

"아이고, 놀라실 만하네요."

운전기사는 난처하게 구는 손님들에게 맞장구치는 일에 익숙했다. 술집들이 문을 닫는 늦은 밤에는 이런 일이 빈번했다.

"절대로 다시 돌아가지 않을 거요." 비스턴 씨가 말했다. "이건 악몽이야!"

"아닙니다, 손님. 제가 손님이라면, 모든 걸 다 잊으려고 노력할 겁니다. 저라면 그냥 없던 일로 생각하겠어요."

"없던 일로?" 비스턴 씨가 말했다. "그래. 그냥 없던 일로 여긴다. 맞아요, 당신 말이 맞을지도 모르겠소."

25장

산 자와 죽은 자

그냥 없던 일로 생각하라. 그래, 그 말이 맞을지도 모른다. 지금까지 벌어졌던 일들은 그냥 잊고, 발상의 전환을 하라. 이 세상의 모든 이상하고, 경이롭고, 설명할 수 없는 일들은 그냥 스스로 알아서 돌아가게 맡겨두라. 그렇게 과거는 잊고 각자의 방식대로 묵묵히, 마음 가는 대로 현실에 충실하면 될 것이니.

팀과 코들리는 꽃다발을 들고 성 빈들 교회 묘지를 찾았다. 그들이 들고 온 꽃다발은 유령 사냥 일을 하면서 번 돈으로 산 것이었다.

두 사람은 조심스레 네 개의 무덤을 찾은 다음, 각각의 무덤에 정성스럽게 꽃들을 내려놓았다. 무덤의 주인들은 각각 카퍼스톤, 스캔트, 롤리 그리고 기빙스였다. 무덤들은 오랜 세월 동안 누군가 꽃을 들고 찾은 흔적도, 그들의 죽음을 슬퍼한 흔적도 보이지 않았다. 그렇게 오랜 시간이 흘렀음에도.

그때 우연히 옆을 지나치던 레버런드 맹글 씨가, 그렇게 오랜 세월 방치됐던 무덤 앞에 꽃들을 바치는 두 사람을 발견하고, 무덤 주인들과 무슨 연관이라도 있는지 물었다. 그 무덤의 주인들은 두 아이가 태어나기 한참 전에 그곳에 묻힌 것을 알고 있었기 때문이다.

"아뇨, 특별히 연관이 있는 건 아니에요." 코들리가 말했다. "그보다 오히려… 뭐라고 설명하지, 팀?"

"친구." 팀이 말했다. "그게 다예요. 그냥 친구 사이."

그들의 대답은 맹글 씨의 궁금증을 더욱 증폭시켰다. 그는 계속해서 질문을 해댔고, 결국 두 아이는 모든 것을 털어놓고 말았다. 그렇게라도 자신들이 짊어진 짐을 내려놓는 것이 여러모로 낫겠다는 생각 때문이었다.

그런 사실을 누구에게도 말하지 못한 채 짊어지고 살아야 한다는 것은, 그들에게겐 상당한 부담이었다.

"유령이라고!" 말이 끝나기 무섭게 맹글 씨가 말했다. "걱정 말거라. 종, 책, 양초, 성수만 있으면 되니까! 내가 당장 그들을 이곳에서 쫓아내주마. 너희들한테 얼씬 못 하게 말이야. 이런 일엔 내가 전문이란다. 레슬링 선수였던 시절이 생각나는구나. 그때 유령이란 별명을 가진 놈하고 한판 붙었는데, 그놈이 내 귀를…."

"아뇨, 그러지 마세요. 제발요." 코들리가 말했다. "쫓아버리지 마세요. 그분들은 아저씨가 상상하는 것 이상으로 착하고 친절한 유령들이란 말이에요. 저흰 그냥 그분들이 평화롭게 잠들어 있으면 좋겠어요. 그분들은 서로를 좋아하고, 함께 있어야 행복해요.

그냥 방해받지 않고 그대로 있었으면 좋겠어요."

"그래, 알았다. 그런데 여기 네 사람, 유령부 사람들이었지? 맞지?"

"맞아요." 팀이 말했다. "고양이 한 마리도 포함해서요."

"그러고 보니 거긴 좀 이상했어." 맹글 씨가 말했다. "왠지 이상한 곳이었어. 방마다 싸늘한 기운도 그렇고…."

"비스턴 씨만 다시 오지 않는다면, 그분들은 평화롭게 지낼 수 있을 거예요. 그러니 아저씨도 괴롭히지 마세요. 그러실 거죠, 아저씨?"

"마음씨도 착하지." 생긴 건 무시무시한 맹글 씨가 말했다. "이래봬도 나 역시 파리 한 마리 함부로 죽이지 못하는 사람이란다."

그 말은 맞는 말이었다. 그날, 그 빛을 보기 전까지는 그렇지 않았지만.

비스턴 씨는 아직도 정신이 얼떨떨했다. 그는 사무실로 돌아온 후, 피브 부인을 호출했다.

"번거롭겠지만, 그냥 이 서류들을 잘 보관해주시오."

"유령부 서류를 말씀하시는 건가요? 전 감독관님이 그 자리에서 폐쇄시키실 줄 알았는데요."

"그게… 마음이 바뀌었소. 그 일보다 더 중요한 문제가 생기는 바람에 말이오. 아무튼 서류는 그냥 깊숙이 보관만 하시고 잊어버리시오."

"그래도 그렇지…."

"그거면 되오. 고맙소, 피브 부인. 그거면 충분하오."

진작 그럴 것이지. 그렇게 해서 유령부는 그대로 남아 있을 수 있게 되었다. 유령들은 과거 그들이 일했던 곳이자, 사랑하는 사람을 놔두고 차마 떠날 수 없었던 그곳, 유령부에서 얼마든지 머무를 수 있게 되었다.

주중에는 저마다 각자의 일을 했다. 스캔트 부인은 여전히 차를 내오겠다는 공약을 남발했지만, 차를 내온 적은 한 번도 없었다. 카퍼스톤 영감은 꿀잠을 즐겼고, 롤리 양과 기빙스 군은 점심시간이 되면 나란히 앉아서, 그들 세대엔 이루지 못했지만 언젠가는 맞이하게 될 여성의 권리, 위대한 평등, 그리고 놀라운 신세계에 대해 많은 얘기를 주고받았다.

밤이 되면 다들 잠자리에 들어서인지 몰라도, 유령부는 더할 나위 없이 고요하고 적막해서 건물 전체가 텅 빈 것만 같았다. 어찌나 고요한지, 제법 멀리 떨어진 곳의 수돗물 떨어지는 소리나 스푼을 젓는 소리, 심지어 날벌레의 울음소리마저 들릴 지경이었다.

그 와중에, 가끔씩, 살아 있는 사람들이 유령부를 찾아오곤 했다. 팀 레그와 트러펜스 코들리였다. 그들은 차츰 나이를 먹으며 성장하고 있었지만, 오랜 유령 친구들을 만나러 가끔씩 유령부를 찾았다.

한동안 그들의 발길이 뜸했던 적도 있었다. 청소년기를 보낼 때였다. 고리타분하게 유령부를 찾는 것보다는 하고 싶은 게 더 많은 시절이었다. 하지만 그렇게 몇 년이 지난 후, 그들은 다시 유령부를 찾기 시작했다. 네 명의 유령들과 함께 앉아서 떠들고, 그동안의 얘기를 전해듣는 것은 언제나 즐거운 일이었다.

그러던 어느 날, 트러펜스 코들리와 팀 레그에게 두 사람만의 사건이 생겼다. 두 사람은 오랫동안 알고 지내면서 서로에게 호감을 느끼고 있었는데, 비로소 늘 함께 있고 싶다는 감정을 느끼게 된 것이다. 카퍼스톤 영감과 스캔트 부인, 롤리 양과 기빙스 군의 경우처럼.

그럼, 어떻게 됐을까? 뻔하잖아!

딩동댕. 두말하면 잔소리지!

그렇게 또 시간이 흐른 뒤에, 팀은 아버지의 가게를 물려받았고 굿코들리스 생선가게 역시 코들리의 일이 되었다. 코들리는 하루 종일 생선과 씨름하는데도 항상 향긋한 딸기향이 가시질 않았다. 참 대단한 여인이었다.

그러던 중 두 사람 사이에 아기가 생겼다. 그리고 둘째도 태어났다. 첫째 아이의 이름은 카퍼스톤 영감과 기빙스 군의 이름을 따서, 제레미아 자비스 아놀드 페레그린이라고 지었고, 둘째는 스캔트 부인과 롤리 양의 이름을 따서, 올리브 글래디스 버지니아 페투니아라고 지었다.

그렇게 모든 일이 순조롭게만 돌아가는 것 같았다. 하지만 세상일이 늘 마음먹은 대로 되는 것만은 아니다. 세상에는 변수라는 것이 존재한다. 그 변수라는 놈은 가만히 때를 보며 모습을 숨기고 있다가, 느닷없이 나타나기 마련이다.

어느 날 아침, 유령부 건물 바깥쪽에 건축용 가설물들이 눈에 띄기 시작했다. 황동으로 된 유령부 현판이 예전처럼 칙칙하게 변색된 지 한참 뒤였다. 코들리가 손을 놓은 것도 이미 오래전의 일이었다. 이곳이 어디인지 눈에 띄지 않게 그대로 놔두는 게 더 낫겠다고 느꼈기 때문이다.

코들리와 팀은 서둘러 발걸음을 옮겼다. 어린 제레미아는 엄마와 나란히 걷고 있었고, 팀은 올리브를 태운 유모차를 밀고 있었다.

"팀, 무슨 일일까?"

그들은 열쇠로 문을 열고 안으로 들어갔다. 유령들은 두 사람을 반갑게 맞이했고, 아기와 제레미아를 보고 즐거워했다. 그러면서도 다들 뭔가 걱정거리가 있는 듯한 표정이었다.

"무슨 일이에요, 카퍼스톤 영감님? 밖의 건축용 자재들은 뭐죠?"

"유령부 건물이 팔린 모양이네." 카퍼스톤 영감이 말했다. "그 끔찍한 비스턴 감독관이 다녀간 지도 벌써 20년 남짓 되었으니, 그 양반도 이미 퇴직했겠지. 누군가 다른 사람이 인수인계를 받고 더 이상 쓸 데 없는 빈 건물인 걸 알았다면, 어디론가 매각할 법도 하지. 그렇잖아도 무슨 우편물이…."

우편물이 허공에 떠서 바람을 타기라도 하듯 미끄러져 코들리의 손에 전해졌다. 그녀는 내용을 읽어보고 우편물을 팀에게 건넸다.

"새 건물을 짓는다고? 건강 증진 센터? 사우나에 커피숍까지?"

"그렇다네. 이제 꽤나 시끄러워지겠지? 어떻게 해야 할지 모르겠네. 딱히 갈 데도 없으니 말이야."

"방법이 있어요." 코들리가 말했다. "그렇지, 팀?"

"네, 맞아요." 팀이 말했다. "여러분이 갈 수 있는 곳이 딱 한 군데 있긴 해요."

"그야 무덤밖에 더 있겠나." 카퍼스톤 영감이 말했다. "그래야 사후세계로 갈 수 있으니 말일세. 그럼, 우린 이제 서로를… 영영… 볼 수 없겠지."

스캔트 부인은 흐느끼고 싶은 것을 억지로 참고 있었다.

"아뇨." 코들리가 답답하다는 듯이 말했다. "무슨 그런 말씀을 하세요? 당연히 저희랑 함께 지내셔야죠. 저희 집으로 오세요."

"그래도 괜찮겠어?" 카퍼스톤 영감이 말했다. "정말 괜찮을까? 애들이 무서워하거나 하진 않을까?"

그러나 두 아이는 이미 유령들에 익숙해져서 그들을 두려워하지 않았다. 오히려 그들을 잘 따르는 게 더 문제였다.

결국 일은 그렇게 풀렸다. 그들은 지금까지도 그렇게 남아서 잘 지내고 있다. 코들리, 그리고 팀과 함께.

유령들은 그들만의 공간에 텔레비전은 물론 리모컨까지 갖춰질 정도로 호사를 누렸다. 겨울이 되면, 모두 다락방에 올라가 동면을 하며 겨울을 보냈다.

가끔씩 팀과 코들리가 함께 집을 비울 때면, 유령들은 아이들에게서 눈을 떼지 않고 지켜봤다. 그들은 어지간한 물건들은 공중에 띄워놓고 아이들이 위험한 환경에 처하는 걸 원천봉쇄했다. 또한 집주인 가족이 휴일을 맞아 집을 비우면 대신 집을 봐줬고, 좀도둑이 들면 겁을 줘서 쫓아내기도 했다.

레버런드 맹글 씨의 얘기를 하자면, 그는 지금은 다른 교구로 옮겨 간 상태다. 그는 떠나기 전에 작별인사를 하러 들렀다. 그는 유령들이 다른 세상으로 떠나는 것이 옳으며, 그 모습을 지켜보는 것도 자신이 해야 할 일이라는 생각을 갖고 있었다.

하지만 코들리는 그들이 진정으로 원하는 것은 그저 모두 함께 있고 싶은 것뿐이며, 딱히 누군가에게 해를 끼치지 않는다면 그들을 있는 그대로 놔두는 게 뭐가 문제냐고 따졌다. 왜 그들에게 주문을 걸어 지금의 상태를 깨뜨려야 하냐고. 왜 있는 그대로 놔두지 못하냐고. 그게 왜 그렇게 못마땅하냐고. 왜 그렇게 기를 쓰고 그들을 쫓아내지 못해 안달이냐고.

맹글 씨는 한참 동안 깊은 고민에 빠졌지만 쉽사리 대답하지 못했다.

결국 그는 맞는 말이라고 대답했다. 그 역시 누군가의 소소한 행복을 소홀하게 여기는 사람은 아니었다. 결국 삶이란 다 그런 것이므로.

그도 그들을 있는 그대로 놔두기로 했다. 삶이란 모름지기 자기 방식대로 사는 것이므로.

그는 코들리와 팀, 그들의 아이들, 카퍼스톤 영감과 스캔트 부인, 롤리 양과 기빙스 군, 그리고 보딩턴에게까지 작별인사를 건넸다.

마침내 그는 그곳을 떠났다. 그의 뒷모습은 거리를 따라 점점 멀어지더니, 결국 사라졌다.

마치 유령처럼.